그린 핑거

그린 핑거

초판 1쇄 발행 / 2008년 8월 30일
초판 2쇄 발행 / 2008년 11월 10일

지은이 / 김윤영
펴낸이 / 고세현
책임편집 / 황혜숙
펴낸곳 / (주)창비
등록 / 1986년 8월 5일 제85호
주소 / 413-756 경기도 파주시 교하읍 문발리 513-11
전화 / 031-955-3333
팩시밀리 / 영업 031-955-3399 · 편집 031-955-3400
홈페이지 / www.changbi.com
전자우편 / literat@changbi.com
인쇄 / 상지사P&B

ⓒ 김윤영 2008
ISBN 978-89-364-3706-0 03810

그린 핑거

김윤영 소설집

창비

차 례

그린
핑거

우리집 정원에는 뭔가가 부족해 보였다.

토론토에서 이 정도로 잘 가꾼 정원은 드물다고들 하지만, 또 지나가는 사람들마다 원더풀 가든이라며 감탄을 하긴 하지만, 그래도 나는 뭔가가 계속 마음에 걸렸다. 꽃이나 나무가 모자란 건 아니었다. 오히려 조금은 솎아내야 할 형편이었다. 전에 살던 부부가 심어놓은 늠름한 호두나무, 개암나무, 서향나무, 벚나무 등은 무럭무럭 자라나 여름이면 풍성한 그늘을 만들어주고 있고, 내가 이사와 심은 라일락이며 스노우드롭 등 온갖 꽃나무와 구근식물도 다 잘 자라주었다. 현관 계단 옆 쎄이지나 로즈마리, 라벤더, 타임 등 허브들은 유독 진한 향기로 사람들의 발걸음을 이끌고, 그저 땅에 대충 꽃씨를 뿌리기만 한 블루데이지나 백일홍도 잘 피어나 빈땅이 보이지 않을 정도였다. 남편은 사람 욕심이 끝이 없다며 내게 여유를 가지라고 말하곤 했다.

남편은 자기 일에 만족해했고 나도 한가롭게 홈스테이를 하며 사는 이 생활에 만족한다. 우린 둘 다 건강하고 우리 부부에겐 정말 아무 문제가 없다. 심지어 삼십 평생 불만이던 내 얼굴에조차 요새는 별 불만을 못 느끼며 살고 있다.

남편이 출근하고 이층 학생들의 아침을 챙겨주고 나니 열시가 다 되어가고 있었다. 햇볕이 꽤 따갑다. 이런 날은 조심해야 한다. 모자도 쓰지 않고 잡초를 뽑거나 다른 정원일을 하다 쓰러진 적이 몇번 있기 때문이다. 꼭 일사병이라곤 할 수 없지만 나는 햇볕에 그리 강한 체질이 아닌데다가 정원에 나오면 늘 시간 가는 줄 모르고 무리를 하게 되는 탓이다.

남편이 사다준 챙 넓은 밀짚모자를 쓰고 거울 앞에 서보았다. 여기 오기 전에는 코밑에 분이라도 톡톡 찍어바르지 않으면 절대 집밖으로 나서지 않았는데 지금은 로션조차 잊고 산다. 오늘따라 밋밋한 인중이 꽤 탄력있어 보이고 윗입술의 선도 가지런해 보인다. 콧방울의 좌우대칭도 전혀 이상해 보이지 않는다.

목장갑을 끼고 현관 계단을 내려오는데 길 건너 브라운 부인이 날 보고 손을 흔드는 게 보였다. 뭐라고 이야기하는 듯하지만 알 수가 없다.

어차피 조금 있으면 브라운 부인은 흰 곱슬머리를 나풀거리며 동네를 어슬렁거리다 우리집까지 올 것이다. 그리고 새로 핀 프리지어나 튤립을 보고, 오, 어메이징, 러블리, 판타스틱, 언빌리버블, 하며 감탄사를 마구 남발할 것이다. 그녀가 늘 쓰는 말이다. 어쩌면 그 옆 텃밭의 파슬리나 브로콜리, 아스파라거스에 눈독들이고 있는지도 모른다. 하도 칭찬을 해대기에 한번 쎄이지와 싸프란을 듬뿍 꺾어 갓 딴 콜리플라워 한 바구니와 함께 안겨주었더니 톡톡히 재미를 붙인 듯했다. 그뒤로 이 여자는 틈만 나면 한가한 부인네들을 떼로 이끌고 우리집 정원을 구경한다며 놀러왔고, 차 한잔씩 마시고 가는 그들에게 나는 새로 딴 피망이나 차즈기, 양상추 등을 샐러드 해먹으라고 한 바구니씩 들려주었다. 때로는 직접 딴 버찌로 만든 잼이나 오이피클, 양파피클, 그리고 모처럼 만들어본 애플파이나 루바브파이 등을 나눠주기도 했는데 진심으로 고마워하는 얼굴들이었다.

내가 이런 할일 없는 백인 할머니들과 호호거리며 어울리게 되리라곤 한번도 상상해본 적이 없다. 이런 기특한 정원을 내 손으로 가꾸게 될 줄도 상상해본 적이 없긴 마찬가지다. 내가 가지치기한 호두나무를 보고서, 이십년간 정원사 일을 했다는 단골 그로써리 주인은 어떻게 배우지 않고도 이런 모양을 낼 수 있느냐며 신기해했다. 야채밭에 고랑을 낸 모양을 보곤 이런 좋은 손재주를 물려준 부모님께 감사드리라고 했다.

손끝이 야무지다는 소리는 코흘리개 시절부터 듣던 말이었다. 엄마가 일하러 나가면 나는 단칸방에 혼자 앉아 찬밥을 간장에 비벼먹으면서 종이인형을 만들어 놀곤 했다. 책받침에 있는 캔디나 꽃천사 루루를 본떠 그리는 건 처음엔 어려웠지만 점점 솜씨가 늘었다. 크레파스와 색연필로 드레스를 수놓고 깃털 달린 모자나 모피코트를 그리다보면 어느새 와이셔츠 상자 가득 종이인형과 옷 들이 쌓여갔다. 나와 놀아주지 않던 동네 여자아이들은 내가 만든 인형을 보고 모두 눈이 휘둥그레졌다. 집에 있기 답답해 와이셔츠 상자를 들고 나와 햇볕을 쬐고 있던 어느날이었다. 아이들은 슬금슬금 내 주위로 모여들었다. 와 진짜 같다, 이거 그냥 팔아도 되겠다, 캔디랑 정말 똑같다. 그중엔 나만 보면 입술을 까뒤집으며 내 흉내를 내고 놀리던 세탁소집 딸도 있었다. 아이들 뒤에서 팔짱을 끼고 지켜보던 그 아이가 꽃천사 루루를 집어들더니 목을 톡 분질러버렸다. "미안해서 어떡하냐? 누구처럼 병신이 돼버렸네." 바닥에 루루의 머리와 몸뚱이가 따로따로 흩어졌다. 내가 가장 좋아하던 루루가. 엄마와 내가 그 동네를 떠나 서울로 이사갈 때쯤 그 세탁소에 불이 났다. 세탁소집 딸은 다리에 큰 화상을 입었다고 들었는데 나는 조금도 안됐다는 생각이 들지 않았다.

영등포시장 한구석으로 이사간 뒤 엄마는 작은 가게를 열었다. 순댓국과 감자탕을 함께 파는 엄마의 가게는 다행히 꽤 인기가 있었다. 서울 아이들은 훨씬 냉랭했고 여전히 자기들끼리 놀았지만 나는 개의치 않았다. 내 인생에서 친구란 단어는 이미 빛이 바랜 지 오래였다.

그때 엄마는 입버릇처럼 말했다. 감자탕 오백 그릇을 팔면 입천장수술을 해주고 또 오백 그릇을 팔면 턱수술을 해주겠다고. 나는 서울로 이사한 이년 뒤 대학에 합격했지만 등록을 포기했다. 내가 지원한 신촌의 그 대학에 다니는 여대생들은 너무 화려해서 딴세상 사람들 같았다. 등록기간 마지막날까지 엄마는 그래도 대학은 가야 한다며 설득했지만 내 결심은 흔들리지 않았다. 지금도 난 그 선택을 후회하지 않는다.

엑스큐스 미 하는 소리에 나는 고개를 들었다. 터번을 두른 인도인 택시기사가 이민가방을 들고 소리치고 있었다. 아 유 써니? 롸잇? 그의 뒤엔 호리호리한 젊은 여자와 계집아이 한명이 서 있었다. 예스, 예스 하며 나는 얼른 울타리의 문을 따주고 여자의 가방 하나를 들었다.

"저, 문집사님이 전화로 말씀드렸다고 들었어요. 열흘쯤 묵겠다고……"

젊은 여자가 따라들어오며 떠듬떠듬 얘기했다.

"아 맞아요. 어제 집사님이 전화로 말씀하신 분 맞죠? 가장 좋은 방 하나 치워달라고 하셨죠. 어머, 꼬마 아가씨도 있네?"

장시간 비행을 해서인지 시든 오이처럼 축 처진 엄마와 달리 아이는 뭐가 그렇게 신기한지 눈이 반짝반짝 빛나고 있었다. 네살은 돼 보이는 통통한 아이의 뺨이 매킨토시 사과처럼 윤이 나고 발그레했다. 빨간 모자가 달린 케이프까지 둘러서 마치 핼러윈데이에 사탕을 얻으러 온 동네 아이처럼 보였다.

이층에는 어학연수 온 학생 셋이 묵고 있었는데 낮에는 거의 집에 없었다. 여름 성수기가 아니라 방은 넉넉했고, 나는 그중 남향으로 창이 난 환한 방으로 모녀를 안내했다.

"엄마 엄마, 저거 봐. 강아지야!"

가끔씩 정원에 반갑지 않은 불청객이 들어오곤 하는데, 마침 아이가 그걸 본 모양이었다.

"저건 강아지가 아니야. 너구리란다."

아이는 너구리를 보고 깍깍 소리를 질러댔다. 그림책에 나오는 너구리를 실제로 처음 봤다고 난리였다. 바로 그때 새 두 마리가 포르르 날아와 창가 바로 앞 서향나무 가지에 앉아 지저귀기 시작했다. 아이의 관심은 새들에게 옮겨갔다.

"아줌마, 저 새 이름이 뭐예요?"

"응, 저건 위스키 잭이라고 해. 꽁지가 참 이쁘지?"

새 이름이 맞는지는 확실치 않지만 나는 자신있게 말했다.

아이와 엄마와 나는 이층 창가에 나란히 앉아 한참 동안 새를 바라보았다. 바람결에 풍겨온 서향나무 향기가 매우 진했다. 봄꽃 중 향기가 가장 달콤해서 문을 열고 자면 꿈까지 달콤하게 취할 정도였다. 아이엄마는 방 안을 가득 채운 그 향에 푹 빠진 듯했고 아이는 여전히 상기되어 있었다. 새삼, 이런 집의 안주인이라는 사실이 뿌듯했다.

아이의 이름은 희주였다. 여자는 자기를 그냥 희주엄마라고 불러달라고 했다. 내게 전화를 한 집사님은 처지가 딱한 여자니 잘 대해주라고 당부했다. 나는 교회에 나가지 않았지만 한동네 사는 그 집사님에게 종종 신세를 진 터라 자주 연락하고 지냈다.

희주엄마는, 나이는 어려 보이는데 산전수전 다 겪은 것처럼 걸걸한 목소리에 내숭 따윈 모른다는 듯한 표정을 짓고 있었다. 꼼꼼히 뜯어보면 오목조목하니 꽤 예쁘장한 얼굴이었다. 인중 역시 야무지게 생겼다. 나는 아직도 사람을 볼 때마다 가장 먼저 인중을 뚫어지게 바라본다. 습관은 고치기 힘든 법이다.

"희주야, 그러면 안돼! 아저씨 옷이 다 젖잖니……"

희주엄마가 거실 밖을 보며 외쳤다. 정원에서 남편과 희주가 함께 꽃에 물을 주며 장난을 치고 있었다. 남편과 인사를 하자마자 희주는 그날부터 남편이 오기만 하면 찰싹 붙어 떠나질 않았다. 워낙 구김살없이 하는 짓이 예뻐서 보고 있으면 누구라도 그 토실토실한 뺨을 꼬집어주고 싶어지는 아이였다. 아이도 자기가 그렇게 귀여움받는다는 사실을 잘 알고 있었다.

나는 한번도 저래본 적이 없지, 하는 생각이 스쳐지나갔다. 까르르 웃으며 남편에게 목말을 태워달라고 조르는 계집아이의 얼굴에 내 어린시절이 잠시 겹쳐 보였다.

엄마는 나를 임신했을 때 아프면 약을 지어먹어가면서 계속 일을 나갔다고 했다. 그래서 내가 언청이로 태어났다고, 가난하고 무식해서 몰랐다고, 엄마는 자책하곤 했다. 그래도 초등학교 때 엄마는 내 손을 잡아끌고 두 번이나 수술을 받게 했다. 선천성 기형은 보험혜택을 받는다는 걸 그제야 알았다고 했다. 수술로 코와 입이 완전히 분리돼서 수술 직후엔 꽤 나아진 것처럼 보였지만 그뿐이었다. 구순구개열이라 불리는 이 기형은 나이가 들고 새살이 돋으면서 상처가 아물어야 정상이건만, 오히려 더 벌어져서 수술한 티가 확연해졌다. 합죽이나 주걱턱 같은 하관, 펑퍼짐하게 내려앉은 콧날, 크기가 다른 두 콧구멍, 삐뚜름한 윗입술, 억지로 만든 인공인중은 표가 나지 않을 수가 없었다. 이런 걸 다 교정하는 수술은 보험이 적용되지 않았다.

엄마는 감자탕 오백 그릇을 팔면 수술해준다고 했지만 오백 그릇 가지고는 어림도 없었다. 결국 엄마는 큰맘을 먹고 가게를 넓혔다. 복불복이야. 빨리 왕창 벌어야 너 서른 되기 전에 다 고친다. 그때 내 나이 스물여섯이었다. 하루종일 감자를 깎고 돼지뼈를 고고 순대를 삶으면서 내 이십대는 그렇게 지나가고 있었다. 결국 스물여덟이 되던 해에 나는 성형외과를 찾게 되었다.

가장 먼저 입천장 깊숙이 박힌 생니 두 개를 뽑아냈다. 남들은 잇몸에서 이가 나는데 나는 저게 저렇게 아무데나 박혀 있었구나, 새삼 나 자신이 징그럽게 느껴졌다. 그다음엔 골반뼈를 잘라내고 그걸 잘게 부수어 잇몸에다 집어넣었다. 수술 후 한달 동안은 아무 말도 하지 말고 음식을 씹지도 말라고 했다. 골반에서 뼈를 잘라낸 탓에 목발을 짚어야 했다. 졸지에 언청이에다 벙어리, 다리병신까지 된 셈이었다. 침을 삼키지 못해 잘 때는 베개에 두꺼운 타월을 깔아야 했다. 침이 옆으로 질질 새어나왔다. 나중엔 눈물까지 질질 따라 흘렀다.

그다음엔 전부터 벼르던 치아교정에 들어갔다. 원래 안면기형인 사람에게 충치가 잘 생기긴 하지만 나는 더 엉망이었다. 몽땅 썩어서 뽑아야 할 이가 자그마치 네 개나 되었다. 어떻게 이걸 참고 살았느냐고 중년의 치과의사는 혀를 찼다. 그러고 나서 받은 수술은 튀어나온 주걱턱을 깎고 볼 옆으로 뭘 집어넣는 것이었다. 여기까지 모두 하는 데 이천 씨씨 차 한대 값이 들어갔다.

다음단계인 코수술과 입수술은 견적을 내기 힘들었다. 경차한대 값이 될지, 벤츠 한대 값이 될지는 선택하기 나름이었다.

그렇게 턱수술을 받은 지 두 달이 되어갈 때, 캐나다로 이민간 삼촌에게서 연락이 왔다. 사촌이 곧 결혼을 한다며 비행기표를 끊어줄 테니 엄마와 함께 와보라는 것이었다. 이십년 전에 맨손으로 이민간 삼촌은 이제야 작은 주유소를 차려 먹고살 만해졌다고 했다. 삼촌은 우릴 위해 초청이민을 신청한 지 칠팔년이 돼가는데도 승인이 나지 않는다며 미안해하고 있었다. 난 사실 이민에 별 관심이 없었다. 이 얼굴로 외국에 가 산다고 달라질 게 없다는 것이 내 생각이었다.

그러나 몇달 동안의 수술로 사람들은 내가 몰라보게 예뻐졌다고 했다. 감자탕집 단골들은 이제 탤런트 시험을 봐도 되겠다고 너스레를 떨곤 했지만 나는 믿지 않았다.

조금 예뻐진 언청이, 그게 나라는 걸 나는 알고 있었다.

"이 차 이름이 뭐죠? 맛도 좋고 향도 참 좋네요."

희주엄마와 정원 벤치에 앉아 차를 마시는 중이었다. 희주는 여전히 정원에서 남편과 노느라 정신이 없었다. 저기 저기 풍뎅이 봐요, 와, 개구리다, 아저씨, 나비! 우리집 정원엔 툭하면 개구리들이 모여들었고 고추밭 버팀목엔 이상스레 잠자리들이 꼬였다. 볼품없는 채송화나 백일홍 근처에도 나비랑 벌이 꿀을 찾느라 수시로 날아들었다.

"캐모마일이에요. 마음을 진정시켜주는 허브죠. 많이들 마신답니다."

"네, 전 이런 거 처음 마셔봐요. 설탕 프림 두 숟갈씩 꽉꽉 넣어 버릇해서요."

나는 좋은 안주인으로 남고 싶었다. 희주엄마에게 악의없이 웃어 보이면서 찻물을 더 따라주는 배려도 잊지 않았다. 이혼녀가 틀림없어. 일주일 동안 지켜본 결과 얻은 확신을 난 절대 내비치지 않을 생각이었다. 다른 사람의 결점을 쥐고 있다는 게 이렇게 사람을 너그럽게 만드는지 지금까지 나는 모르고 살았다.

"다음주에 밴쿠버로 떠나신다고 했죠?"

"네, 전에 같이 일하던 언니가 밴쿠버에서 큰 미용실을 차린다네요. 원래 여기 코리아타운에 숍이 있었는데, 벌써 언니 식구들은 다 떠났고요. 어쩌다 일정이 꼬여서 제가 여기 잠깐 있다 가게 됐어요. 그 언니가 여기 소개해주신 집사님과 잘 알거든요. 써니네 민박이 제일 조용하고 좋다고 권하시더라고요."

그러면서 찻잔을 들고 콜라 마시듯 차를 홀홀 마시는 순간, 그녀가 미세한 곁눈질로 날 훔쳐본다는 걸 알았다. 흠, 이제야 알았구나, 생각보다 둔한걸.

아무리 수술이 잘됐다 하더라도 기형의 흔적을 완전히 감추는 건 불가능했다. 이상하게도 한국에는 언청이가 많이 태어난다고들 했다. 그래서 한국사람들만큼 언청이를 금방 알아보는 민족도 없었다.

나는 선수를 치는 게 유리하다는 걸 알고 있었다.

"제 얼굴 좀 티나죠? 아시겠지만."

여자는 당황한 듯 우물쭈물했지만 예의 그 쇳소리나는 목소리로 대답했다. 아뇨, 잘 모르겠어요, 그냥 보면 작은 상처처럼 보여요. 게다가 워낙 고우시잖아요, 이런 식의 이야기를 나는 예상했다. 한국여자들의 말주변은 창의력이 없으니까. 그런데 내 예상은 빗나갔다.

"다 마음먹기 나름 아니겠어요? 전 더 심한 언청이도 봤는걸요."

그리고 한마디를 덧붙이는 것도 잊지 않았다.

"장에 해로워요. 그런 거 다 신경쓰고 사시면."

우리 앞엔 데이지 화분이 몇개 있었고 언제 왔는지 개구리 한

마리가 내내 망을 보고 있었다. 그러다가 잠자리 한마리를 날쌔게 잡아 꿀꺽 삼켜버렸다. 녀석은 맛있게 먹고는 어깨를 한번 으쓱하더니 폴짝 뛰어 사라졌다. 내가 아무 말 없이 개구리의 뒷모습을 지켜보고 있자 희주엄마도 나를 따라 멀뚱히 그 광경을 바라보다가 입을 열었다.

"이렇게 좋은 집에 사시고, 남편분도 자상하시고, 뭐 바랄 게 없겠네요. 자식이야 있어도 그만 없어도 그만이지만."

나는 들었던 찻잔을 그대로 내려놓았다. 다 식은 차는 더이상 마시기 싫었다. 캐모마일 차가 마음을 진정시키는 효과가 있다고 말했지만 과연 그런지는 나도 믿기 힘들었다.

고개를 들어보니 희주와 남편은 클로버꽃을 꺾어 목걸이를 만드느라 정신이 없었다. 엉성하게 만든 꽃목걸이를 희주 목에 걸어주고 남편은 우릴 보고 손을 흔들었다. 좋아서 깔깔거리는 아이의 웃음소리가 정원 곳곳에 울려퍼지는 동안, 나는 남편을 보고 문득 생각했다. 나를 처음 만났을 때도 꼭 저런 표정을 지었는데. 그때도 귓불이 저렇게 발개졌는데.

남편을 처음 본 건 삼촌의 주유소에서였다. 영등포 어디에서나 마주칠 법한 참 흔한 인상이었다. 삼촌이 우릴 보고 말했다.

"여기는 브라이언 박이야. 그리고 여기는 내 조카 순희. 인사들 하지."

그가 내민 손은 생각보다 투박하고 거칠었다. 내 손처럼. 그가 내 눈길을 피하며 영어로 뭐라고 중얼거렸는데 삼촌이 그의 등을 툭툭 치는 걸 보고 좋은 뜻이겠거니 생각했다. 그는 한국말을 잘

하지만 긴장하거나 떨리면 영어부터 튀어나온다고 했다. 내 눈으로 보고 있으면서도 나는 믿을 수가 없었다. 날 보고 진심으로 수줍어하는 남자가 있다니. 내게 수작을 건 남자가 없었던 건 아니지만 그건 내가 언청이에다 감자탕집 딸이라 만만히 보였기 때문이었다.

그러잖아도 나는 처음 와본 캐나다 땅 자체에 놀라고 있었다. 다닥다닥 붙은 영등포시장에서만 이십여년을 살아온 나는 이런 세상이 있다는 게 신기할 따름이었다. 공기의 감촉조차 달랐다. 삼촌이 우릴 데리고 나이아가라 카지노에 갔을 땐 금발의 남자직원이 나더러 틴에이저냐고 물었다. 내가 트웬티나인이라고 답하자 그는 리얼리, 어쩌고 하며 믿을 수 없다는 표정을 지었다. 브라이언이 말했다.

"쟤네는 동양여자 나이를 거의 못 맞혀요. 게다가 미인이면 더욱요."

그 말을 할 때도 그의 얼굴은 살짝 붉어져 있었다. 여기저기 관광을 하러 쏘다닐 때도 캐나다 남자들은 종종 장난스럽게 윙크를 해대거나 별거 아닌 대화에도 휘파람을 불곤 했다. 처음엔 날 보고 그런다는 것도 몰랐다. 생전처음 입어본 대담한 최신유행 원피스에 새 구두, 공들인 화장 탓이겠거니 생각하면서도 기분은 나쁘지 않았다. 삼촌은 이왕 온 김에 푹 쉬고 가라며 우릴 계속 붙잡았고, 그러다보니 엄마와 난 한달이나 거기에 머물렀다. 나는 마치 열두시면 마법이 풀리는 신데렐라가 된 기분이었다. 예전의 내 모습을 알지 못하는 사람들 속에서 나는 본래부터 활달하고 인기있는 처녀인 듯 거만하게 활보했다. 브라이언이 틈만 나면 나를 만나러 와주었기에 나는 더 그 마법에서 벗어나기 싫었다. 곧 감자탕집 딸로 돌아가야 하는 재투성이 아가씨, 그게 바로 나였으니까.

서울로 돌아오자마자 나는 적금을 깼다. 그리고 곧 병원에 예약을 했다. 양 콧구멍의 크기를 똑같이 맞추면서 오므려주고 휘어진 콧대를 바로세우는 것, 거기에다 인중과 윗입술선을 더 뚜렷이 만드는 수술이 내가 원하는 바였다. 엄마는 일년도 안돼 또 얼굴에 칼을 대는 건 위험하다고 말렸지만 난 하루라도 더 빨리 변하고 싶었다.

수술이 끝나자 부분마취라 통증은 더 예리했다. 게다가 수술 후에도 달고 있어야 하는 코 교정기는 최악이었다. 매일 여섯시간씩 그 답답한 걸 자그마치 육개월이나 끼고 있으라고 했다. 그래도 나는 참을 수 있었다. 석 달 뒤에 한국에 들어올 거란 브라이언의 얘기를 꼭 믿어서만은 아니었다. 그와 상관없이 나는 변하고 싶었다. 금단의 열매를 맛본 사람만이 그 기분을 아는 법이다.

그리고 정말 석 달 뒤에 브라이언이 우리 가게에 나타났고, 나는 그에게 특제 감자탕을 끓여주며 언청이였던 내 과거에 관해 얘기했다. 그는 뼈다귀에 붙은 살점을 뜯어내며 말했다.

"그런 줄 몰랐어. 코에 단 그것만 빼면 지금도 모를 거야."

육개월이 안됐지만 나는 코 교정기를 벗어버렸다. 부기는 다 빠지고 내 인상은 전보다 더 자연스러워졌다. 소형차 한대 값이 더 들어간 결과였다. 이제는 천연미인이라고 박박 우기면 속을 사람도 있을 성싶었다.

부모님이 일찍 돌아가신 브라이언이지만 조부모님은 한국 땅에 살아 계셨고 날 보고 참한 규수라며 칭찬하셨다. 그는 곧 내게 청혼을 했고 나는 당연한 듯이 받아들였다. 그때 의논차 전화를 건 엄마에게 삼촌은 이렇게 말했다.

"시쳇말로 말이야, 순희가 거기서 뭐 엄청난 신랑감을 물 수 있겠냐? 네가 뭘 모르는데, 여기 캐나다에선 미캐닉이 최고라고. 그리고 캐나다 시민권은 하늘에서 뚝 떨어지냐? 순희가 대학을 나왔냐 집안이 좋으냐 아비가 있냐. 얼굴 다 뜯어고쳤어도 한국 사람들은 언청이 며느리 절대 안 보지. 유전이 아니래도, 이세가 안 그러리라는 보장이 어디 있어? 잘 생각해봐. 브라이언은 집도 있지 하는 일도 확실하지, 뭘 바라."

우리는 결국 영등포 구석의 초라한 예식장에서 식을 올렸다. 시장사람들이 후하게 부조를 했지만 나는 별로 고맙다는 생각이 들지 않았다. 악의는 없지만 툭툭 던진 한마디들이 내게 얼마나 상처가 되는지 전혀 모르는 그들. 사악한 사람은 피하면 되지만 둔한 사람은 경멸스러웠다. 오히려 늘 뿌옇고 흐린 영등포의 밤 공기가 그리울지 모른다는 생각이 들었다.

"여보."

남편이 깨우는 소리에 눈을 떴다.

어느 구질구질한 뒷골목 한모퉁이에서 나는 남자아이들에게 둘러싸여 있었다. 야, 이 째보야, 너 우리가 꼬아? 손 한번 잡자는데, 병신, 고마운 줄도 모르고⋯⋯ 그러면서 한명이 치마를 확 잡아당겼다. 뒤로 숨긴 내 손에 어쩌다 깨진 병이 쥐어져 있었는지는 모른다. 치마 속으로 그놈의 손이 들어오는 찰나 나는 그 병조각으로 남자의 얼굴을 확 그어버리고 다른 손으로 다른 한명의 눈을 찔러버렸다. 마지막 한명은 뒷걸음치고 있었고, 피가 뚝뚝 떨어지는 내 손의 병조각은 기어이 날아가 그의 뺨에 박혔다.

하도 생생해서 깨고 나면 몸서리가 쳐지는 꿈이었다. 잊을 만하면 한번씩 나타나는 그들. 물론 모르는 사람들이었다.

"희주네 간다잖아. 웬 낮잠을 그렇게 자?"

남편의 말투는 늘 한결같았다. 영어를 쓸 때는 빠르고 유연한 어조, 한국말을 쓸 때는 느리고 투박한 충청도 억양. 그가 중학교 때까지 살았다는 고향의 말씨는 듣기 좋았다.

거실로 나오니 희주가 쎄일러 칼라가 달린 새 원피스를 입고 기다리고 있었다. 남편이 어제 씨어즈까지 가서 사다준 선물이었다. 아이는 나를 보더니 뛰어와 안기며 소곤거렸다.

"아줌마, 보고 싶을 거예요."

정말 사랑받기 위해 태어난 아이 같았다. 어떻게 저런 여자한테 요런 딸이 생겼을까. 여전히 시든 오이처럼 피곤한 얼굴로 계단을 내려오는 희주엄마를 보면서 든 생각이었다. 여자는 마침 목감기에 걸려 계속 콜록거렸고 황금빛 스카프를 목에 둘둘 감고 있었다.

"정들자마자 이별이네요. 가까이 살면 말벗도 되고 좋을 텐데 밴쿠버가 워낙 머니……"

난 여전히 옅게 웃어 보였다. 그새 희주는 남편 손을 붙잡고 정원으로 나가고 있었다. 아이는 특별히 내 허락을 받고 마음껏 꽃을 꺾을 수 있어 좋아라 했다. 아이는 막 피어난 붓꽃과 마거

릿, 패랭이꽃, 금어초, 데이지 등을 골고루 섞어 자기 몸체만한 꽃다발을 만들고 외쳤다.

"아줌마, 정말 행복해요."

난 다가가 아이를 안았다. 비누향이 섞인 아이 특유의 살냄새가 솔솔 풍겨왔다. 세상 어떤 꽃향기보다도 뭉클한 냄새였다. 이 아이가 내 아이라면, 하는 생각이 잠깐 들었다. 그사이 희주엄마는 짐을 챙긴다고 몹시 허둥대고 있었다. 남편은 희주엄마가 가방을 들고 내려오자 얼른 손잡이 하나를 나눠 잡았다. 그걸 보며 난 생각했다. 그래, 나는 저 여자한테 없는 걸 가졌잖아.

희주엄마는 트렌치코트를 대충 껴입고 비행기티켓을 다시 확인하면서 부산을 떨었다. 출발해야 할 시간이 이미 지나 있었다. 나는 준비해둔 작은 라벤더 꽃바구니를 희주엄마에게 들려주었다.

"자기 전에 요 가지 하나를 코에 살살 문질러봐요. 잠도 잘 오고 답답한 코에도 좋답니다. 아침까지도 그 향이 남아 있을 거예요."

그걸 받은 희주엄마의 어쩔 줄 몰라하는 표정에 난 만족했다. 거의 울먹이는 목소리였다.

"고마워서 어쩌죠. 저 같은 여자한테 이렇게 잘해주시고……"

희주 모녀를 태운 차가 떠나고 나와 남편은 오랜만에 정원에 오붓하게 앉아 박하차를 마셨다. 어느새 해가 기울고 있었다. 희주와 유난히 정들었던 남편이 허전해하는 건 말하지 않아도 알 수 있었다.

"우리도 어서 저런 예쁜 딸을 가져야 할 텐데, 그치?"

그도 대답했다.

"그럼."

그렇게 말하는 그의 입매엔 여느 때처럼 미소가 걸려 있었다. 하지만 이상하게도 눈은 웃고 있지 않았다.

나는 배란기가 되면 이번달에는 어느 쪽에서 난자가 나오는지까지 알 수 있다. 예민한 사람만이 누릴 수 있는 특권이다.

결혼 사년이 다 돼가도 애가 없어서 우리는 집사님이 소개한 클리닉에 가보기도 했다. 다행히 별 이상은 없다고 했다. 하지만 그 클리닉에 세번째인가 갔을 때 내가 배란촉진제를 놔달라고 나서자 남편은 순리에 따르자며 말렸다. 그리고 바로 그날, 남편이 의사와 한국말로 상담하다가 뜬금없이 영어로 뭔가를 질문한 걸 기억한다. 쭉 단답식으로 대답을 하던 의사가 갑자기 나를 흘끔 쳐다보고는 자세하게 한참 설명을 했다. 그의 설명 중에 'harelip'이란 단어가 나온 걸 나는 알아차렸다. 남편의 얼굴이 순간적으로 굳어진 것도 내 착각은 아니었을 것이다. 나는 남편에게 무슨 얘기였느냐고 묻지 않았다. 그도 굳이 설명해주지 않았다. 그날 이후 딱히 뭐가 이상해졌다고 말할 순 없지만 나는 그냥 알고 있었다. 시간이 흘러 우리도 항상 그대로일 수만은 없고 꺼끌거리는 뭔가가 계속 늘어나고 있다고. 그러나 우리 둘다 입밖에 내진 않았다. 내게는 가꾸어야 할 정원이 있었다. 그에게 정비일이 있듯이. 벌레를 잡고 가지를 치고 씨를 뿌리고 구근을 심고 물을 줘야 할 나의 자식들.

가끔씩 그가 농담삼아 이렇게 말하곤 했다.

"당신은 나보다 풀포기를 더 사랑하는 것 같아."

가만 생각해보니 요즘은 통 그 말을 들은 적이 없는 것 같다.

"연못을 만들까봐."

침묵을 깨고 먼저 입을 연 건 나였다.

오랜만에 둘이 마주한 저녁 식탁이었다. 위층 학생들이 며칠 전 다 귀국을 해서 이 큰 집에 우리 둘밖에 없었다. 풍성한 정원은 늘 반찬거리를 제공해주긴 하지만 오늘은 더 특별했다. 그가 좋아하는 깻잎이 아이 주먹만큼 자라나 고운 놈만 수북이 뜯어왔고 역시 그가 좋아하는 우엉을 캐서 왜간장을 넣어 졸이고 풋고추도 따다가 반은 졸이고 반은 된장쏘스와 함께 내놓았다. 이런 쌈밥에 내가 고안한 영양식인 튀긴 가지와 잘 익은 오이김치까지 곁들여 내놓으니 식탁은 풍성했다. 비록 기름진 음식은 없지만 그는 내 채식식단에 불만이 없었다. 건강에 좋다는데 마다할 이유가 있을 리 없다.

"야채밭 옆에 구덩이를 파고 작은 연못을 만들까봐. 어때?"

그는 뭐 좋을 대로 하라고 했다. 그가 즐겨 쓰는 말이었다.

그 말을 하고 바로 식탁에서 일어났다.

나는 자려고 하는 그에게 오늘이 배란기라는 걸 달력을 가리키며 강조했다. 와, 농사 달력이네요, 하고 희주엄마가 감탄했던 한국 복덕방 달력이 거실 한쪽 벽에 걸려 있었다. 씨 뿌리는 시기나 구근, 모종, 포기 심는 시기며 거둬들이는 시기 등 잡다한 원예일정이 일년 내내 적힌 이 달력엔 달리아나 백일홍 같은 꽃이름 옆에 내 이름 써니도 나란히 적혀 있었다. 나의 아기씨가 나오는 시기. 물론 아무도 알아보지 못할 것이다.

알았다고 하고선 그는 거실 텔레비전 앞에 가 앉았다. 이 시간이면 스포츠뉴스를 본다는 걸 알기에 나는 먼저 방으로 들어갔다. 한참을 기다리다 나와보니 그는 텔레비전을 틀어놓은 채 소파에서 잠들어 있었다. 곁에는, 내가 질색하는 인스턴트 라자냐 접시가 뒹굴고 있었다. 나는 그에게 담요를 덮어주고 혼자 방으로 돌아와 잤다.

그날은 퇴비를 만들려고 그로써리 주인에게 야채찌꺼기와 생선뼈 등을 푸짐히 얻어온 날이었다. 나를 볼 때마다 엄지손가락을 쳐들어 보이며 내 정원을 칭찬하던 그 주인은 혹시 '그린 핑거'라는 말을 들어보았느냐고 했다. 그의 영어는 간혹 알아듣기 힘들었지만 그 말만은 확실했다. 써니, 유 아 그린 핑거……

집으로 와 나뭇가지와 잡초, 며칠을 모은 음식찌꺼기와 개 고양이 분뇨에 얻어온 찌꺼기를 잘 섞었다. 또 며칠은 남편이 싫은 소리를 하겠구나 하는 생각이 그제야 들었다. 퇴비 썩을 때 나는 냄새가 향기롭지 않은 건 사실이지만 유독 그는 퇴비 냄새에 질색했다. 하지만 이보다 더 좋은 거름이 없다는 걸 알기 때문에 이것만은 양보할 수 없었다.

"코가 어떻게 된 거 아니야? 이 고약한 냄새가 안 나?"

한번은 그가 이렇게까지 말한 적이 있었다. 나는 그냥 웃고 말았는데 그는 그제야 아차 싶었는지 사과를 했다. 말 그대로 코가 어떻게 된 채로 이십여년을 산 사람에겐 심한 욕이 될 수 있다는 걸 모를 만큼 그는 둔감한 사람이 아니었다.

이제 잘 섞은 퇴비에서 서서히 수분이 빠져나가고 푹푹 썩기 시작하면 열이 올라오면서 영양 많은 거름으로 변해갈 것이다. 몇달이 걸릴 것이다. 이 거름 덕에 우리 정원이 늘 보기좋게 유지된다 생각하니 입이라도 맞추고 싶은 심정이었다.

　남편이 근무하는 정비소가 리모델링과 증축에 들어가면서 그는 뜻하지 않은 휴가를 받게 되었다.

　"어디 여행이라도 갈까? 나이아가라 쪽 플라워마켓이 그렇게 좋다는데……" 하고 내가 운을 떼도 그는 그냥 뭉그적댔다. 대부분의 남자가 그렇듯이 그는 텔레비전 앞에서 쉬는 걸 원하는 듯했다.

　한참 진땀 흘리며 퇴비를 만들고 거실로 들어오니 그는 마침 전화를 받는 중이었다. 내가 그의 앞을 지나가자 그는 고개를 스윽 돌리면서 네네, 하고 대답하곤 전화기를 급히 내려놓았다.

　"누군데?"

　그는 텔레비전 볼륨을 다시 키우며 심드렁하게 대답했다. 좋아하지도 않는 씨트콤 프로였다.

　"희주엄마야."

　"그런데?"

　"뭘 두고 간 것 같다고. 혹시 봤냐고."

　그는 여전히 시선을 텔레비전에 고정하고 있었다.

　"뭘 말이야?"

　"뭐 스카프라나."

　내가 곁으로 다가가자 그는 코를 움켜쥐며 소리를 질렀다.

　"안돼, 씻고 와! 그리고 제발 그것 좀 나 없는 날 하면 안돼?"

내가 삼십분이나 샤워를 하고 거실로 와 앉았을 때도 그는 텔레비전에 시선을 고정하고 있었다. 그리고 혼자 계속 뭐라고 중얼거렸다. 그는 기분나쁠 때면 일부러 내가 알아들을 수 없는 영어를 썼다.

일년 전까지만 해도 그는 내가 아무리 냄새나는 퇴비를 만지고 들어와도 곧장 나를 안아 침대로 데려가곤 했다.

"알아? 여기선 파슬리 냄새가 나. 여기선 라벤더 냄새가 나는데……" 하며 오래오래 내 몸을 더듬고 냄새를 맡던 그였다.

나는 소파로 가 앉으며 그에게 물었다.

"그런데 그런 핑거가 뭐야? 그로써리 주인이 나보고 그러던데, 좋은 말이야?"

내가 그의 어깨에 얼굴을 묻자 그도 내 어깨를 싸안으면서 말했다.

"뭐, 풀이나 그런 걸 마법처럼 잘 키우는 손이라는 뜻인데, 그런 마법사나 마녀, 그런 사람도 그렇게 부르고."

그 말을 들으니 기분이 좋아졌다.

"그래? 그럼 칭찬이네. 내가 그 정돈가?"

그가 어이없다는 듯 웃으며 나를 바라보았다.

"그게 그렇게 좋아? 마녀래도?"

순간 그답지 않게 비꼬고 있다는 걸 알아차렸다. 나는 몸을 일으켜세웠다.

"무슨 말이 그래? 왜 그렇게 뾰족하게 굴어?"

"내가 뭘?"

"몰라서 물어?"

"웅. 늘 과민하게 구는 건 당신이지 내가 아니거든."

"그래서 애를 갖기도 싫은 거야?"

"여기서 갑자기 왜 애 이야기를 꺼내? 이것 봐, 당신이 늘 이런 식으로 꼬투리를 잡잖아."

"나 닮은 애를 낳을까봐 겁나?"

내 마지막 말에 그가 웃어넘기면서 무슨 말 같지도 않은 소리야, 하고 넉살좋게 나왔다면 아무 일도 없었을 것이다. 그러나 그는 말 그대로 뻣뻣하게 굳어 있었다. 그리고 한마디만 하고 일어났다.

"관두자, 써니."

내가 하지 말아야 할 말을 내뱉은 건 사실이지만 내가 먼저 하지 않을 도리가 없었다. 그는 절대로 먼저 시빗거리를 만드는 남자가 아니었다. 때로는 그것이 교활하게 느껴지기도 했다.

부부가 한집에서 이틀이나 냉랭하게 지낸다는 건 고역이었다.

그와 말하기 싫어 나는 혼자 힘으로 연못을 만들 구덩이를 파기 시작했다. 삽질에 꽤 익숙하다고 자부하지만 모종삽이 아닌 큰 삽은 힘에 부쳤다. 누가 건드리면 왈칵 눈물이라도 날 것 같았다. 이틀 동안이나 각방을 쓰고 제대로 눈을 붙이지도 못해 더 그런지도 몰랐다.

그때 누가 내 어깨에 손을 얹었다. 남편이었다. 손에는 목장갑을 끼고 있었다.

"삽 줘."

나는 말없이 삽을 내밀었다. 남편이 어른 키만한 크기까지 구덩이를 팠을 때 나는 그만하자고 했다. 그는 땀으로 흠뻑 젖어 있었다. 인부를 시켜서 할걸, 땅 파는 게 이렇게 힘든 줄 몰랐어, 내가 말했지만 남편은 괜찮다며 조금 더 해도 된다고 했다. 나는 목욕물을 받아놓겠다고 하고선 먼저 집 안으로 들어왔다.

욕실에 들어와 물을 틀고 생각해보니 저녁 샐러드 만들 야채 거리가 하나도 없었다. 다시 정원에 나가려던 나는 남편과 현관 입구에서 마주쳤다. 그런데 그의 얼굴이 한번도 본 적 없는 표정으로 굳어 있었다. 그는 내 팔을 꽉 잡고 물었다.

"이게 뭐야? 당신은 알겠지?"

너덜너덜해진 천조각이었다. 나는 그의 그런 험악한 태도를 처음 봤기에 놀라서 가슴이 콩닥거리기까지 했다.

"내가 어떻게 알아?"

"희주엄마가 말이야." 그제야 노리끼리한 금빛 문양이 눈에 약간 익은 듯 보였다. "잃어버리고 갔다는 바로 그 스카프지. 보여? 여기 가위질돼 있는 거?"

나도 모르게 한숨이 새어나왔다.

"나는 모르는 일이래도."

"그럼 스카프에 발이라도 달렸나? 어떻게 이게 양배추밭 속에 들어가 있지?"

"여보, 난 정말 몰라."

"………"

"도대체 왜 내가 그런 짓을 했겠어? 당신은 날 그렇게 몰라? 남편이라는 사람이……"

"내가 당신을 아니까 이러는 거야. 나도 처음엔 그럴 리가 없다고 생각했지. 하지만 당신은 늘 이해할 수 없는 짓을 하고선 시치미를 뚝 떼잖아. 정말 기억을 못하는 거야? 당신은 정말 자기한테 불리한 건 다 잊어버려? 원래 뇌 구조가 그래? 장모님 말씀대로 당하고만 살아서 그렇게 이상하게 변한 거야?"

"엄마 얘긴 하지 마."

"당신, 계속 희주엄마를 못마땅해하고 싫어했던 것 내가 모를 줄 알아? 그거 의부증인 거 알아?"

"그건 당신이 몰라서 그래. 그 여자가 먼저 나한테 언청이가 어쩌고 하면서 날 깔봤다고."

"………"

"그 표리부동한 여자가 정말 그랬다고!"

"………"

"그렇게 보지 마. 왜? 내 얼굴이 이상해? 코가 비뚤어지고 있어? 잇몸에서 뼈라도 튀어나왔어? 왜 그렇게 봐? 말해!"

"써니, 아니 순희야……"

그가 놓았던 손을 다시 잡았다.

"난 정말 못 견디겠어. 네 얼굴은 멀쩡해. 비뚤어진 건 얼굴이 아니고 네 마음이야. 난 점점 네가 무서워. 처음 만났을 때 넌 이렇지 않았어. 이런 성격일 줄은 정말 상상도 못했어."

"그래서, 결혼한 거 후회해?"

"때로는."

남편의 말을 듣고 다리가 후들거려서 나는 주저앉았다. 그도 옆에 같이 앉았다.

"병원에 가서 상담을 받자."

"………"

"정원일은 제발 그만하고…… 거기에 매달리고 나서 정말 더 이상해지고 있어."

"정말 나 닮은 애가 태어날까봐 겁나? 말해줘."

그는 말하지 않았다. 그는 가식이 없는 남자였다. 아니야 절대 그렇지 않아, 하고 빈말이라도 한마디 해준다면 얼마나 좋을까.

"나 말이야." 그가 내 손을 꼭 움켜잡으면서 말했다. "나도 생각할 시간을 줘. 나, 여행 좀 갔다올게. 그러잖아도 말하려고 했어. 갔다와서 다시 얘기하자, 응?"

"안돼! 갔다 언제 오려고! 싫어!"

그는 솔직하고 친절한 사람이지만 단호할 땐 단호했다. 그가 욕실에 들어간 뒤 난 어떻게 해야 할지 몰라 그 자리에 그대로 주저앉아 있었다.

문득 성남의 단칸방 집을 떠나기 전날 세탁소에 불이 났던 기억이 떠올랐다. 멀거니 불구경을 하고 있는 나 자신도 어슴푸레 생각난다. 불이 옮겨붙는 과정은 정말 신비롭고 황홀했다. 그런 멋있는 광경은 처음 보는 것 같았다. 그런데 갑자기 엄마가 내 머리채를 잡아끌고 들어와 종아리를 걷으라고 했다. 나는 아무 짓도 안했다고 했지만 엄마는 내 말을 믿어주지 않았다.

"누가 봤으면 어떡하려고, 그러다 누가 죽기라도 하면 어떡하려고!"

난 너무 억울하고 엄마가 미웠지만 다음날이면 그 거지 같은 동네를 떠날 수 있어서 참기로 했다. 그 계집애네 집에 불을 내버리는 꿈은 몇번 꾼 적이 있지만 실제로 그랬을 리가 없다. 다른 사람을 해치다니, 상상만 해도 무섭다.

나는 마음을 가라앉히고 방으로 들어갔다. 남편이 작은 가방을 싸고 있었다.

"지금, 뭐 하는 거야?"

그는 말없이 속옷을 개켜넣고 있었다. 나는 가방을 빼앗았다.

"당신 왜 이래? 당신이야말로 왜 이렇게 이상하게 굴어? 부부 싸움 한번 했다고 짐을 싸?"

그는 나를 안쓰러운 눈길로 쳐다보았다. 그런 눈은 싫다. 이 언청아, 너는 어쩌다 그렇게 태어났니, 하는 동정의 눈.

"말했잖아. 당분간 떨어져 있자고. 나 여행 좀 하고 싶다고."

"………"

"헤어지자는 게 아니야."

"알았어."

그제야 난 이해가 됐다.

"밴쿠버로 갈 거지? 희주엄마한테로. 어제도 그 전화였지? 옳아, 그래서 그 여자가 헤어질 때 울고 짜고 오버를 한 거였구나. 일말의 양심은 있었나 보지?"

가슴속에서 작은 불길이 치솟고 있었다.

"도대체 무슨 소리야? 말도 안되는 소릴. 이러니 내가 당신 때문에 미치겠다고 하잖아! 뭐든지 자기 맘대로 하고 맘대로 생각하고!"

"나한테 어떻게…… 이럴 수가 있어. 이렇게 갑자기 짐을 싸면 어떤 여자가…… 아무리 당신 말이 맞아도 너무하잖아."

목이 메어오고 눈앞이 흐려졌다. 남편은 그제야 당황한 듯, 자기가 경솔했다며 진정하라고 날 달래기 시작했다. 그리고 썼던 가방을 저만치 밀쳐놓고 나를 꼭 안아주었다. 그리고 눈물범벅인 나를 침대에 뉘고 이불까지 잘 덮어주었다. 나는 그의 팔을 베고 울다울다 결국 잠이 들었다.

눈을 떠보니 어느덧 깜깜한 밤이었다. 꽤 오랜 시간이 흐른 듯한 느낌이었다. 방을 나와 집 안 구석구석을 다 돌아보았지만 남편은 보이지 않았다. 넋나간 얼굴로 식탁 한구석에 앉아 있는데 잠시 후 현관 구석에서 부스럭거리는 소리가 났다. 가방을 멘 그가 현관문을 열고 들어와 신발장 위에 놓인 지갑을 집는 순간, 눈이 마주쳤다.

"미안해, 써니."

"………"

"갔다와서 이야기하자. 전화할게."

"………"

돌아서는 그의 가방을 낚아채려 하자 그는 가방끈을 잡고 버텼다. 그러더니 현관 밖 계단으로 황급히 내려갔고 나는 그의 등을 주먹으로 내리쳤다. 그가 조금 휘청거렸다. 나는 얼른 계단 밑으로 내려가 바닥에 있던 삽을 손에 들었다.

"못 가."

"너 정말 미쳤니?"

"브라이언, 나한테 이러지 마."

그가 내 손에 있던 삽을 가볍게 빼앗았다. 맨손이 된 나는 그의 얼굴을 한대 갈겼다. 그의 얼굴이 돌아가면서 순간적으로 그의 눈에서 불꽃이 번쩍했다.

"우리 이러지 말자."

그가 삽으로 날 칠 듯했다. 그의 눈빛이 무서웠다.

그리고 하늘이 나를 덮치는 듯한 기분이었다.

"써니, 써니, 아 유 오케이?"

브라운 부인의 목소리에 나는 눈을 떴다.

내 방 침대였다. 브라운 부인과 그 친구들이 날 둘러싸고 있고 뒤에 서 있던 누군가가 앞으로 불쑥 튀어나왔다. 집사님이었다.

"걱정했어요. 햇볕도 따가운데 또 모자도 안 쓰고 일하다 쓰러 졌다고…… 한두 번도 아니면서……"

목이 말랐지만 나는 집사님에게 먼저 물었다.

"브라이언은요?"

집사님 얼굴이 약간 난처한 듯 보였다. 어제 좀 싸웠어요, 혼 자 여행 간다고 해서,라고 내가 한마디 덧붙이자 그제야 집사님 얼굴이, 그럼 그렇지 하는 표정이 됐다.

"저기, 저 부인이 어젯밤 정류장에서 브라이언이 버스 기다리 는 걸 봤다네요. 인사를 했는데도 모른 척하더라고."

그가 서 있는 걸 봤을 뿐이지만 모두 브라이언이 떠났다고 확 신하는 얼굴이었다.

그제야 난 알 수 있었다. 대부분이 과부인 이 노부인들이 왜 그렇게 날 안쓰러운 눈빛으로 보고 있었는지. 내게 수시로 싱싱 한 피망과 차즈기와 양상추, 잼이며 피클, 파이 등을 얻어먹은 그 들이 왜 몰려와 있는지. 하지만 난 도무지 기억이 나지 않았다.

그에게서 전화는 오지 않았다.

그렇게 몸싸움까지 하고 갔으니 그럴 만도 하다고 생각했다. 내가 삽까지 들었으니 그도 많이 놀랐겠지. 마음정리가 되면 전화할 거야. 나는 이해해주기로 마음먹었다.

연못은 만들지 않기로 했다. 대신 그 자리에 남편이 좋아하는 체리토마토 묘목을 잔뜩 심었다. 그 구덩이를 어떻게 다 메웠는지, 내가 했지만 참 대단하단 생각이 든다. 미친 듯이 했으니 아침에 탈진해 쓰러졌겠지. 그와 그렇게 싸우고 나니 연못이고 뭐고 다 필요없단 생각이 들었고 난 일이 필요했다. 결과적으론 잘된 거지만.

브라운 부인과 그 일당들은 전보다 더 자주 놀러 왔고 새 체리토마토밭을 보고 놀라워했다. 도대체 여기다 뭘 줬기에 체리토마토가 이리 크냐고, 꼭 사과알만하다고.

물론 사람들은 내가 직접 퇴비를 만들어 쓴다는 걸 다 알고 있다. 이번에 유난히 냄새가 심한 것은 생선뼈를 많이 넣어서 그럴 거라고들 했다. 내 야채들이 그걸 먹고 저리 탱글탱글하게 열매를 맺었으니 비린 생선뼈 하나도 그저 고맙기만 했다. 우리도 언젠가는 죽어서 묻히면 흙으로 돌아가고 그 안에서 이름모를 식물들을 무럭무럭 키우겠지, 이런 생각을 하면 마음이 편해지고 왠지 경건해지곤 했다. 자연의 순리에 겸허해지는 순간은 이렇게 사소한 정원일에서도 문득문득 다가오는 것이다. 남편과 함께 이런 경험을 나눌 수 있다면 더없이 감사할 텐데.

이 정원에 부족한 게 뭔지 이제는 알 것 같다. 그건 바로 사람이다. 남편과 나의 아이들, 희주처럼 마음껏 뛰어놀 어린아이들, 피가 돌고 맥박이 뛰고 나의 자궁에서 싹이 터 자라난 나의 아이들. 필요한 것은 꽃도 나무도 연못도 아니었다.

가끔 이런 생각이 든다. 남편에게 내가 언청이인 사실을 끝까지 숨겼다면, 지금 우리는 어떻게 살고 있을까. 아이는 여러 명 낳았을까. 그리고 별탈없이 잘살고 있을까.

아직도 나는, 쨰보라고 병신이라고 놀리는 아이들을 피해다니는 어린 나를 꿈속에서 보곤 한다. 잠에서 깨어나면 안도의 한숨을 쉬긴 하지만, 가끔은 깬 줄 알았는데도 여전히 꿈속에 있는 것 같은 묘한 기분을 느낄 때가 있다.

남편이 돌아오면 그의 말대로 상담도 받고 그가 하자는 대로 할 것이다. 그리고 어서어서 예쁜 아이들을 가져야지. 이 싱싱한 체리토마토를 다 따기 전에 그가 와야 할 텐데. 남편이 올 즈음엔 퇴비 썩는 냄새도 한결 덜할 것이다.

그가 빨리 돌아왔으면 좋겠다. 아니, 그는 곧 돌아올 것이다.

전망 좋은
집

1

강 건너 아파트의 불빛들이 크리스마스트리처럼 깜빡이며 스카이라인을 따라 너울대고 있었다. 청담대교의 불빛들, 써치라이트를 밝힌 차들의 행렬이 점점 느려지는 걸 보니 퇴근시간이 가까워온 듯했다.

이제 나가야 한다는 것을 알면서도 혜령은 편히 누인 몸을 다시 일으키기가 싫었다. 보드라운 극세사 천으로 휘감은 헤드라인 소파는 너무 편했고 바로 통유리창으로 보이는 거실 야경은 바라만 봐도 지루하지 않았다.

이 아파트에서 이렇게 완벽한 집은 더이상 없어요. 딴데 가서 얼마든지 알아보세요. 한강이 직통으로 보이는 이런 집은 원래 몇집 안돼요. 또 햇볕 팡팡 들어오는 남향이지, 가운뎃집이지, 주인이 베란다 확장 다 해놨지, 게다가 급매로 싸게 나왔지……

처음 이 집을 소개한 부동산업자는 현관문을 열기 전부터 침을 튀겨가며 읊어댔다. 혜령은 물론 건성으로 듣고 있었다. 가게를 계약한 뒤, 근처 아파트는 어떤가 둘러나 보자는 심사로 온 것뿐이었다. 이사할 생각이 없는 건 아니었다. 나중을 위해서라도, 어린이집과 소아과, 유치원, 초등학교, 학원, 마트 등 모든 편의시설이 오분 거리에 있는 곳에 살면 좋겠다고 생각은 했다. 이 아파트단지가 딱 그런 곳 중 하나였다.

부동산업자가 현관문을 따고 거실로 들어선 순간, 혜령은 마치 새로 산 동화책의 첫 장을 촤악 넘기는 느낌이 들었다. 나중에 곰곰 생각해보니, 그날은 날씨가 징그럽게 좋았던 것이 분명하다. 겨울이라 햇볕은 더 길게 들어왔고, 눈이 찌푸려질 만큼 강한 햇살이 사방 벽면을 샛노란 호박빛으로 물들였다. 통창 쪽에선 은은하게 반짝이는 강줄기가 혜령을 기다리고 있었다.

그러나 그때만 해도 혜령은, 정말로 이 집을 사게 될 줄은 꿈에도 몰랐다. 생전 그러지 않던 혜령이 간만에 성화를 부리자, 집을 보고 온 남편도 혹한 눈치였다. 며칠을 혼자 동분서주하고 알아보더니 전격적으로 계약서에 도장을 찍었을 땐 오히려 혜령이 당황할 정도였다. 이재에 밝은 남편의 판단이 크게 틀리진 않았다. 이사온 뒤 집값은 일이억 이상 계속 올라가는 추세였다. 혜령은 마냥 신기했다. 남편은 당연히 그 정도는 올라야 할 집이라며 시큰둥했다. 바로 근처에 초고층 주상복합단지와 백화점과 멀티플렉스 영화관과 대형마트가 속속 지어질 예정이었지만 혜령은 그것이 그렇게 대단한 것인 줄 모르고 있었다. 집을 구경온 사람들도 호들갑을 떨었다. 강남에선 이런 정남향에 한강 조망은, 꿈도 못 꾼다면서.

한강도 한강이지만 바로 앞 시야가 툭 트인 것도 혜령의 마음에 들었다. 아파트 배치가 디귿자형인 경우가 많아 앞에는 보통 다른 동이 시야를 가로막곤 하는데, 혜령의 집은 맨 앞동이다보니 그런 악조건을 피할 수 있었다. 바로 앞에 다른 아파트가 바짝 들어와 있다면 또 시야를 막았겠지만, 아파트 바로 앞에는 몇년째 재개발 협상중이라는 주택단지가 섬처럼 남아 있었다. 거기에 만일 이십층짜리 아파트가 들어온다면 혜령의 집은 아무래도 지금 같은 전망을 갖긴 힘들 것이다. 아파트 사람들은, 못사는 사람들이 못사는 건 다 이유가 있는 법이라며 거긴 재개발 물건너갔다고 안심시켰지만 남편은 영 불안해했다.

혜령은 별 상관이 없었다. 이십오층 중에 이십사층, 딱 가운데 라인, 정남향. 이런 로얄동의 로얄층이면 시야가 약간 가린다 해도 한강은 여전히 정면으로 보일 것이다. 그거면 충분했다.

혜령은 천천히 몸을 일으켜 옆에 놓인 롱코트와 체크목도리를 집어들었다. 이제 저녁 손님들이 몰려올 시간이었다. 오늘은 더 서둘러야 했다.

2

집에서 가게까지 가는 데는 오분이면 족하지만 오늘만은 잠시 돌아가야 했다.

주택가 단지가 끝나는 곳엔 뚝섬 시민공원으로 이어지는 지하도와 문닫은 매점건물 등이 휑하게 자리하고 있었다. 언제부터인가 노숙자들이 하나둘 모여들어 살기 시작했고 그에 비례해 일반 사람들의 발길은 뜸해진 곳이었다. 거기에 회색 승용차 한대가 서 있었다.

혜령이 다가가자 흰 제복에 얇은 카디건을 걸친 중년여자가 차에서 내렸다.

"일찍 오셨네요."

"네, 지금 빨리 들어가봐야 해서…… 이거요. 아는 초음파기사가 관뒀어서 구하느라 애 좀 먹었네요."

혜령은 손바닥만한 노란 사각봉투를 받아 주머니에 넣고 흰 봉투 하나를 꺼냈다.

"계좌로 넣어드릴까 하다가 그냥 현금으로 준비했어요."

카디건 입은 여자는 말없이 봉투를 받아 주머니에 밀어넣었다. 그리고 잠깐 무슨 말인가를 하려는 듯 고개를 들었다가 관두고 멀리 강변 쪽으로 시선을 돌렸다.

차에서 얼마 떨어진 곳에 종이박스와 골판지로 만든 노숙자들의 집이 옹기종기 모여 있었다.

그중엔 종종 동네를 하염없이 배회하는 여자 노숙자도 한명 끼어 있었다. 동화 속 마녀처럼 풍성한 검은 망또를 두르고 거기에 달린 뾰족한 검은 모자를 푹 눌러쓰고 있었다. 여름 빼고는 늘 같은 차림이었다.

카디건 입은 여자는 차문을 열면서 말했다.

"무슨 사정인지 묻지 않겠어요. 괜한 일에 휘말리고 싶진 않지

만 제 동생이 전에 신세진 것도 있고…… 혹시라도 다시 연락하
실 거면 전화 말고 문자로 주세요."

그리고 잘 가란 말도 없이 여자는 차문을 탁 닫고 바로 큰길가
로 사라졌다. 혜령도 천천히 걷기 시작했다. 어디선가 썩는 냄새
가 뭉근하게 풍겨왔다. 혜령은 가게가 있는 신시가지 쪽으로 걸
음을 재촉했다.

가게가 있는 초고층 주상복합단지 앞은 언제나처럼 조용했다.
삼년 동안 껌종이 하나 떨어진 걸 본 적이 없었다. 동네 개도 여
긴 얼쩡거리지 않았다. 두 블록 건너 있는 혜령의 집 주변만 해도
이렇지 않았다. 망나니처럼 책가방을 휘두르며 뛰어다니는 초등
학생, 유모차를 끌고 아이 하나는 손에 걸리고 나온 젊은 엄마들,
지하철역에서 막 내린 행인들의 물결, 붕어빵, 호떡, 닭꼬치 등을
파는 포장마차와 모락모락 김이 나는 어묵이며 꽂게, 세발낙지
등을 파는 소형트럭, 그리고 그 앞에서 후후 불며 먹는 사람들,
사이사이 들리는 확성기 소리들…… 사람 사는 데는 다 그러려
니 했다.

어릴 적 혜령의 집은 자갈치시장에서 가장 유명한 목욕탕집이
었다. 늘 벌거벗은 아줌마들이 득시글대고 속옷바람으로 고스톱
치는 걸 보면서 컸다. 때밀이 아줌마가 미술숙제를 해주고 카운
터 언니가 틈틈이 산수문제를 풀어주던 그곳을, 혜령은 한번도
창피하다고 여긴 적이 없다. 목욕탕집 딸, 그게 어릴 적 혜령의
별명이었다.

혜령이 가게 앞에 도착했을 때, 마침 팔짱을 낀 젊은 커플이

안으로 들어가고 있었다. 썰렁한 가게 앞과 달리 다행히 가게 안은 사람들로 꽉차 있었다. 사람들이 일시에 혜령을 바라보았다.

"사장님, 빨리 오세요. 베이글 반죽이 모자라요. 와플 주문도 밀렸어요."

단골들이 인사를 건넸다. 혜령에게 소리친 아르바이트생 문군은 웃고 있었지만 옆에 서 있는 여자는 고개만 까딱였다. 막 구운 베이글에 크림치즈를 바르고 있는 듯 고소한 양파향과 치즈향이 동시에 풍겨왔다.

"미스 송, 왜 저러니?"

"네, 말도 마세요. 또 1205호 아줌마가 커피에서 탄내가 난다고 빠꾸시켰어요. 손님은 많아 죽겠는데 두 번이나 다시 커피 내리고…… 그러면서 사장님이 하면 항상 맛이 좋던데, 이렇게 또 속을 긁더라고요."

손으로 직접 반죽해 펄펄 끓는 물에 살짝 넣었다 건진 것을 오븐에 바로 구워내는 이 집의 통밀베이글은 꽤 인기를 끌고 있었다. 막 구운 빵은 무엇이든 맛나지만 이 베이글만큼 쫄깃하고 고소한 것은 드물다고 단골들은 칭찬했다. 잡지사에서 두어 번 취재를 나온 적도 있었다.

혜령은 머핀 하나를 봉투에 담아 창가 쪽에 혼자 앉아 있는 여자에게 다가갔다. 혜령과 같은 아파트 옆동에 사는 1205호. 매일 가게에 도장을 찍는 손님이다. 늘 혼자 시커멓고 볼품없는 개 한 마리를 끌고 다녔고 생전 살갑게 인사하는 법이 없었다. 어쩌다 정면으로 눈이 마주치면 목례인지 아닌지 알쏭달쏭한 포즈를 취하긴 했다. 그것도 순식간의 일이었다. 혜령은 그런 사람들을 잘 알고 있었다. 마음은 그게 아닌데 좀처럼 표현 못하는 사람들.

"많이 기다리셨죠? 여기 새로 만든 머핀 하나 넣었어요. 씨나몬향 좋아하시니 입맛에 맞으실 거예요."

여자는 뭐라고 웅얼거리고는 바로 가게문을 열고 나갔다.

"웃겨. 맨날 마시는 똑같은 커핀데 뭐가 다르다고 유난을 떨어, 유난을."

미스 송은 곁에 다가간 혜령에게 그제야 툴툴거렸다. 혜령은 그래그래, 네가 참아야지, 하며 미스 송의 등을 토닥여주었다. 미스 송은 지금 가게에 없으면 절대 안되는 사람이었다. 혜령만큼은 아니지만 베이글을 꽤 잘 구웠다. 최소한 올겨울까지는 꼭 있어줘야 했다.

둥근 테이블에 앉아 여고생들처럼 까르르 웃음을 터뜨리던 여자들이 그제야 혜령을 돌아보았다. 주상복합에 사는 패거리들, 주요한 단골들이었다. 그중 한명이 생글거리며 말을 붙였다.

"어머 사장님, 요새 배 많이 불렀다. 배 모양을 보니 딸 같은데. 왜애? 요새는 딸이 더 좋잖아? 그리고 더 이뻐지는 것 같아, 하나도 붓지도 않고. 난 그때 너무 부어서 애아빠 운동화 신고 다녔잖아. 이제 막달 되던가? 애 되게 순한가보다."

혜령은 주머니에 넣어둔 것을 꺼내 당장이라도 여자들에게 보여주고 싶었지만 꾹 참았다. 그러면 이 하이에나 같은 여자들은 한꺼번에 달려들 것이다. 빵반죽을 오븐에 넣으며 가만히 생각해보니 그 여름, 바로 그날도, 이 여자들은 여기 있었다.

저중의 누군가가 먼저 조심스레 물었다. 그게 누구였더라. 혜령의 기억력은 점점 형편없어지고 있었다. 사장님 요새 몸이 조금 불은 것 같아요. 이상하네, 살찔 체질은 아닌 것 같은데. 아냐 아냐, 무슨 좋은 일 있는 거 아니에요? 맞구나, 그렇죠? 어머어 머, 여기 봐요. 축하할 일인데 왜 숨겨? 얼굴 빨개지는 걸 보니 진짠가보네. 우리 여기 개업할 때부터 단골인데 그러면 섭하지. 어머, 축하해요.

기억이 났다. 지금은 아이 어학연수 때문에 필리핀에 나가 있는 C동 4702호의 미술선생. 그 여자가 그렇게 설레발을 치는 통에 혜령은 뭐라고 말할 틈도 없이 쑥스럽게 웃고 말았다. 사실 갑자기 육 킬로그램이나 몸이 불어버려 티가 나지 않는다는 건 불가능했다. 그때가 칠월이었나. 그러니까 벌써 오개월 전 일이다.

혜령은 주머니에 손을 슬그머니 넣었다가 흠칫 놀라 다시 뺐다. 종이 모서리를 잘못 건드려 얇게 베인 것이었다. 페이퍼 컷. 혜령은 티슈로 피를 닦아내고는 가게 구석에 걸린 거울을 물끄러미 바라보았다. 모르는 여자가 쳐다보는 것 같았다.

3

그날 혜령은 모처럼 일찍 눈을 떴다. 일주일에 한번, 분리수거 하는 날이었다.

뒤베란다와 현관 밖 계단 통로까지 그득히 쌓인 종이박스들을 더이상 지켜만 볼 수는 없었다. 사람들이 축하한다며 배냇저고리나 내복 같은 자그마한 선물들을 갖다준 게 그 시초였다. 혜령은 차마 그걸 거절할 수 없었다. 그리고 어느새 혜령도 날마다 컴퓨터 앞에 앉아, 이런 게 필요하지 않을까 자문하며 충동적으로 출산용품을 사모으고 있었다. 몇주 안되어 뒤베란다 창문 높이까지 빈 박스들이 쌓이기 시작했다. 인터넷쇼핑몰에는 없는 게 없었다. 내가 미쳤지 싶으면서도 세살까지 볼 수 있다는 유아용전집과 세발자전거까지 사놓았다. 기저귀는 싼값에 혹해 삼단계용까지 사놓았다. 도저히 자제할 수가 없었다.

분리수거를 하고 있는 경비실 주차장 앞에 나와보니, 이 아침에도 사람들이 많았다. 옆에서 한 여자가 빈 분유깡통을 한꺼번에 와르르 밀어넣고 있었다. 기미가 잔뜩 낀 광대뼈, 한눈에도 성글어 보이는 머리숱, 잠을 못 자 그늘지다 못해 시커매진 눈밑, 이 싸늘한 날씨에도 슬리퍼만 꿰차고 나온 굳은 맨발, 아이가 토했거나 변을 볼 때 묻었음직한 누런 얼룩…… 남의 일 같지 않아 혜령은 마음이 착잡해졌다.

그 순간, 경비아저씨의 날선 음성이 들려왔다.

"아니, 그거 왜 자꾸 집어가는 거요? 여기 살지도 않으면서!"

"어차피 버리는 건데 무슨 상관이에요. 아저씨가 이거 주인이라도 돼요?"

한 여자가 이빠진 화분 두 개와 유아용 책꽂이를 사이에 두고 경비아저씨와 언성을 높이고 있었다. 남자들, 그것도 중늙은이들이 즐겨 쓰는 카키색 등산모자에 솜이 터져 보일락말락하는 검은색 패딩조끼를 입고 있었다. 작달막한 체구로 보아 중년인 듯했다. 둘러싼 사람들은 바라보기만 할 뿐 함부로 끼어드는 사람은 없었다. 아파트에 사는 사람들은 누가 가르쳐주지 않아도 그런 선을 지키는 데에 모두 익숙했다.

결국 경비아저씨와 드잡이 직전까지 간 여자는, 에이 드러워서 관둔다, 하며 뒤로 돌아섰고 바로 그때 혜령과 눈이 마주쳤다. 둘은 서로를 발견하고 함께 놀랐다. 모자 쓴 여자의 얼굴이 살짝 달아오른 듯했고 혜령을 하도 뚫어지게 바라보는 통에 다른 사람들까지 모두 혜령을 쳐다보았다. 민망하기 이를 데 없는 상황이었다. 그런 여자를 아는 사람이라는 게 드러나서가 결코 아니었다. 혜령은 그저 남들의 이목이 부끄러웠을 뿐이었다. 정말이다.

4

"어서 들어와."

친구는 성큼성큼 앞장서서 계단을 가뿐히 올라갔다.

삼층집의 옥탑방. 혜령의 아파트 바로 앞 연립주택 중 하나였다. 혜령이 가쁜 숨을 몰아쉬며 옥상까지 올라오니 바로 정면에 얼마 전 막 지은 새 아파트 건물이 비스듬히 서 있었다. 그것이 이쪽 햇빛을 가리고 있었다.

옥상 한쪽에서는 뚝섬 시민공원을 가리키는 도로표지판이 바로 밑으로 보였다. 그 아래 골판지로 만든 사각형 집들과 노숙자들이 정물화처럼 놓여 있었다. 못 본 새 집들이 더 준 듯했다. 날씨가 추워질수록 그 수는 더 줄어들 것이다. 노숙자들이 주르르 앉아 있는 가운데 검은 망또의 여자가 몸을 흔들흔들하며 노래를 부르는 모습이 보였다. 동네사람들의 소문에 따르면, 그 여자 노숙자는 사실 옆동네 영구임대아파트에 집도 있는데 괜히 사서 고

생하는 것이라고 했다. 몇년 전까지 아이 둘을 데리고 같이 앉아 구걸을 했는데 사회복지사들이 강제로 데려갔다는 얘기도 있었다. 남자를 너무 밝히다보니 일부러 나와 저렇게 남자를 유인한다는 고약한 소문도 있었다.

"뭐 하니, 어서 들어와."

은호. 대학친구 은호가 부르고 있었다.

이름만 남자 같은 게 아니라 하고 다니는 것도 남자아이처럼 거침이 없던 친구. 같은 과긴 하지만 강의실에선 은호를 거의 보기 힘들었다. 일학년 때 잠시 같은 기숙사 옆방에 산 적이 있었는데 그때도 은호는 시커먼 싸파리에 통 넓은 면바지를 입고 다녔다. 이마와 입가의 선 굵은 주름 몇개를 빼면 그때와 변한 것이 거의 없어 보였다. 원래 피부색이 누렜고 얼굴 어딘가에 옅은 칼자국이 숨겨져 있을 것만 같은 분위기, 날 때부터 삼십대의 얼굴을 하고 태어났을 것 같은 아이였다. 하지만 은호를 생각하면 가장 먼저 떠오르는 건 웃음이었다. 실없다고 할 정도로 자주 히죽거리던 그 모습, 작은 일에 연연하지 않고 본질적인 문제에만 집중할 것 같던 그 무엇은, 혜령에겐 없는 면모였다. 졸업하고 몇번 스치듯 보긴 했지만 마지막으로 만난 지는 십년이 족히 넘은 것 같았다.

"들어와. 너네 집에 비하면 변변치 않겠지만 여기도 있을 건 다 있어."

안으로 들어간 혜령은 약간 놀랐다. 일고여덟 평도 안되는 옥탑방은 기대 이상으로 깔끔하고 아늑했다. 쎄피아블루톤으로 맞춘 벽과 커튼, 침대와 의자의 배색과 질감은 과하지 않게 딱 절제

되어 있었다. 옷장이며 작은 책상 하나도 앙증맞을 정도로 귀퉁이들이 딱 들어맞았다. 이철수의 네모난 판화 몇점과 말린 꽃들이 아무렇게나 놓인 듯했지만 그것도 감각의 일부로 느껴졌다. 긴 벽면 하나를 빈틈없이 꽉 채운 책장, 그걸 쳐다보니 문득 자신이 부끄러워졌다. 미국으로 가면서, 그리고 이사를 하면서, 손때 묻은 책들은 거의 다 처분했다. 이제는 다시 보지 않을 것들이라 생각하면서. 꼬여버린 모든 일들의 원흉이 마치 책이기라도 한 듯이, 미련없이 팔거나 버렸다. 지금 혜령은 그걸 약간 후회하고 있다.

은호는 질박한 다기에 우린 작설차를 작은 찻잔에 따라 건네주었다.

"나 이렇게 살아. 자, 마셔봐. 지리산에서 직접 딴 거라 꽤 좋다."

혜령은 향을 한번 음미하고 그 뜨거운 액체를 살살 불어 마셨다. 오랜만에 마셔보는 맛이었다. 은호는 계속 말했다.

"나 솔직히 깜짝 놀랐어. 너 옛날엔 비린내가 날 정도로 빼빼 말랐었는데 이렇게 덩치가 좋아질 줄은 정말 몰랐어. 근데, 보기 좋다. 넉넉해 보이고……"

혜령은 찻잔을 내려놓으며 찻잔받침의 꽃모양을 손가락 끝으로 따라 그렸다. 찻물이 식어가고 있었다.

"갑상선이 많이 안 좋았어."

그것 때문에 급격히 살이 찌게 된 건 혜령으로서도 놀라운 변화였다.

"게다가 나, 요 앞에서 빵집 해. 빠지려야 빠질 수가 없더라."

"와, 꿈을 이뤘네."

당연하다는 듯한 은호의 응수에 혜령은 약간 맥이 빠졌다.

"내가? 그랬어? 언제?"

"너 학교 다닐 때도 빵집주인 되는 게 소원이라고 노랠 불렀잖아. 여러 번 들었던 것 같은데. 왜, 아니었어?"

그랬구나. 아, 내가 그랬어. 이렇게 살게 될 줄 몰랐다고 하루에도 몇번씩 생각했던 게, 그게 아니었구나. 내가 원래 하고 싶었던 거였구나. 혜령은 갑자기 눈앞에 흐릿한 장막이 걷히는 듯한 느낌이었다.

한국으로 돌아와 아무것도 하지 않고 틀어박혀 있던 혜령을 끌어낸 건 지금은 돌아가신 친정아버지와 남편이었다. 학위도 따지 못하고 원어민 같은 영어실력도 못되고 남은 거라곤 그저 취미로 하던 빵 만드는 재주밖에 없었다. 말아먹어도 좋으니 한번 해보라는 아버지의 설득에 결국 혜령은 빵집을 맡고 말았다. 잠깐 해보다 관두게 될 줄 알았다. 아버지가 돌아가시고 팔려고 했다. 그런데 지금 여기까지 와버렸다. 한번도 자신의 손으로 돈을 벌어본 적이 없는 혜령으로선, 가끔 스스로도 신기했다.

"너 남편하고 유학 떠났다는 얘기 들은 게…… 언제야, 칠년 전? 그때쯤인 거 같아. 맞니?"

혜령은 말없이 고개를 끄덕였다. 덤덤했다. 너는 어떠냐고, 너는 결혼했느냐고, 네 남편은 뭐 하는 사람이냐고, 그리고 아이들은 몇이냐고 그렇게 치고 나가는 게 최선의 방어이긴 하지만 혜령은 가만히 있었다. 그런데 갑자기 은호가 정색을 하고 물었다.

"근데 좀 눈치가 이상하네. 너 혹시 아이 가진 거니? 아니지?"

혜령은 그제야 긴장이 풀려 자세를 고쳐앉았다. 두 팔을 뒤로 하고 다리를 쭉 뻗었다.

"뭐 마음대로 생각해."

"그럼, 나 에쎄 하나 피워도 될까?"

"당연하지, 네 집인데."

은호는 부스럭거리며 바지주머니에서 담배 한개비를 꺼냈다. 라이터를 찾다가 보이지 않자 부엌으로 가 가스레인지로 불을 붙이고는 천천히 걸어와 앉았다. 그리고 갑자기 고개를 뒤로 젖히더니 담배연기를 뿜어 동그란 도넛 모양을 만들기 시작했다. 도넛이 세 개 네 개 연달아 허공에 떴다.

아, 맞아 맞아. 너 옛날에도 그걸 잘했지. 혜령은 아이처럼 천진하게 손뼉을 치며 친구를 바라보았다. 은호는 계속 히죽거리며 연기를 뿜어냈다. 별것도 아닌데 왜 이렇게 웃음지? 우리가 나이가 들어서 그래. 나이들면 별로 웃을 일이 없잖아.

이제 혜령은 침대 가에 비스듬히 누워 은호를 계속 내려다보고 있었다. 십년 만에 만난 친구가 보이는 묘기를 이렇게 바라보고 있자니 이상하게 편안해서 잠이 올 지경이었다. 무심코 올려다본 천장에는 모서리가 나달나달한 포스터 한장이 붙어 있었다. 그걸 보는 순간 그 옛날 은호의 기숙사 방에 다시 들어온 듯한 기분이 들었다. 생각해보니 그때도 벽이 아니라 천장에 체 게바라의 얼굴이 붙어 있었다. 기억이 났다. 그 시절 나는 뭘 했지, 생각하다가 가슴이 한결 편해지는 걸 느꼈다.

5

혜령은 서른여덟이 될 때까지 사람 좋다는 말을 수도 없이 듣고 살아왔다. 그러나 남을 의심할 줄 모르고 잘 믿는다는 건, 그 나이 여자에겐 더이상 칭찬이 아니었다.

그 점을 늘 충고해주는 사람이 몇 있었는데 오늘 전화한 친구도 그중 하나였다. 근처 대학병원 원무과에 근무하는 그 친구는 가끔 십여인분의 샌드위치를 배달시키곤 했기에 혜령도 반갑게 전화를 받았다. 그리고 오래간만에 밀린 얘기를 하다보니 은호를 만난 사연도 털어놓게 되었다.

"은호? 박은호? 걔가 너희 아파트에 산다고?"

"그건 아니고…… 하여간 걔, 옛날이랑 똑같더라고. 너도 잘 알지? 맞다, 너랑 같은 노래패 아니었나?"

"………"

"하도 아저씨 같은 옷을 입고 있어서 첨엔 몰라봤는데, 하긴 걔도 나를 몰라보더라. 내가 하도 뚱뚱해져서……"

"………"

"얘, 듣고 있어?"

"그래, 알겠는데, 그런데 너 말이야, 은호 때문에 청바지 뜯었던 거…… 너, 기억하긴 하니?"

"그게 무슨 말이야?"

"내 이럴 줄 알았어. 너 기숙사 같이 살 때 그때쯤 한창 유행하던 청바지 있잖아, 그거 네 올케가 서울 멋쟁이 여대생들 다 입는

54

다고 사보낸 거, 세모로 된 빨간 라벨이 바지 뒷주머니에 딱 붙어 있었잖아. 그걸 입는 애들은 꼭 그렇게 드러내고 입었잖아. 아휴, 넌 어떻게 그걸 기억 못하니? 네가 그걸 딱 입고 나타났더니 은호 걔가 생난리를 쳤잖아. 어떻게 그런 청바지를 입고 시위에 나갈 수 있냐, 그건 부르주아나 하는 짓이니 뭐니…… 그래서 네가 칼로 그 라벨만 싹 뜯어가지고 다시 입고 왔잖아. 보는 내가 기가 막혀서, 아이고 저 비싼 옷을…… 아니 지가 왜 남 옷 가지고 난리야, 선배들도 뭐라 안하는데. 그런다고 칼로 뜯는 너나, 둘다 하여튼…… 나 좌우지간, 걔 별로였어. 그리고 너 이건 그냥 흘려들어라. 나 정확히는 모르겠는데, 걔 유기농 건강식품인지 약촌지 무슨 사업 하다가 완전히 날려먹었다더라. 아주 악질들한테 걸렸나 보더라고. 그런데 걔한테 털린 애들도 또 많단다. 뭐, 걔가 처음부터 그러려고 그런 건 아니겠지. 꼭 있잖아, 알아서 뭉칫돈 갖다넣는 애들. 그런데 은호 걔가 폼도 잘 잡고 원래 말도 그럴듯하잖니. 내 말의 요지는 이거야. 그런 말에 넘어가면 안된다는 얘기지. 이런 말 하면 나 벌받을지 모르지만, 가끔 걔 쓰러지고 했던 것도 좀 의심이 가. 희한하게 뭐가 좀 썰렁하다 싶을 때 거품 물고 픽 엎어지니……"

"쓰러져? 왜 쓰러져?"

"야! 너 정말, 정말 기억 안 나? 네가 걔 업고 그 높은 휴웃길 넘어서 의무실까지 데려간 적도 있잖아? 사람들이 다 쉬쉬하면서 간질 아니냐고 그러고…… 뭐 그런 얘기 있잖아."

"그래 알았어, 무슨 말인지."

"이런 말 하는 나도 속은 편치 않아 얘. 그런데 자고로 사람이

머리털 난 이래로 나쁘게 변하는 건 봤어도 좋게 변하는 건 못 봤
잖아, 안 그래?"

"알았어, 걱정 그만해."

"그래, 그건 그렇고, 별다른 일은 없니? 어디 아프거나 그러지
는 않아? 한번 우리 병원에 들르라니깐."

"알았어. 나 바빠서 오줌누러 갈 시간도 없어."

친구의 한숨소리가 가느다랗게 들려왔다. 무슨 말이 나올지는
이미 뻔했다.

"저기…… 너희 남편은? 여전해?"

혜령은 밀려들어오는 손님들을 바라보며 이제 정말 전화를 끊
어야겠다고 생각했다. 친구에게 거짓말을 할 순 없었다. 천성이
었다. 혜령이 거짓말을 하면 늘 들통이 나곤 했다.

"그건…… 묻지 마라."

"그래, 그건 나중에 너 편할 때 얘기하자. 내 언제 한번 갈게."

좋은 친구지만 당분간 볼 일은 없을 거라고 혜령은 확신했다.
친구는 삼년째 똑같은 말만 하고 있었다.

혜령은 주문받은 베이글쎄트를 모두 포장한 뒤, 미스 송에게
카운터를 맡기고 뒷건물 화장실로 향했다. 그리고 들어가자마자
문을 걸고 쭈그리고 앉았다. 원피스 주머니에서 사진들을 꺼내
찬찬히 훑어보았다. 꼬물꼬물 움직일 것만 같은, 도저히 형태를
알 수 없는 시커먼 초음파 사진. 누구에게 보여주지 않아도, 그저
갖고 있는 그 자체로도 마음이 든든해졌다. 하지만 다시 울고 싶
어졌다. 눈물이 날 것 같아 혜령은 입을 한손으로 틀어막았다. 틀
어막은 입에서 우우 하고 낮게 신음소리가 새어나왔다. 곧이어

화장실 문에 뭔가를 쾅쾅 찍는 소리를 냈지만 아무도 듣지 못한 듯했다.

6

"너 이마가 왜 그러니? 어디 넘어졌어?"

현관문을 열자마자 은호는 그렇게 물었다. 별거 아니라고 얼버무리면서 혜령은 왜 하필 오늘 오라고 했을까 후회하고 있었다. 그러나 어디 사는지 뻔히 아는데 놀러 오라는 말 한마디 않는 건 분명 야박한 짓이었다.

"뭘 들고 오니, 부담스럽게."

혜령은 처음 보는 상표가 붙은 수상한 꿀단지를 받아서 주방 한구석에 내려놓았다.

"그냥 몸 좀 피곤하다 싶을 때 한숟갈씩 타먹어봐. 그래도 토종꿀이거든."

혜령은 사실 은호와 썩 친한 건 아니었다. 친구가 전해준 얘기가 다 헛소문만은 아니라는 것도 알고 있었다. 그럼에도 불구하고, 은호가 유난히 힘들게 대학을 다녔고 그래서 동기들보다 이 년이나 늦게 졸업했으며 또래 중 흔치 않게 구치소생활까지 겪었다는 것 또한 기억하고 있었다. 같이 있으면 왠지 나만 잘사는 것 같아 미안한 마음이 들게 하는 친구, 그게 바로 은호였다.

야, 경치가 백만불짜리구나. 고층이 좋긴 좋네. 공기가 달라. 여기서 그림 그리면 딱 좋겠다. 강줄기도 포커스가 예술이네. 어,

이거 봐라. 우리집도 보이네. 은호는 오늘 짧은 베이지색 바바리 코트를 입고 있어 꽤 말쑥해 보였다. 한번도 파마를 안해봤을 것 같은 부스스한 생머리, 요즘은 잘 신지 않는 하얀 골지양말도 은호에게는 썩 잘 어울렸다. 혜령이 찻물을 끓이고 직접 만든 브라우니나 머랭쿠키 등을 디저트 접시에 담는 동안 은호는 집 안을 한바퀴 휙 둘러보았다.

"혜령아, 나 뭐 좀 물어봐도 되냐?"

은호가 구석진 작은 방 쪽에서 소리쳤다.

"그래, 말해" 하고 혜령은 둥근 쟁반을 받쳐들고 식탁에서 일어났다. 사람들은 누구나 남의 집에 관심이 많다. 거실에 깔린 바닥재 하나도 원목마루인지 앤틱우드인지 데코타일인지 궁금해하고, 그것 하나로 이사온 햇수는 물론이고 그 집의 경제력과 배경, 여주인의 취향과 성품까지 가늠해내곤 한다. 집이란 많은 걸 알려주는 게 사실이다. 혜령은 다른 집에 가면 꼭 냉장고문과 벽 언저리를 유심히 보곤 했다. 거기에 다닥다닥 붙여놓은 삐뚤빼뚤한 아이들의 그림들, 크레파스로 엄마 아빠나 자기 집, 기차나 나무, 햇님 등을 그려놓은 그 뻔한 그림들을 보고 있으면, 생판 모르는 아이들임에도 혜령의 가슴은 불현듯 벅차오르곤 했다. 그 그림들을 바라보는 그 집 엄마의 생생한 환희와 기대, 아니면 쑥쑥 커버리는 아이들에 대한 회한과 애틋함, 아니면 다시 오지 않을 옛 시간들을 잡아보려 애쓰는 무모함과 집착 등이 정도를 달리해 느껴졌고 어떨 땐 하도 적나라해 소름이 끼칠 정도였다. 혜령은 어차피 거짓말에 능하지 못했다. 은호가 뭘 물을지 크게 겁나지도 않았다.

"저기, 내 주제에 이런 말 하긴 그런데……"

은호는 실눈을 가늘게 뜨고 또 히죽 웃어 보였다. 지금 보니 웃을 때 한쪽 입꼬리가 살짝 들렸다. 애매한 순간마다 습관적으로 짓게 된 웃음, 편하게 살아온 사람들은 결코 저렇게 웃지 않는다.

"아냐, 아냐, 됐어."

그러면서 은호는 접시에 담긴 쿠키를 덥석 베어물었다. 그리고 아무 말도 하지 않고 접시에 있는 것들을 하나씩 집어 계속 꾸역꾸역 삼켰다. 그냥 압에 밀어넣는 듯 보였다.

"참, 요 방에 보니 아기 침대랑 뭐 있던데, 왜 저번에 말 안했어? 내가 미안하잖아. 언제 낳는 거니?"

은호는 이제야 목이 맸는지 찻잔을 들어 막걸리 마시듯 후루룩 넘겼다.

됐어, 그게 뭐 대단한 거라고, 혜령이 손사래치는데 마침 전화기가 요란하게 울렸다. 아르바이트생 문군이 오늘 못 나오니 사장님이 빨리 나와달라는 미스 송의 전화였다. 혜령은 은호의 얼굴을 바라보며 곤혹스러운 표정을 지어 보였고 은호는 괜찮다며 눈치빠르게 바바리코트를 집어들었다. 혜령은 얼른 다용도실로 가 묶어놨던 빵봉지들을 가지고 나왔다. 유효기간이 아직 남았지만 처분하려는 것들이었다. 아파트 경비아저씨나 청소부 아줌마, 노인정 등 달라는 데는 많았다. 혜령이 만든 빵은 달지 않고 구수해 나이든 사람들 입맛에도 맞았다.

은호는 자기도 과외수업을 하러 갈 시간이라며 벌써 굽 닳은 단화를 꿰어신고 있었다. 신용불량자가 된 다음부턴 이게 가장 건전한 밥벌이 수단이라고 은호는 심드렁하게 말했고 혜령은 우리 아파트에도 과외 전단을 붙이는 게 어떠냐고 제의했다. 이렇게 일찍 보내는 걸 영 마음에 걸려하는 혜령에게 은호는 대답 대신 그 빵이나 달라고 했다.

"아니, 넌 빵 안 좋아한다고 그랬잖아? 그러지 말고 가게에 가서 새로 구운 걸로 가져가."

"아냐, 아냐, 그게 아니라 지금 막 줄 데가 생각났어. 너 저쪽 길로 가도 되지?"

은호는 여전히 팔자걸음이었다. 밖으로 나오자 바로 등산모자를 꺼내서 눌러썼다. 그쪽 길로 가면 더 멀리 돌아간다는 얘기는 차마 하지 못하고 혜령은 은호 뒤를 따라갔다.

은호가 데리고 간 곳은 노숙자들이 모여사는 그 공터였다. 때마침 한명이 새로 가져온 박스뭉치를 반듯하게 펴고 있었다.

"저기 한번 보자, 지금 리모델링하는 거야."

은호가 목소리를 낮추고는 속삭였다.

그 남자는 주머니칼을 꺼내 몇번 휘휘 휘두르더니 청테이프를 끊어 입에 물고는 익숙한 솜씨로 빈틈을 탁탁탁 막았다. 각을 딱딱 잡아 이어서 몇번 주물럭주물럭거리더니 금세 유아용 텐트만 한 집 하나가 뚝딱 완성되었다. 담요더미와 무가지 신문들, 컵과 냄비, 플라스틱 숟가락을 놓는 선반이 척 얹히고 밖에 있는 짐들도 일시에 정리되었다. 둘리가 그려진 알록달록한 돗자리를 깐 뒤 남자는 이윽고 그 안으로 들어가서 자연스럽게 누워버렸다. 마치 자기 집 안방처럼 편안한 숨소리가 여기까지 들려왔다. 그는 벌써 코를 골기 시작한 것 같았다.

은호는 가장 가운데 있는 집 앞으로 가 골판지로 만든 문을 톡

톡 두드렸다. 검은 망또의 여자가 고개를 삐죽 내밀었다. 은호가 빵봉지를 밀어넣어주며 몇마디를 나누는 듯했다. 언뜻 여자의 목소리가 들려왔다. 이러지 마세요, 나 괜찮다고요. 생각보다 젊은 목소리였다. 그 사실이 혜령에겐 놀라웠다.

"가자."

은호가 어느새 혜령의 곁으로 와 팔짱을 끼었다.

혜령은 박스로 만든 집들을 흘끗 돌아보며 대학 삼학년 때의 일을 잠시 떠올렸다. 빈활이라고 불렀나. 학교에서 좀 떨어진 신정동의 철거민 마을, 용역 깡패가 들어오고 주민이 분신하는 살벌한 곳이라고 겁을 먹고 들어갔지만 다 짓밟힌 판자촌에선 어린 아이들이 땅따먹기와 다방구, 오징어를 하며 놀고 있었다. 동기들은 아이들에게 「얼굴 찌푸리지 말아요」 같은 노래들을 가르쳐주고 도형숙제를 도와주고 으슥한 화장실도 같이 가주었다. 그때 은호도 있었을 것이다. 어떤 남자애가 그랬다. 여기에서 마을 주민인지 여대생인지 유일하게 구분이 가지 않는 사람이 바로 은호라고. 모두 웃어넘겼지만 혜령은 너무 심한 농담이라는 생각에 웃을 수가 없었다. 그때 은호의 표정이 어땠는지는 잘 기억나지 않는다. 하여간 그곳도 지금은 몰라보게 변했을 것이다.

은호가 갑자기 팔짱을 풀고는 발걸음을 딱 멈췄다.

"이런, 지갑을 두고 나왔네. 어쩌지? 택시 타고 가야 하는데. 혜령아, 나 만원만 빌려줄래?"

혜령은 기억력이 그다지 좋지 않지만 거짓말하는 사람들은 정확히 구별할 수 있었다. 뒷모습만 보고도 알 수 있었다. 주머니에서 지폐를 두 장 꺼내 은호에게 건네주고 나니 마침 횡단보도에

파란불이 켜져 있었다. 혜령은 이제 가야 한다며 바로 찻길을 건 넜다. 은호는 혜령의 얼굴에서 아무것도 읽지 못했을 것이다. 혜 령은 그러길 빌었다.

7

마주앉은 여자는 폐경기에 접어든 여고선생님 같은 얼굴을 하 고 있었다. 계속 보고 있으면 이유없이 불쾌감이 느껴지는 인상 이었다. 여자는 두툼한 서류뭉치 중에서 몇장을 골라 혜령에게 내밀었다. 혜령은 그 서류들을 찬찬히 들춰봤다.

나이들은 대개 16세에서 22세, 학력이나 가정환경 등은 대부 분 대동소이했다. 너무 비만이라 안되고, 간염보균자 안되고, 중 학교 중퇴 안되고, 업소? 안되고, 그렇게 하나씩 빼고 나니 그 많 던 서류 중 남는 건 서너 장밖에 안되었다.

가장 위에 놓인 서류에는 볼에 심술기가 가득한 갈래머리 소 녀의 사진이 붙어 있었다. 그 사진을 빤히 쳐다보는 혜령에게 여 자가 한번 헛기침을 하더니 말을 건넸다.

"본인을 직접 보길 원하신다면 잠깐 만나실 수는 있어요."

긴 복도를 지나 끝에서 두번째 방까지 여자를 따라가던 혜령 은, 한눈에도 만삭임을 알 수 있는 소녀 둘을 스쳐지나갔다. 숨쉬 기도 곤란할 만큼 부푼 배, 혜령은 자신의 배를 무심코 쓰다듬었 다. 여자는 곧이어 문을 열고 들어가 손으로 누군가를 가리켜 보 였다. 사진보다는 노숙해 보이고 키가 꽤 큰 소녀가 거기 있었다.

자신보다 스무살이나 어린 산모, 혜령은 말없이 돌아나왔다. 뒤따라나온 여자는 아까보다 더 수굿한 음성으로 말을 붙였다.

"지금 보시기엔 확신이 없으시겠지만, 여기 오시는 분들이 생각보다 많답니다. 만족하실 거예요."

건물을 나와 마당 한가운데까지 왔을 때, 여자는 낡은 경차 하나를 슬쩍 가리켰다. 차가 너무 낡고 작아서 불편이 많다며 어색한 미소를 지어 보였다.

'새롬미혼모의 집' 현판이 걸린 정문을 나와 잠시 뒤를 돌아보았다. 건물 창가에서 누군가가 혜령을 바라보고 있었다. 아까 그 소녀인지는 확실치 않았다. 만족하실 거예요, 이 말이 자꾸 생각나 혜령의 속이 메슥거려왔다.

8

"오늘은 일찍 문 닫네. 그런데 왜 그렇게 얼굴이 상했니?"

혜령이 가게 안을 물걸레질하고 있을 때 은호가 불쑥 나타났다. 요즘 통 잠을 못 자서. 혜령은 솔직히 은호가 그냥 가주었으면 하고 바랐다. 일주일 넘게 밤잠을 설치고 있었다. 보는 사람들마다 예정일은 언제냐, 아이는 딸이냐 아들이냐, 질문들이 많았다. 대통령선거가 코앞에 다가왔는데도 사람들은 그 이야기보다도 소문난 산후조리원이나 부기 빼는 법 등에 대한 이야기들로 열을 올렸다.

은호는 시키지도 않았는데 테이블 걸레질을 도와주고 집기들까지 정리해주었다.

"너, 많이 힘든 것 같아, 그렇지?"

은호가 뜬금없이 하는 말을 내가 뭘, 하고 웃어넘겨야 정상이건만, 혜령은 도저히 그럴 수 없었다.

"혜령아, 나 말이야……" 은호가 갑자기 의자에서 일어나 말했다. "사실 다 들었어."

은호는 앞에 놓인 테이블에 훌쩍 올라가 앉았다. 눈에 거슬렸지만 혜령은 아무 말도 하지 않았다.

"한국이란 나라가 워낙 좁잖아. 나 사실 과외하는 집이 써클 선배넨데 네 남편을 알더라고. 지금 너 별거중이라는 것도……"

혜령은 봉지에 담던 베이글을 마저 담았다. 그래 뭐, 알 만한 사람은 다 알겠지. 하루이틀도 아니니깐.

"그리고 혜령아, 그 얘기도 들었어."

"………"

"내가 얘기만 들어도 가슴이 아프더라. 난 네가 왜 이렇게 인상이 변했을까 몰랐는데, 나야 완전히 이해하긴 힘들지만 네 심정이 오죽했을까 싶더라. 지금은…… 괜찮니, 혜령아?"

"괜찮으냐고?"

은호는 깜짝 놀랐다. 혜령이 피식 하며 고개를 숙이고 웃더니, 갑자기 허리가 꺾일 정도로 깔깔거리며 웃기 시작한 것이다. 높고 날카로운 웃음소리가 어두운 가게에 울려퍼졌다.

"괜찮으냐고? 그걸 나한테 물어? 어떻게 괜찮겠어? 네가 지금 날 이해한다는 거야? 동정하는 거야? 네가 어떻게?"

필라델피아의 그 겨울, 그날도 눈이 엄청 많이 왔다. 남편은 애를 낳자마자 따뜻한 플로리다에 가서 휴양을 하자고 말도 안되는 계획을 늘어놓았고 혜령은 차라리 하와이를 가자고 응수했다. 그렇게 잠깐 웃고 떠들던 순간, 순식간에 차가 미끄러져 뱅글뱅글 돌았다. 삼백육십도를, 아니면 더 돌았는지도 모른다. 어디에 부딪히거나 하지는 않았다. 단지 그뿐이었다. 예정일을 단 닷새 남기고 있었다. 아이의 발길질이 만 하루 이상 멈췄다고 느낀 건 그 다음날이었다. 그리고 병원에 가자, 의사들은 눈치를 보며 아임 쏘리를 반복했다. 잇츠 스틸버스…… 쏘리. 아무도 원인을 모른다고 했다. 남편은 울고 있었지만 혜령은 눈물도 나오지 않았다.

"난 다음날 아이를 낳았어. 남들처럼 진통 다하고 약도 다 쓰고 자연분만했지. 그런데 그 막 낳은 아이를…… 난 한번 안아보지도 못했는데…… 그 아이를 비닐에 친친 싸서 냉장고에 넣더라. 무슨 김장김치처럼. 저기 저것보다 훨씬 큰 은색 스테인리스 냉장고였어."

은호는 바닥의 한 점을 뚫어지게 응시하며 가만히 듣고만 있었다.

혜령의 남편은 나쁜 사람이 아니었다. 당신이 운전을 해서 이렇게 됐다고 혜령이 울부짖고 물어뜯고 달려들어도 아무런 변명도 하지 않았다. 바람이 불어도, 비가 쏟아져도, 눈이 펑펑 와도 그 모든 것이 아이를 연상하게 했다. 오년 전 일이다. 귀국 후 부부는 이곳으로 이사왔고, 차마 헤어지자는 말을 꺼내지 못하는 남편을 대신해, 혜령이 이혼하자고 했다. 그는 결국 서류에 도장을 찍진 않았지만 지방대 교수로 발령나자마자 이 집에 발길을 끊었다. 집 명의를 아예 혜령의 이름으로 바꿔놨다는 것은 나중에 알았다.

혜령은 일어섰다. 그리고 평소와 똑같은 목소리로 말했다. 빵 남은 거 가지고 갈래? 이건 좀 지난 거라 빨리 먹어야 해. 은호는 말없이 일어나 혜령에게서 무거운 봉투를 받았다. 그리고 함께 가게를 나왔다. 은호가 먼저 들어가라고 했지만 혜령은 잠자코 은호를 따라갔다.

은호가 발길을 멈춘 곳은 박스로 만든 집들이 보이기 시작하는 어느 지점이다. 갑자기 은호가 쉿, 하는 소리에 혜령은 주변을 둘러보았다. 혜령의 아파트가 바로 코앞이었지만 이곳은 자신이 사는 곳과 다른 차원의 세상이었다. 위험은 늘 가까운 데 잠복해 있는 법이다. 은호가 소리죽여 물었다. 무슨 소리가 들리지 않느냐고. 혜령도 숨을 죽여보았다. 고양이 울음소리 같기도 하고 웅얼웅얼 기도하는 소리 같기도 한 묘한 소리들이 점점 크게 들려왔다. 은호가 갑자기 뛰기 시작했고 혜령이 뒤쫓았지만 그만큼 빨리 뛸 수가 없었다. 숨이 가빠왔다.

박스로 만든 집들 한가운데에 사람들이 모여 웅성거리고 있다가 은호를 보고는 뛰쳐나왔다. 그들은 순식간에 어둠속으로 사라졌다. 남아 있는 집들은 거의 빈 듯했다. 혜령은 순간 주변을 휙 둘러보았다. 분명히 가느다란 울음소리, 응애응애 하는 소리가 환청처럼 들려왔다. 은호가 가운뎃집 문을 뜯어내고 쑥 들어갔다. 혜령도 안으로 얼굴을 들이밀었다. 검은 망또의 여자가 탈진한 채, 입술이 파래져 축 늘어져 있었다. 망또 밑으로 가느다란 맨다리가 보였는데 핏덩어리와 검붉은 핏자국이 흩뿌려져 있었다. 녹슨 가위에는 피와 허연 살점이 남아 있었다. 그 옆으로 김이 나는 물이 담긴 대야와 주전자, 랜턴 등이 무질서하게 놓여 있었다. 오래된 밍크담요 하나가 몇겹으로 접혀 둘둘 말려 있었다. 혜령은 그걸 바라보다가 어머나, 하고 소리를 지를 뻔했다. 밍크담요 안에는 쪼글쪼글한 피부에 하얗고 뻘건 태지가 점점이 그대로 묻어 있는 신생아가 울고 있었다. 혜령은 주머니를 더듬었다. 부들거리는 손으로 휴대폰을 꺼내 119를 누르려는 찰나, 은호가 휴대폰을 낚아챘다.

"지금 무슨 짓이야! 그럴 때가 아니야!"

"뭐라고? 무슨 소리야? 이러다 이 여자 죽어! 이 피 좀 봐."

"걱정 마! 안 죽어. 그게 문제가 아냐. 애를 봐. 어차피 애는……"

은호와 눈이 마주쳤을 때 혜령은 섬뜩했다. 은호는 한번도 이런 낯선 표정을 보인 적이 없었다. 은호가 담요 뭉치를 끌어당겨 아이를 안더니 물끄러미 바라보았다. 그리고 혜령을 쳐다보지도 않은 채 말했다.

"얘, 네가 데려가! 혜령아, 어서!"

"뭐? 뭐라고? 너 지금 무슨 소리니?"

은호가 아이를 만 담요뭉치를 혜령에게 휙 건넸다. 얼떨결에 아이를 받아든 혜령의 팔이 휘청거렸다. 가슴이 요동치기 시작한 혜령과는 달리 은호는 여전히 침착했다.

"모를 줄 알았니? 그 복대는 언제까지 할 건데? 그런 어설픈 배로 사람들을 다 속일 것 같아? 언제까지? 넌 도대체 생각이 있는 애니?"

은호는 계속했다.

"뭐 해? 어서 애 안고 집으로 가라니깐! 날 추운데 애 감기걸리면 어떡하려고!"

"이건……"

혜령은 아기 얼굴을 바라보며 말을 잇지 못했다. 눈을 제대로 뜨지도 못하고 귀도 아직 접혀 있는 조그만 생명체가 입을 오물거리고 있었다. 순간적으로 혜령은 오년 전의 그 냄새를 떠올렸다. 피냄새가 아닌 또다른 비릿한 내음, 그건 여자의 출렁이는 양수냄새였다. 혜령은 무심코 읊조렸다.

"이건…… 미친 짓이야."

은호는 흥, 하고 코웃음을 짓고는 혜령을 지그시 쳐다보았다. 그리고 입을 열었다.

"그럼 넌, 정상이니?"

"………"

"네가 그런 말 할 자격이 있어? 도대체 어떻게 수습하려고 했는데? 지금 아무 대책도 없잖아?"

"………"

"이 여자는 간질에다가 정신도 온전치 않아. 이애는 분명히……"

은호는 혜령의 얼굴을 정면으로 쳐다보고 말했다.

"고아원으로 보내질 거야. 시간이 없어. 사람들이 오기 전에 얼른……"

그러나 혜령은 넋이 나가 멍한 얼굴이었다. 벌린 입에서 침이 툭 떨어졌다. 그걸 닦을 생각도 못하고 있었다. 그 순간이었다.

갑자기 팔을 치켜든 은호가 혜령의 한쪽 뺨을 세게 갈겼다. 쩍, 하는 소리가 나며 뺨에 뻘건 손자국이 그려졌다.

"정신차려! 지금 이러면 안돼, 혜령아!"

혜령은 뺨을 어루만지며 물었다.

"이…… 이…… 여자는 어떡하고?"

"내가 알아서 한다니깐! 넌 먼저 가. 그래도 늦지 않아. 어서, 어서!"

혜령은 아이를 둘둘 만 담요자락을 끌어올려 완전히 얼굴을 덮어버렸다. 헐렁한 코트 앞자락에 아이를 푹 파묻고 체크 목도리로는 자신의 얼굴을 친친 감았다. 그리고 나와서 뛰기 시작했다. 정신이 없었다. 뛰다가 넘어지기라도 하면 큰일이라는 걸 알면서도 늦출 수가 없었다. 아파트 입구에 거의 다 왔을 무렵 혜령은 그만 주저앉고 말았다. 사레들린 듯 킥켁거렸다. 그런데 돌연 희미한 물체가 눈앞에 어른거렸다. 자그마한 검은 개 한마리가 불쑥 나타나 낮게 으르렁거렸고 누군가가 혜령을 빤히 쳐다보고 있었다. 그다음은 기억나지 않는다. 혜령은 사력을 다해 아파트 안으로 뛰어들어갔고, 현관문, 안방문까지 꼭꼭 잠근 뒤 침대로 올라가 웅크리고 앉았다. 아이를 꼭 끌어안은 채.

잠시 숨을 고른 혜령은 무얼 먼저 해야 하나 생각했다.

담요자락에는 아기의 소변 지린내가 진동했다. 베란다에 쌓인 그 많은 상자들 중 기저귀 박스를 찾느라 거실 바닥은 곧 엉망이 되었다. 그리고 욕실로 가 온수를 틀고 아기 욕조를 꺼내고 타월과 속싸개 등을 꺼내느라 혜령의 온몸이 흠뻑 젖었다. 아기는 탯

줄을 대롱대롱 매단 채 도롱뇽 같은 자세로 쌔근쌔근 자고 있었다. 이집트산 최고급 순면으로 만든 배냇저고리를 입혀 아이를 이불에 누이고 나서야 혜령은 비로소 가슴을 쓸어내렸다. 그리고 원피스 앞단추를 하나둘 풀기 시작했다. 젖가슴 바로 아래에서부터 얇고 넓은 복대로 친친 감은 쿠션이 바닥으로 툭, 떨어졌다. 다 풀고 난 복대는 허물을 벗은 뱀이 똬리를 튼 것처럼 보였다. 혜령의 배는 홀쭉해졌다.

은호는 오지 않았다.

9

그날 새벽 흰 제복을 입은 여자가 초인종을 눌렀다. 여자는 혀를 끌끌 차며 들어와 가방에서 장비들을 꺼내 펼쳐놓았다. 아기의 탯줄을 말끔히 한번 더 잘라 소독하고 집게로 묶었다. 체온과 혈압과 맥박 등을 다시 재고 작은 진공채혈관을 꺼내 피를 뽑았다. 아이가 주삿바늘에 놀라 자지러지게 울었지만 능숙한 솜씨로 아이를 얼렀다. 작은 병엔 순식간에 아이의 소변이 채워졌고 여자는 기저귀까지 새로 갈아준 뒤 비로소 입을 열었다.

"이틀 후에 우리 병원으로 오세요. 저녁 여섯시 넘어서. B형 간염주사를 맞혀야 하니깐. 피검사랑 소변검사 결과도 어차피 봐야 하고."

"………"

"애는 잘 자고 잘 싸네요. 그럼 된 거예요. 뭐 출생신고까지 하면 다 끝나는 거니 그때까진 마음의 준비를 하세요."

여자는 여전히 혀를 차면서도, 마음 독하게 먹어야지 애엄마가 이래서야 쓰겠느냐며 가방을 들고 일어섰다. 그리고 현관에서 구두를 신으며 잠시 망설이다가 혜령의 등을 톡톡 두드려주었다. 이왕 이렇게 된 거, 잘 키워야죠, 너무 걱정 마요. 그 말에 혜령은 복받쳤던 울음을 터뜨리고 말았다. 마치 아이가 경기를 일으키듯, 얼굴까지 시뻘게질 정도로 심하게 울자 여자는 가지 못한 채 서 있었다. 계속 혜령의 등을 두드려주면서.

일주일 동안 혜령의 가게는 문을 닫았다. 사람들은 모두 혜령의 빠른 출산 때문일 거라고 짐작했다. 이주나 삼주 일찍 애를 낳는 경우는 생각보다 많은 듯했다. 다시 가게문을 열었을 때도 미스 송과 문군만이 가게를 지켰다. 사장님이 3.2킬로그램의 예쁜 딸을 낳았다는 사실 말고는 미스 송도 아는 게 없다고 했다.

그 이틀 뒤엔 오년 만의 대통령선거가 치러졌고 정권이 바뀌었다. 이제 사람들은 모이기만 하면 새 대통령에 대한 이야기를 나누었고 혜령의 출산소식은 자연스럽게 묻혔다. 그렇게 몇주가 흘러갔다.

10

"나 사는 데 말이야, 재개발된다더라."

아기 요람을 들여다보며 까꿍을 연발하던 은호가 불쑥 입을 열었다.

"그럼 지금 당장 헐리는 거야?"

"에이, 그러려면 또 한참 걸리지. 저 조그마한 동네 도장 하나 다 받는 것도 십년이 걸렸다는데. 집주인이 아주 이를 갈더라고. 자기는 이주비 몇푼이라도 빨랑 받고 얼른 발빼고 싶대. 보증금 도 말만 하면 바로 주겠대. 좋은 주인 만난 거지. 이제 곧 플래카 드 걸리고 빈집들 늘어나고 어수선해질 거야."

혜령은 새로 빤 수건들을 접으면서 잠자코 듣고 있었다. 거실 통창으로 은호의 방 반쪽, 창문도 딱 반쪽이 보였다. 얼핏 보기에 도 그 동네 분위기가 전 같지 않다는 건 느낄 수 있었다. 산후조 리를 하는 여느 산모들처럼 바깥출입을 자제한 지 꽤 오래였지만 혜령도 듣는 귀는 있었다. 이제 한동안 건물 무너지는 소리 때문 에 꽤 시끄러워질 뿐 아니라 저층 집들은 전망이 가려서 집값이 더 떨어질 거라는 소문이 돌기 시작했고 거꾸로 새 아파트 가격 만큼 동반 상승할 거란 이야기도 들려왔다.

그러는 동안 아기는 아무 이상 없이 쑥쑥 잘 크고 있었다. 경 련을 일으키거나 특이한 증상을 보인 적은 한번도 없었다. 병원 에선 간질은 유전과 큰 관련이 없거니와 증상이 보이면 얼마든지 조기치료가 가능하다고 이야기해주었다. 그 좋다는 초유 한번 먹 이지 못해 혜령은 안쓰러웠지만 아기는 그 흔한 설사나 황달 한 번 보이지 않은 채 순하고 무던하기만 했다.

혜령은 접던 빨랫감을 잠시 놓고 몇번이나 한 질문을 은호에 게 또 해야 하나 잠시 생각했다. 그 여자는, 아기 생모는 어떻게 됐느냐고 은호에게 계속 물어보아도 은호는 걱정하지 말라는 말만 되풀이했다. 은호도, 거짓말은 통 못하는 성격이었다.

"참, 이거 미스 송이 갖다주라고 하더라. 손님 중에 누가 줬다는데."

은호는 쇼핑백 하나를 혜령에게 건넸다. 1205호라는 메모가 붙어 있었다. 하늘하늘한 리본으로 포장한 상자를 열어보니 레이스 달린 화려한 아기 보닛이 나왔다. 그리고 그 밑에 얇은 봉투가 하나 더 들어 있었다. 혜령의 목도리였다. 어디서 잃어버렸는지도 모르고 있던 체크 목도리였다. 아기를 안고 뛰던 그 밤, 갑자기 나타난 그 검은 개는 확실히 눈에 익었다. 그랬구나, 그 여자였구나. 상자에 카드 같은 건 들어 있지 않았다.

혜령은 잠시 창밖을 바라보았다. 조금씩 싸락눈이 내리고 있었다.

11

얼마 전부터 은호의 옥탑방엔 불빛이 보이지 않았다. 다른 집도 약속이나 한 듯, 빈집이 늘어가는 것 같았다. 미스 송이 전해준 이야기에 따르면 공터의 노숙자들도 다 사라졌다고 했다. 그 자리엔 박스로 만든 집들만 남아 있고 가끔씩 가출청소년들이 담배를 피우거나 본드를 마시러 들락거린다고 했다. 그마저도 누가 불을 내서 반쯤은 타버렸다고 했다.

은호가 곁에 없으니, 그간 이것저것 장도 봐주고 보이지 않게 신경써준 것들이 새삼 눈에 띄기 시작했다. 특히 아기 목욕시킬 때가 가장 아쉬웠다. 은호는 생각보다 아기 다루는 데 능숙했다.
조금 궁금했지만 혜령은 물어보지 않았다.

12

"나 이사간다, 혜령아."

며칠 만에 나타난 은호는 그렇게 말문을 열었다.

"어디로? 그렇게나 빨리? 집은 구했니?"

은호는 그저 웃기만 했다. 그럼, 하고 시원스레 한마디만 해주
면 혜령의 마음도 편할 텐데 그러지 않았다. 보통사람들은 쉽게
할 수 있는 행동을 잘 못하는 사람들이 있다. 혜령은 그런 사람들
을 이해하는 편이라고 생각해왔다. 지금까지는.

한참 동안 두 사람은 말없이 아기만 바라보고 있었다.

"은호야."

언젠가는 묻고 싶은 얘기였다. 목이 갈라지는 듯했지만 혜령
은 말을 이었다.

"왜 그랬니? 응, 왜 그랬어?"

묻지 않고 그냥 넘어가도 되지만 혜령은 도저히 그러고는 살
수 없을 것 같았다. 세상에는 그냥 덮어둬야 할 진실들이 허다하
지만, 굳이 입밖으로 드러낼 필요가 없는 말들도 많은 법이지만,
그래도 알고 싶었다.

"넌, 혜령아, 좋은 엄마가 될 거야. 넌…… 그럴 자격이 있어.
충분히."

"네가 어떻게 알아? 날 어떻게 알아?"

이제 은호도 더이상 웃지 않았다. 오히려 그날 밤 혜령의 뺨을 때리던 그 순간처럼 냉정한 표정이었다. 슬슬 한쪽 입꼬리가 말려올라가고 있었다.

"너…… 변했니?"

"………"

"내가 아는 박혜령, 맞잖아? 그럼 된 거야."

그랬구나. 내가…… 그래, 괜한 얘길 물었구나. 은호가 알던 박혜령, 세상물정 모르던 그 여대생, 십오년 십팔년 전의 그 모습을 지금의 내게서 보고 있었구나. 그랬구나. 이제 혜령은 더이상 묻지 않아야겠다고 생각했다.

"이제, 집도 마침 그렇고 어차피 네가 떠나든 내가 떠나든 누군가는 떠나야 하지 않나 싶었는데, 뭐 잘된 거 같아. 넌 여기 계속 살아라. 애 키우기 좋잖아."

이사를 해야 하는 이유에는 여러 가지가 있었다. 설령 남들이 이해를 못하는 이유라 해도 어쩔 수 없었다.

혜령은 아기를 데리고 온 날, 이미 결심을 굳혔다. 이 집을 팔고 이사할 것이다.

그리고 1205호 여자가 선물을 보내온 날, 부동산에 전화해 매물로 내놓았다. 가게도 한번 알아봐달라고 했다.

삼중 보안씨스템을 갖춘, 병원에서 은행까지 모든 걸 한 건물에서 해결할 수 있고 그래서 단지 밖으로는 한발자국도 안 나가도 되는 저 초고층 주상복합건물로 이사갈 수도 있을 것이다. 아니면 여기 사람들은 잘 모르는 먼 신도시 파주나 양주 김포 동탄,

아니면 더 먼 수도권 외곽으로 이사갈 수도 있을 것이다. 아직 결정하지 못했다. 은호에겐 아무 이야기도 하지 않을 것이다.

갑자기 내내 창밖을 바라보던 은호가 짧은 한숨을 내쉬며 입을 열었다.

"근데 말이야, 너야 뭐 정신이 없었겠지만 요번 선거 말이야, 난 참 그랬어. 이렇게 어이없게 한세대가 바뀌는 건가 싶어서…… 참 그렇다. 너도 그렇지?"

혜령은 고개를 크게 끄덕여주었다. 친구에 대한 예의에서만은 아니었다. 한세대가 바뀌었다. 그렇게.

아기를 더 가까이 품에 안으며 혜령은 생각했다. 이사를 가는 게 힘들긴 하겠지만, 할 수 있어. 난 아기 엄마니까. 못할 게 없어.

이 집은 전망 좋은 남향에 로얄층이다. 바로 앞에 학교와 백화점, 극장, 지하철역까지 없는 게 없다. 한강까지 정면으로 보인다. 이 집은 금방 나갈 것이다. 다시 이 비슷한 집을 구한다는 건 정말 힘든 일일 것이다. 혜령은 누구보다도 잘 알고 있었다. 정말로.

그래도 상관없었다.

내게 아주 특별한 연인

1

블루오션 연애학

청색시대

 내가 그 남자를 기억 못하는 데엔 이유가 있었다.

 하필 그와 마주친 곳은, 「인생」(La vie)이라는 그림 앞에서였다. 그것은 내가 가장 좋아하는 피카소의 그림 중 하나였다. 나는 전부터 현란하고 과시적인 그의 전성기 작품들보다 음울한 코발트블루로 뒤덮인 초기 작품들, 소위 청색시대 작품들에 매료되었다. 재작년 유럽여행에서 우연히 피카소 미술관 몇군데를 순례한 것을 계기로 요즘엔 그 시기 화집과 도록을 모으는 취미로까지 발전했다. 올여름 마침 시립미술관에서 피카소 전시회가 몇달 동안 열려서, 나는 시간만 나면 들르고 있었다.

 오늘도 나는 수수께끼처럼 뒤엉킨 「인생」의 인물군상들을 감상하고 있었다. 그때 누군가가 등뒤에서 안녕하세요, 하고 말을 걸었지만 나는 얼른 대답을 못하고 우물쭈물했다. 보고 있던 그림과 들고 있던 화집에서 시선을 옮기는 데에도 약간의 시간이 필요했지만, 무엇보다도 나는 그를 전혀 기억하지 못했다. 그가 내 명함을 꺼내 보이며 지난주 하얏트 호텔에서 뵈었죠, 했을 때에야 좀 낯이 익구나 싶었고 결정적으로 그의 특이한 시계를 본 순간 기억이 되살아났다.

그를 처음 본 건 토요일 낮 한시, 백여명이나 되는 비슷비슷한 남녀들이 바글거리는 결혼식장 한가운데에서였다. 사람을 기억하기엔 최악의 장소였던 셈이다.

그 결혼식의 신부와는 오랫동안 안면이 있는 사이였다. 보고 싶지 않아도 매달 한번 정도는 봐야 하는 모임의 멤버였다. 잘나가는 이십대 여자들에겐 그런 모임들이 중요하다. 내가 걸친 이런저런 모임의 멤버들은 다 그렇게 복잡한 네트워크를 지니고 있다. 웹디자이너, 파티플래너, 펀드매니저, 헤드헌터, 전시기획자, 카피라이터, 광고회사 AE, 숍마스터, 온라인콘텐츠개발자, 심리치료사, 감정평가사, 치과의사, 회계사, 변리사, 그리고 애널리스트 등. 남자들이 술자리를 통해서 우정을 돈독히하듯, 여자들은 주말 오전에 브런치를 먹거나 스파를 하면서 정보와 우애를 나누었다. 물론 그들이 다 친구라고 할 순 없다. 잠옷바람으로 뒹굴거리면서 함께 아이스크림을 퍼먹는 그런 막역한 사이는 아니란 말이다. 전략적 동지, 혹은 제휴관계라고나 할까. 아무리 탄탄히 자립한 맹렬 여성이라 해도 연애나 결혼 문제만은, 중도 제 머리 못깎듯, 혼자 힘으로 해결할 수 없는 법이다.

그날의 주인공인 신부만 하더라도, 나와 같이 온 펀드매니저 A

의 동료와 데이트하면서 누군가의 선배와 양다리를 걸쳤고, 광고 회사 AE인 B의 애인을 뺏어 작은 분란을 일으킨 뒤 결국은 온라인콘텐츠개발자인 C의 동업자와 식을 치른 것이다. 물론 그들의 회사가 대박을 터뜨린 후의 일이고 결국 B는 아무 일도 없다는 듯, 웃으며 신부의 부케를 받았다. 이 바닥이 다 그렇다.

물론 배울 만큼 배운 여자들이니 늘 이런 개싸움만 벌이진 않는다. 단지 우리는 약간 절박할 뿐이다. 신부의 웨딩드레스를 보면서 입으로는 덕담을 주고받지만 속으로는 시름에 잠겨 생각한다. 괜찮은 남자들은 계속 줄어들고 있는데 나는 나이를 계속 먹고 있구나. 그런 착잡함과 위기감이 한데 모인 결혼식장은 늘 기묘하고 비정상적인 쾌활함이 부글거리는 곳이다. 캐묻기 좋아하는 말 많은 친척들까지 합세해 그곳은 롤러코스터처럼 더욱 정신없어진다.

바로 그런 번잡한 피로연장에서 나는 그 남자, 이진호와 인사를 하고 명함을 교환했다. 누군가가 날 보더니, "소공동 지점 S증권 대리시라면서요?" 하며 아는 척을 했고(난 아직도 그가 누군지 모른다) 또다른 누군가가 "그러잖아도 주식 좀 알아보려고 했는데 잘됐네요, 명함 한장 주시죠" 해서 내가 명함지갑을 꺼내자 그 테이블 주변의 남녀 일고여덟 명이 동시에 서로의 명함을 교환한 것이다.

그때 이진호는 바로 내 곁에 있던 남자였다. 스위스에 갔을 때 내가 사려고 했던 것과 똑같은 모델의 스와치 시계를 하필 그가 차고 있었다. 정확히 말하면 스와치 그룹의 명품시계인 블랑팡을 차고 있었던 것이다. 보통 스와치의 백배 이상을 호가하는 명품

중의 명품이었다. 나도 그 모델은 스위스 취리히 매장에서 처음 본 것이었다. 아마 그 자리에서 그걸 아는 사람은 시계 주인과 나밖에 없을 것이다. 아는 사람만 안다는 건, 뭐 기분상할 일은 아니다. 희소한 그의 시계에 비해 그의 외모는 사실 특출하지 않았다. 그 정도면 호남이지,라고 누가 박박 우기면 못 이기는 척 그렇다고 할 만한 외모였다. 조금만 더 후하게 본다면, 시원시원하고 어딘지 이국적인 분위기라고나 할까.

이 와중에도 부지런한 무리는 호감가는 이성과 눈을 맞추려고 기회를 엿보고 있었고 뒤풀이 자리의 합석 여부를 냉정히 따져보고 있었다. 눈에 드는 남자를 발견 못한 여자들은, 그날 신부의 웨딩드레스 끝자락부터 인조속눈썹의 두께까지 꼼꼼히 분석하는데 여념이 없었다.

나로 말할 것 같으면, 그날의 나는 약간 소강상태였다고 할 수 있다. 주로 같이 다니던 감정평가사 K가 오지 않아 적적하기도 했다. K는 더이상 결혼식장을 쫓아다니지 않겠다고 선언했다.

"그 도떼기시장, 안 가고 만다. 혼자 정신수양이나 하련다."

수양은 무슨…… K는 요새 은밀히 연애중이었다. 영화가 될 락말락하다 늘 엎어진다는 씨나리오작가가 그 상대였다. 나는 전부터 K의 경제감각이 심히 걱정스러웠는데 이번에도 그랬다. 그녀는 남의 자산은 정확히 잘 평가하면서도 자기 남자의 가치는 통 제대로 보질 못했다. 그게 바로 연애라는 것의 변수요 함정이었다. 나는 그녀를 지켜보며 되뇌곤 했다. 어떤 남자한테도 쉽게 반하지 말자. 물론 불같은 연애는 절대 하지 않겠다는 내 결심은 이미 소싯적에 굳어진 것이었다.

여기까지만 본다면 마치 내가 꽤 비관적이거나 염세적인 사람처럼 비칠지 모르지만 난 그저 균형감각이 뛰어날 뿐이다. 내가 다른 여자들보다 다소 우위에 있는 점도 없잖지만 냉정한 결혼시장에선 나라고 예외가 아니라는 것 또한 잘 안다. 나 정도의 미모는 청담동 일대에 한 트럭은 될 것이고 내 학벌과 직업, 집안 등은 그저 소시민을 면할 정도의 수준밖에 안된다. 정계 재계 쪽으로 뻑적지근한 집안도 아니거니와 한달에 수십억을 가만히 앉아서 벌어들이는 부잣집 공주님도 아니며 국내에 몇명밖에 없는 희귀한 고소득 전문직도 아니다.

한마디로 그런 '난 년들'이 아니기에 나는 더욱 냉철해져야 한다고 믿는다. 그래서 늘 남들이 보지 못하는 걸 보려고 애쓰고 언제 끝날지 모르는 이런 장기전에 대비해 쓸데없는 체력소모를 줄이려고 노력한다. 이런 긍정적인 자세만이 내 손에 피를 묻히지 않고도 원하는 걸 얻을 수 있는 방법이다.

하여간 그날 결혼식장은 유달리 어수선하고 물이 좋지 않아 나는 일찌감치 후퇴하고 나와버렸다. 내 수준까지 낮추면서 굳이 낄 자리가 아니었다. 아마 그날 받은 명함들은 핸드백 속에 지금도 고스란히 처박혀 있을 것이고 이 남자의 명함도 마찬가지일 것이다.

그 남자는 자기도 그날 피로연이 너무 복잡해 일찍 나왔다고 동감을 표시한 뒤, 자연스럽게 내가 들고 있던 화집에 대해 묻기 시작했다. 그리고 자판기커피를 함께 마실 즈음엔 그가 유학시절 쏘더비경매장에서 인턴사원으로 일한 적이 있음을 알게 됐다. 미술관 큐레이터가 한때 꿈이었다는 내 덤덤한 고백도 그 상황에선 별로 이상하게 들리지 않았을 것이다. 그가 다니는 외국계회사의 최근 실적과 근무조건, 오후 세시 마감장이 되면 귀신같이 몰려드는 내 편두통 등에 대한 얘길 나눌 땐 이미 두 시간이 훌쩍 지나가 있었다.

차를 가져온 걸 은근히 후회하며 나는 결국 주차장에서 그와 이별을 했다. 물론 그는 다음 주말에 인상파 화가전은 어떠냐고 제안했고 나는 못 이기는 척 수락했다. 그의 잘빠진 재규어를 보고 차 좋네요, 하고 한마디하자 그는 눈치빠르게 말했다.

"이거 제 차 아니에요. 제 형편엔 좀 힘들죠. 형 거 빌린 거예요."

오해하지 말라는 듯 말하는 그의 쎈스가 오히려 빛을 발하는 순간이었다.

집에 오자마자 나는 다이어리에 간단히 몇자를 적어놓았다. 잊어버리기 전에 바로바로 정리해놓아야 한다. 뭐 일기라기엔 협소하지만 이런 메모나 작은 기억이 나중엔 유용한 정보가 된다. 연애도 곧 전략인 시대니까.

취미가 너무 고상한 남자는 아닐까 그게 살짝 걱정이 된다. 그런 남자 좋아하다 망하는 꼴을 여럿 봐왔다. 나는 잠시 더 생각해보다가 습관대로 내일의 증시전망까지 적어내려갔다. 증권사에 입사한 뒤 생긴 직업병이다.

내일의 투자전망 : 장시는 여전히 회의적. 보수적 자세.
신매물에 대한 접근은 호재가 나타날 때까지
제한적으로. 외국인과 기관의 매수세에 유념.

블루오션 연애학

그와의 데이트는 그럭저럭 괜찮은 편이었다. 벌써 네번째 만남이다.

헤어지고 전화 한통, 그 다음날 또 한통, 주중에 약속잡느라 또 한통, 이 정도 간격으로 통화가 이루어지는데 좀 심심하긴 하다. 그도 나와 같은 느낌일 것이다. 서로 머리를 굴리는 기나긴 탐색전, 앞으로 한두 단계가 더 남아 있다. 클라이맥스인 확신의 단계까지 도달하기엔 갈길이 멀다. 지금은 자중할 때다. 누구나 아는 연애의 법칙, 상대에게 먼저 전화를 많이 하지 않는다, 즉 목매지 않는다. 문제는 바로 그가 정말 베팅할 만한 위인인가 하는 것이다. 그래서 남자를 보는 나만의 기준은 상당히 까다로운 편이다. 내가 만들긴 했지만 퍽 자랑스럽다. 지금까지 여기에 걸려 아웃된 남자치고 아까운 사람은 하나도 없었다.

1. 브랜드에 집착하는 남자는 실격이다. 다시 말하면 BMW, 벤츠, 구치, 까르띠에, 테그호이어 등 누구나 다 아는 명품브랜드를 노골적으로 드러내는 사람들이다. 요즘은 고급차도 얼마든지 리스할 수 있다. 정말 하이클래스라면 브랜드를 신경 쓰지 않는다. 밋밋한 아르마니 슈트나 발리 구두, 재규어, 소형차 큐브 등 명품이라도 요란하지 않은 클래식을 더 선호하는 법이다.

2. 직업이 무엇이든 영어 구사가 자유롭고 고급 정보가 줄

줄 흘러나와야 한다.

3. 프로야구나 온라인 게임에 취미가 없어야 한다.

4. 오분 동안 말을 하면서 '내가'라는 주어를 열 번 이상 구사하는 사람은 위험하다. 이런 빈도수가 높을수록 이기적인 사람일 가능성이 크다.

5. 주식시세나 경제동향, 세계정세에 정통하고 자기 마이너스통장 한도 등에 대한 경제감각이 확실한 사람이어야 한다.

6. 길을 잃거나 약속이 어긋났을 때 대처하는 자세를 잘 살핀다. 남에게 아쉬운 소리를 어떻게 하는지 보면 그가 자기 인생을 대하는 태도를 알 수 있다.

7. 마마보이인지 여부를 늘 체크한다. 조금이라도 낌새가 있으면 무조건, 무조건 실격.

8. 여자 외모가 뭐 중요한가요, 따위의 뻔한 거짓말을 천연덕스럽게 하는 경우도 결격사유가 된다.

이 기준으로만 보면 그 남자, 이진호는 하나도 결격사항이 없었다. 그의 회사가 유명한 다국적기업이고 누나와 형까지 모두 아이비리그 출신이라는 것까지 감안하면 더욱 그랬다.

그런 그가 왜 아직까지 혼자인지는 계속 의문스러웠다. 그의 설명에 따르면, MBA를 마치고 한국에 돌아와보니 알던 여자들은 다 결혼했고 부모님은 막내인 자신을 별로 재촉하지 않는 편이며, 자신도 맞선 같은 건 촌스러워 관심이 없다고 했다. 그의 취미를 보면 이해가 갔다. 그는 그림에만 조예가 있는 게 아니라 수영과 록클라이밍, 등산, 번지점프, 그리고 스쿠버다이빙에 이르기까지 활동적인 취미가 많았다. 그건 도리어 다행스럽게 느껴졌다. 클림트의 그림을 걸어놓지 않거나 바흐나 바그너를 듣지 않고는 밥이 넘어가지 않는 남자라면 내가 감당하기 힘들었을 것이다.

그를 볼 때마다 나는, 새삼 블루오션 전략을 떠올렸다. 몇해 전부터 기업계를 강타한 블루오션, 그 이론에 따르면 과열경쟁 시장을 피해 참신한 시장을 뚫고 새로운 고객을 만드는 것만이 기업의 살길이라는 것이다. 경영혁신 관련 업무에 관해 좀 안다면 사실 이건 그다지 새로울 게 없는 얘기였다. 차별화전략이니 리스트럭처링이니, 이런 건 이미 다 해온 거다. 아주 삼류회사만 아니라면 말이다. 처음 들었을 땐 나도 그랬다. 뭐야, 매킨지에서 나온 문제해결 기법에서 다 우려먹은 거잖아. 새로운 시장을 개척하는 거 누가 모르나, 그런 독자상품을 개발하는 게 얼마나 어려운데.

그러나 뜨는 이론엔 확실히 뭔가가 있다. 반짝했다 스러지는 다른 슬로건에 비하면 블루오션은 약간 사기 같긴 하지만 그래도 뭔가 해볼 만하다는 생각이 들게 만드는 구석이 있었다.

이렇게 해보고 저렇게 해봐도 다 엎어지면 그걸 우리는 전문용어로 '삽질'했다고 부른다. 그러나 계속 도전하다 결국 성공하면 말 그대로 하루아침에 '벤처'가 되는 것이다. 피 튀기는 경쟁과 오염 때문에 뻘건 적조로 물든 기존 시장을 레드오션이라 불러왔다면 아직 아무도 들어가지 않은 청정구역, 푸른 산호초와 바닷물이 넘실거리는 그곳이 바로 블루오션인 것이다.

문득, 주말 오후 그 번잡한 결혼식장 자체가 레드오션의 전형적인 모습이라는 생각이 떠올랐다. 어떻게든 엮어보려고 몸부림치는 적나라한 쟁탈전. 그 속에서 승리한 커플의 속물적인 축하연. 수많은 들러리들. 가족이란 허울을 쓴 자본주의적 거래.

요새 나는 K처럼 식장 출입을 삼가고 있었다. 대신 일상을 벗어나려고 찾아간 한적한 미술관에서 그를 만났으니, 그와 나는 의도적이진 않지만 블루오션 전략의 추종자가 된 셈이다. 어쩌면 우린 둘다 독자적 상품이고 그래서 서로를 알아본 건지도 모른다.

물론 나는 이런 이론들이 현상을 설명할 순 있어도 미래상을 다 제시할 순 없다는 걸 안다. 나는 여전히 사랑도 믿지 않는다. 내 일이 아무리 그럴듯해도 재밌어죽겠다는 여자도 못된다. 그렇게 일과 결혼해 영영 독신으로 살 게 아니라면, 내 나이 스물여덟, 아직 상품가치가 녹슬지 않았을 때, 남보다 조금이라도 경쟁 우위에 있을 때 공세적으로 나가야 한다. 나는 연애의 경제학, 수요와 공급의 고전적인 원리를 신봉할 뿐이다.

오늘 다이어리엔 다음 데이트 때 조금 더 진도를 나가봐야겠다고 적는다. 그 방법은, 비밀이다. 마지막 증시전망, 과히 나쁘지 않다.

투자 포인트 : 호조건이 조성되고 있으니 선매수 전략 자세로 계속 베팅, 베팅.

그랑블루

그가 가장 좋아한다는 영화를 보러 비디오방에 갔다. 이 나이에 애들도 아니고 무슨, 싶긴 하지만 석 달 된 상대와 데이트하기엔 아주 적절한 장소다. 벌써 네번째다.

지금까지 발견한 그의 단점이라고는, 좀 바쁘다는 점뿐이다. 외국계회사는 무조건 칼퇴근이라는 말은 사실이 아니었고, 게다가 그는 무슨 일이든 흥미를 느끼고 해내고야 마는 축이었다. 그러면서도 그는 틈틈이 창업을 계획하고 있었다. 유학시절 우연히 접한 온라인중개 일로 자그마치 일년치 생활비를 번 적이 있다며 우리나라에 도입해도 승산있는 아이템들이 무궁무진하다고 했다. 그의 유학시절 얘기는 솔직히 지루한 편이었다. 일년 어학연수만 달랑 갔다온 내 처지에선 공감하기 어려운 깊숙한 얘기였다.

그는 칠년 동안 온갖 아르바이트를 쉴새없이 했다. 화장실 청소부터 쏘더비 미술관 통역업무까지 정말 다양했다. 리스크가 클수록 얻는 것도 많다고 말할 때 그의 얼굴은 마피아 보스처럼 잔뜩 비장해 보였다. 볼수록 귀여운 면이 있었다.

언젠가부터는 PDA까지 차고 다녔다. 새로 구축한 인터넷사업망이 있는데 지금이 중요한 시기라며 극장에서 영화를 보다가도 벌떡 일어나 일을 보고 오곤 했다. 물론 나는 그런 것쯤 이해할 수 있는 여자다.

오늘은 그가 좋아하는 「그랑블루」를 보기로 한 날이다. 저번 주말엔 신작영화 중에서 아무거나 골랐다. 물론 봐도 그만 안 봐

도 그만인 영화였다. 여러 번 시찰 끝에 간택한 강남역 부근 비디
오방은 중급 호텔 뺨치게 아늑했고 우린 둘다 영화에 별 관심이
없었다.

지난번에 만났을 때는 한 시간 반 동안 엎치락뒤치락한 끝에
그가 내 브래지어선까지 공략했고 그 이상은 내가 거부해 서로의
속옷 취향을 확인하는 정도에서 마무리됐다. 그의 스킨십 지수를
매기자면 B플러스 정도다. 크게 나쁘진 않지만 아쉬움도 많은 점
수다.

실전에서 점수가 더 내려갈까봐, 은근히 그게 걱정이 되었다.
다른 건 다 좋은데 테크닉이 영 엉망인 경우, 즉 전혀 싹수가 없
어 보이는 경우, 이 케이스가 딱 한 번 있었는데 난 눈물을 머금
고 정리했다. 난 밝히는 여자가 아니다. 그러나 몇십년 동안 쎅스
파트너가 될 텐데 그 정도는 체크해야 서로의 정신건강에 좋지
않겠는가. 차라리 입냄새가 심한 남자라면 어떻게든 해볼 텐데.

그는 이 영화를 백번은 봤을 거라며, 자기는 돌고래들과 잠수
부만 나오면 정신이 번쩍 든다며 너스레를 떨었다. 생각보다 오
래된 영화라 화질이 약간 거슬렸다. 나도 언젠가 주말의 명화에
서 본 적이 있었을 것이다. 그런데 보다보니 그 깊은 바다 속을
휘젓고 다니는 스쿠버다이빙이 흥미로워지기 시작했다. 어떤 기
분일까. 아무리 깨끗하고 짙푸른 바다라 해도 그 밑은 겉보기처
럼 환하고 신비로운 세계는 아닐 것이다. 나는 박력있고 긍적적
인 에너지보다 어둡고 음울한 에너지가 있는 세계에 늘 끌리곤
했다. 그런 세상의 이면을 나는 사랑한다.

영화를 보는 틈틈이, 그는 내 블라우스 안을 탐색하면서도 영

화에 대한 설명도 그때그때 잊지 않았고 휴대폰과 PDA도 가끔씩 체크해주었다. 이 남자, 부지런한 건 정말 알아줘야 한다.

그는 전부터, 출장을 가든 여행을 가든 일년에 두 번 정도는 스쿠버다이빙을 하고 온다고 했다. 가까운 쎄부나 파타야에서 삼사일 정도가 고작이긴 하지만, 한번 그렇게 바다 속을 헤집고 나오면 살맛이 난다고 했다. 전부터 사랑하는 여자가 생기면 꼭 같이 가보고 싶었을뿐더러 내가 수영복 입은 모습은 환상적일 거라고 그가 속삭였다.

어느 순간, 그의 입이 내 귓불을 깨물면서 그의 오른손이 스커트 속으로 쑤욱 들어왔고 왼손은 이미 내 양 가슴 사이 깊숙한 골을 헤엄치고 있었다. 마침 돌고래들이 화면 가득 나타나 풍덩거리며 재주를 부리고 있었다. 둥글고 미끈미끈한 짐승의 몸들이 이리저리 팔딱거리는 걸 보면서 그도 조금씩 유영의 강도를 더해갔다. 잠수해 있던 돌고래 두 마리의 머리가 동시에 봉곳 솟아올랐다가 쑤욱 가라앉았다. 그런 장면이 몇번 반복되는 동안 그는 휴대폰도 끄더니 더이상 설명하지 않고 몰두했다. 아무리 바쁜 남자라도 우선순위는 있는 법이니까.

그는 모처럼 그답지 않게 앙탈을 부렸다. 만난 지 석 달 넘은 연인치곤 너무 야박하다는 것이다. 나는 할 만큼 했다고 생각했기에 전혀 동요하지 않았다. 도리어 목과 가슴 여기저기에 남은 선명한 키스마크 때문에 신경질이 날 판이었다. 사춘기 소년도 아니고 좀 요령있게 할 것이지. 그런데도 어린애처럼 더 달라고 조르다니.

드디어 우리는 처음으로 토닥거리며 싸웠다. 강남역에서 시작된 우리의 냉전은 대치동 우리집에 도착할 때까지 계속되었고, 그러다보니 그동안 껄끄러웠던 묵은 감정들이 한꺼번에 터져나왔다. 이렇게 한번씩 터뜨리는 것도 유용할 때가 있다. 남자가 흥분해서 연인과 언쟁할 때의 모습은 한장면 한장면을 잘 캡처해서 저장해야 할 중요한 자료화면이다. 가정교육 수준이나 인품, 도덕 점수가 심하게 떨어지는 사람들은 이 단계에서 바로 걸려들기 십상인 것이다.

……야, 넌 뭘 그렇게 재냐, 네가 그렇게 똑똑한 줄 알아, 너 사람 이렇게 갖고 노는 거 아니야, 내가 집에서 어떤 아들인 줄 알아? 나 따라다니는 여자 줄섰어. 네가 아직도 꽃띠인 줄 아나본데. 그리고 말이야. 너 그 코 성형했지?

비속어 남발과 인신공격, 허위사실 유포 등이 결합된 이런 발언이 얼마나 저질스러운지 당사자들은 정작 모르는 경우가 많다. 의사니 변호사니 하는 일부 족속들이 가끔 이런 겁대가리없는 말을 서슴지 않는데 물론 나는 뒤도 돌아보지 않고 끝을 낸다. 집에 와서는 소금까지 뿌린다.

그런데 이진호, 이 남자는 정말 특이하다. 이것저것 다 따지면서도 나를 기분나쁘게 할 만한 말들은 하나도 섞지 않는다. 오히려 나를 슬쩍 띄워주면서 공격할 건 다하고 있다.

마치 내 머릿속에 들어와본 듯한 묘한 기분마저 느끼게 한다.

문득 이런 생각이 떠올랐다. 이 남자, 어쩌면 나보다 고수인지도 몰라. 단순히 머리가 좋다거나 하는 걸로는 설명되지가 않잖아? 내가 치고 나갈 여지를 주면서도 늘 자신이 원하는 방향대로 유도해간다는 걸 전부터 느끼긴 했다. 이 정도 강적은 나도 대면한 적이 없다.

우리는 결국 집앞 공원 벤치에서 화해를 했다.

"지은이 넌 정말정말 특별해."

그가 날 안고 속삭였다. 난 쉽게 감동하지 않는다. 물론 실망하는 일도 드물다. 이 성격은 감성의 문제가 아니라 호르몬의 문제일지도 모른다.

호르몬 과잉의 인간들은 골프경기를 보면서도 훌쩍이지만 나는 혼자 중절수술대에 올라가 다리를 벌리고 있는 그 순간에도 초연했다. 빈속으로 오라고 해서 배가 좀 고팠을 뿐이다. 내가 이런 호르몬 결핍의 인간이 된 것은 구조적인 원인도 있다. 질질 짜며 상황을 땜빵하는 여자처럼 살기 싫어서 나는 이를 악물고 여기까지 기어올라왔다. 소위 대기업이라는 우리 회사에 여자 애널리스트가 몇명인 줄 아는가? 단 네 명뿐이다. 차를 나르고 잔심부름을 하는 그 많은 비정규직 직원들은 거의 여자지만. 그이들은 날 얼음공주라고 부른다. 나도 그들을 썩 동정하지 않는다. 나는 느끼한 중년남자들의 유치한 조크에도 어머어머, 하거나와—— 하고 바보같이 장단을 맞춰주지 않기 때문이다.

하여간 그가 사랑이니 뭐니 하는 말을 했더라면 피식 비웃어주었을 텐데, 특별하다는 그 말은 나를 좀 얼떨떨하게 했다.

이런 생각이 든다. 사랑한다, 감동한다, 행복하다, 이런 감정들이 정말 세상에 존재하긴 하는 걸까. 약간이라도 근접한 감정들을 후하게 쳐서 그렇게 부르는 거라면, 모두가 그런 공모에 가담하고 있다는 걸까. 그런 대다수에 끼지 못하는 나는, 그러면 불행한 걸까.

집에 들어와 다이어리를 펼치면서 나는 다시 생각해보았다. 특별하다는 말은 내게 가치평가적이고 인지가 되는 개념이다. 이런 말에 기뻐하는 내게 나는 만족한다. 나는 행복을 원하는 게 아니다. 그 사실을 직시하니 마음이 편해졌다.

> 투자 포인트 : 한숨 고르고 다음의 투자전략 검토. 유동성 장세.
> 악재가 지나갈 때까지 전분기 실적 분석.

연애의 법칙

오랜만에 감정평가사 K와 통화를 했다. 나나 그녀나 전처럼 이런저런 모임에 잘 나가지 않기에 더욱 소문에 민감한 처지였다.

"요즘 연애한대며? 나만 몰랐잖아. 너무한다, 아주 킹카라고 하던데, B가 청담동에서 봤다더라."

K는 아직도 그 씨나리오작가랑 목하 열애중인데 삐걱거리는 모양이다. 그렇지 않으면 나한테 전화할 리가 없다.

"킹카는 무슨, 언니는 개 눈을 어떻게 믿어?"

"하긴 개야 웬만하면 껄떡거리니까. 그래도 자기 눈 높잖아. 엮기도 잘하고, 참 재주도 좋아."

"언니도 좋은 사람하고 연애하면서 뭘."

K의 한숨소리가 장편소설처럼 늘어지고 있었다. 본격적인 연애상담이 펼쳐질 조짐에 나는 시계를 보았다. 딱 십분만 들어주

자. 그런데 채 일분도 지나기 전에 화가 치밀었다. K가 이 정도로 둔할 줄 몰랐다.

누구나 아는 연애의 법칙, 그가 당신에게 전화하지 않는 이유를 당신 빼곤 세상이 다 안다. 바로 그 남자의 마음이 떠난 것. 술기운에만 연락이 오거나 갑자기 출장이 많아지거나 결혼얘길 꺼내면 화를 내거나 갑자기 연락이 뚝 끊기거나, 그런 명백한 증거들. 연봉 삼천도 안되는 비정규직 건달에게 차이나 하다니. 그 나이 될 때까지 K는 도대체 뭘 배운 건가. 서울대를 나온 재원이면 뭐하냐고.

여자들은 워낙에는 이런 바보가 아니다. 남자동료들보다 일도 더 똑부러지게 잘하고 생각도 많이 한다. 그런데 사랑만 하게 되면 뇌가 정상적인 기능을 멈춘다. 다시 말하면, 생활에 대한 계획성과 장래 예측능력이 아주 희박해진달까. 여자들의 연애실패담을 듣다보면 세상 나쁜 놈들은 다 모아놓은 것 같다. 그것도 이제 듣기 지겹다.

나는 브리핑 시간 때문에 시계를 계속 바라보았다. 성격이 털털하고 내 직장생활에 조언을 아끼지 않는 K에게 나는 남다른 애정이 있다. 그래서 별일없을 거라는 공수표를 남발하고 겨우 전화를 끊었다. 좋아는 하지만 존경하진 않는다. 모든 여자선배들에게 갖는 공통된 감정이다.

여자는 어쩌면 사회적 동물이 될 수 없을지도 모른다. 이삼십대까진 어찌어찌 버텨내도 결국은 한국사회에서 도태될 수밖에 없다. 그래서 나는 자문하고 근심하곤 한다. 과연 여자로 살아가는 데 가장 필요한 건 뭘까. 남는 건 결혼밖에 없을까? 이런 사회학적 질문에 철학적 답변을 요구하는 건 난쎈스다. 내 답변은 예스다. 한국경제가 일인당 GDP 삼만 달러 수준으로 올라가거나 여성의 지위가 세계 70위권에서 10위권으로 점프를 하거나 여성 근로자의 비정규직 비율 팔십 퍼센트가 정규직 팔십 퍼센트로 바뀌는 날이 온다면 내 대답은 좀 달라질지도 모른다. 더 구체적인 근거를 원한다면 얼마든지 보여줄 수 있다.

내가 밥 먹고 하는 일이 바로 회계, 재무, 통계에 관한 일이다. 숫자는 거짓말을 하지 않는다. 그 딱딱한 도표와 함수와 공식이 당장 내 마음을 위로해주진 못해도 내일의 대차대조표를 제시해 준다는 걸 안다.

지금까지의 내 인생은 준수한 상승곡선을 그려왔지만 내가 만일 성공적인 결혼을 못하면 오년 이내에 하향곡선을 그리게 되어 있고 또 십년쯤 뒤에는 그 경사가 심해질 것이며 그 이상은 얼마나 추락할지 상상하기도 싫다. 즉 지금으로부터 삼년간이 내 인생에서 가장 중요한 시기인 것이다.

앞으로 십오년 뒤, 능력있는 남편과 귀여운 아이들을 둔 커리어우먼으로 틈틈이 골프 따위를 즐기는 삶을 살지 아니면 비렁뱅이 남편이나 시댁식구를 쥐새끼처럼 거느린 채 노래방 도우미나 하며 살게 될지, 알 수 없다.

나는 진심으로 K 역시 후자가 되지 않길 바란다. 난 그렇게 사악한 사람이 아니다. 정말이다.

푸른 산호초

그가 내 몸 치수를 물은 건 지난주였다.

우아, 자기가 정말 사십팔 킬로그램이나 나간다고? 난 훨씬 가벼운 줄 알았는데. 그가 느물거리는 빈도가 점점 늘어가고 있지만 그리 싫진 않다. 만난 지 사개월, 여자친구에게 와코루 속옷 쎄트나 야한 수영복을 선물하기에 딱 좋은 시점이다. 백일째 되는 날은 연애의 정석대로 씸플한 14케이 목걸이 쎄트를 받았다. 약간 김이 새긴 했지만 그날 매우 낭만적이고 이국적인 밤을 함께 보냈기에 눈감아주기로 했다. 역시 애들은 유학 정도는 보내놓고 봐야 한다. 아는 게 있어야 따라할 거 아닌가.

그때 뺴곤 그는 늘 어떤 선을 넘지 않았다. 그도 무슨 매뉴얼이 있는 걸까 의심이 갈 정도다.

그러나 그의 여자관계에 대해선 의심해본 적이 없다. 다른 여자를 만날 시간이 절대 부족하다는 걸 알기 때문이다. 단 나를 만나기 전에 어땠는지는 모른다. 그는 용의주도하게도 전혀 단서를 흘리지 않는다. 유학생활까지 한 그에게 그런 걸 묻는 건 실례가 아니라 촌티이다. 나 역시 그가 과거를 묻는다면 노코멘트가 될 터이니 우린 서로 과거를 묻지 않는다. 가만히 생각해보면 우린 정말 닮은 점이 많은 것 같다.

그는 휴가철이 끝날 때쯤 말레이시아 어딘가로 늦은 피서를 다녀오자며 벌써 예약도 마쳤다고 했다. 그전에 미리 스쿠버다이빙 강습도 해주겠다고 했다. 자기도 그쪽 바다는 가보지 못했는데 푸른 산호초가 아주 환상이라는 얘길 들었다고 했다.

그러고 보니 언젠가부터 그의 차 운전대 옆에 커다란 홍옥만한 스노우볼이 놓여 있었다. 그 안엔 열대어 몇마리와 산호초가 흐느적거리고 있고 움직일 때마다 하얀 기포가 눈처럼 흩날렸다. 그걸 볼 때마다 이상하게 탐이 나곤 했다. 맘에 들면 가지라고 할 만도 한데 그는 일부러 모른 척했다. 대신 이런 말을 속삭였다.

"진짜 산호초를 보고 오자고. 거기 가면 이런 거 널렸어. 그래도 갖고 싶으면 백개라도 사줄게."

그 여행을 알선해주었다는 친구와 저녁을 먹는다고 나를 불러낸 게 바로 오늘이었다. 유학시절 몇번 만난 친구라고 했는데 얼마 전 실연을 당했다며 같이 기분을 돋워주자고 했다. 그러면서 평소답지 않은 주문을 했다. 머리는 묶지 말고 살짝 컬만 하고 도트 문양의 안나수이 원피스를 입고 늘 하던 투명화장 그대로 나오라고 했다.

"자긴 그렇게 한 게 가장 예뻐. 내 친구한테 보여주고 싶은 맘 알지?"

그와 그의 친구 P는 먼저 와서 나를 기다리고 있었다. 작은 재즈바였다. 즐겨 왔던 곳인지 그들을 대하는 웨이터의 태도가 유난히 싹싹했다. 나를 보고 직업상 보이는 미소가 너무 가식적이긴 했지만.

P는 그의 친구답게 적당히 품위있고 적당히 재치있는 사람이었다. 다 나이들면 끼리끼리 만난다고, 진호와 형제처럼 보일 정도로 비슷한 분위기, 비슷한 유머, 어휘, 체취에, 심지어 비슷한 속옷까지 입고 있을 것 같았다. 그는 적당히 편안한 랄프로렌 셔

츠에 고급커프스가 보이는 블레이저를 아무렇게나 걸친 차림새
였다. 무의식적으로 그를 쭉 훑어보던 나는 그의 손목을 보고 흠
칫 놀랐다. 파텍 필립 시계가, 마치 싸구려 갤럭시마냥 그의 손목
에서 덜렁거리고 있었다. 그것도 칼라트라바였다. 진호가 찬 블
랑팡과 내 스와치를 다 합해도 저거 하나 살려면 턱도 없는 명품
이다. 시계 하나 때문에 사람 인상이 변하다니…… 내가 얼마나
웃기고 속물인지는 나도 안다. 그런데 시계는 시계고, 가끔씩 초
점이 풀린 듯한 나른한 눈길로 날 바라보는 P의 태도는 어딘지
신경이 쓰였다.

상사가 자기를 너무 부려먹는다고 입버릇처럼 말하던 진호가
결국 급작스런 호출을 받은 건 우리가 보기로 한 뮤지컬 시작 몇
분 전이었다.

"어떡하지? 난리가 났다는데. 클라이언트 하나 어떻게 못하
고, 참나……"

그 뮤지컬은 워낙 내가 보고 싶어하던 작품이었다. 결국 P와
나만 관람하기로 했다. 뮤지컬이 끝나고 간단히 칵테일이나 한잔
더 하자고 다시 재즈바로 가 앉아 있는데 진호는 미안하다는 내
용의 문자를 열 번이나 보내왔다. 더 늦을지도 모르겠다면서.

"피카소를 좋아하신다고요?"

크리스털 접시에 담긴 마른안주가 바닥을 보일 때쯤 할말도
떨어져 조용히 있는데 P가 돌연 물었다.

"그림 보는 눈은 없고요, 그냥 피카소 초기 작품 보는 걸 좋아
해요. 청색시대 거요."

"아아, 저도 그런데. 참 드문 취향인데 만나서 반갑습니다. 영

광이네요."

영광일 것까지야. 그러면서 P가 약간씩 횡설수설하기 시작했는데 나에게 뭘 묻는 것 같으면서도 그 대답은 잘 듣지 않고 다 알고 있다는 듯한 태도였다. 그러고 보니 진호 얘기와도 약간씩 어긋나는 부분이 있었다. 그와는 안면이 있는 사이 정도가 아니라 한때 룸메이트를 할 정도로 친했고 그가 우리의 말레이시아 여행을 직접 알선해준 것도 아니었다.

자기가 관여한 업체가 한두 가지가 아니라 자잘한 건 기억 못할 수도 있다고 서둘러 변명하긴 했다. 아닌게아니라 그는 꽤 큰 사업체들을 굴리고 있는 듯 보였다. 그는 말을 아꼈지만 그의 태도로 유추해보건대, 클럽메드의 체러팅 빌리지 같은 인기있는 휴양시설을 운영하고 있는 듯했다. 하긴 돈이 쌓여 있는 집이라면 자식한테 그런 거 차려주는 게 뭐 힘들겠는가. 나라도 그러겠다. 그러면서도 그는 진호와 다르게 묘한, 고루한 면모가 있었다. 돈만 있는 게 아니라 교양도 좀 있는 집안의 자젠가 보네, 싶은 생각이 들었다. 그러나 그는 진호보다 참을 수 없게 지루했다. 교양 있으면 뭐 하나, 지루한 건 용서할 수 없다.

그가 조니워커 블랙을 병째 시킬 때쯤 난 먼저 갈까 고민하기 시작했다. 그랬더라면 지금 아무 일도 없었을지 모른다. 나쁜 예감은 늘 틀리는 법이 없으니까.

"지은씨."

붉어진 눈으로 그가 날 쳐다보았다.

"제가 잘은 모르지만 참 좋은 분 같으세요. 전, 그 친구가 지은 씨 같은 분을 데리고 나올 거라곤 상상도 못했어요."

나는 일단 웃어 보였다.

"예전 진호씨 애인들은 저랑 많이 달랐나 보죠?"

그는 놀란 눈으로 손을 저어 보였다.

"아니에요, 그런 뜻이 아니고…… 한국에 와서 그 친구 애인은 본 적이 없어요. 사실입니다."

그래서 뭐 어쩌라고. 나는 술취한 남자와 단둘이 있는 게 세상에서 가장 싫다. 한국남자들은 다 잠재적 변태니까. 어떻게 하면 이 자리를 피할까, 하다가 진호에게 몰래 문자를 보내는 차에 그가 새된 목소리로 물었다.

"그 친구를 믿으세요?"

휴대폰 버튼을 누르다 나는 멈췄다.

"무슨 말씀이세요?"

"………"

"………"

"전 당분간, 아니 앞으로 그 친구를 안 볼 생각이에요. 전부터 그럴 생각이었는데, 오늘 지은씨를 보니, 결심이 서는군요. 물론 그 친구는 모를 겁니다. 그 친구한텐 제가 봉일 테니 알면 난리나겠죠. 저도 제가 왜 이런 말을 지은씨한테 해야 하는지 잘 모르겠습니다. 그리 양심적인 위인도 못되는데……"

"저를 위해서 하는 말씀인가요?"

그가 내 눈을 정면으로 보았다.

"꼭 그런 것만은 아닙니다. 제가 좀 다르게 살고 싶다는 게 더 크죠. 진호를 알게 된 지 벌써 칠년쯤 돼가는데…… 그 친구의 페이스에 말려들수록 빠져나오기 힘든 것 같아…… 그게 이제 싫어서요. 그 친구 머릿속은 지은씨가 절대 알 수 없을 겁니다. 그 친구에겐 경계선이란 게 없지요. 꼭 돈을 벌기 위해서 그런 것만도 아니고, 자기 딴엔 기발한 일을 벌여서 성취해내는 데 중독되어 있는 것 같아요. 한번도⋯⋯ 들어본 적 없으신가요? 진호가 부업으로 하는 싸이트가 뭔지 모르세요? 이거 참, 제 입으로 직접 말씀드리기가⋯⋯ 미국에선 엄청 잘되고 있는 분야라 여기서도 승산있다고 큰소릴 치고 시작한 지가 꽤 됐는데, 사실 대행 싸이트야 원래 있긴 하죠. 지금까지 진호가 제게 얼마나 많은 여자들을 소개시켜줬는지 아시면 놀라실 겁니다. 벌써 한 열 명? 물론 직접 데리고 나온 경우는 많지 않죠. 거기 직원이 있어요. 저같은 부류는 VIP회원이라고⋯⋯ 뭐 하여간 다 보통은 넘는 아가씨들이었죠. 제가 지은씨를 보면 볼수록 지금 놀라고 있는 건요, 제가 지금까지 진호에게 말한 이상형에 너무 가깝기 때문입니다. 말투나 얼굴형이며 분위기, 머릿결이며 몸매, 걸음걸이, 하다못해 피카소를 좋아하는 취향까지⋯⋯ 아시겠습니까? 저는 진작부터 이런 만남들이 더이상 의미가 없다고 생각해왔어요. 그래서 그만두련다고, 몇달 전부터 말해왔죠. 그랬더니 그 친구가 조금만 기다려달라고 계속 졸랐죠. 제게 딱 맞는 여자를 곧 보여주겠다고요. 저 그만두면 가입비를 돌려받아야 하거든요. 얼마냐고요? 그건 말씀드리기가⋯⋯ 제가 워낙에 여자에게 인기가 없는 위인이 돼놔서요. 그 정도 돈도 아깝지 않다 생각했지만 적지는 않은 돈이랍니다. 아까 화장실 가셨을 때 제가 진호에게 물었습니다. 지은씨가, 너한테 대체 어떤 사람이냐고요. 그 친구, 웃기만 하더군요. 아주 특별한 여자라는 말만 반복하고요. 정말로 지은씨를 자기 애인이라고 데리고 온 거라면요, 이 정도 되는 여자 얼마든지 소개시켜줄 수 있다, 하고 저한테 유세하는 의미일 수 있겠죠, 좋게 해석하면요. 설사 그렇다 하더라도 그건 지은씨한 테도 실례가 되는 거 아닌가요. 그리고 전 그 친구가 더한 짓도 꾸밀 수 있다는 걸 알기 때문에…… 제 말이 잘 안 믿기시겠지 만, 보스턴 있을 때 진호한테 이상한 소문이 돌았었어요. 저는 그 건 헛소문이라고 생각하지만 어느정도 사실도 좀 있고. 아뇨, 진 호를 찬 여자가 실종이 됐다나 뭐 그런 해괴한 소문이었는데 저 도 정확히는…… 여자문제에 대해 말한다면 과거 하나씩 다 있 을 순 있죠. 그런데 진호는…… 이렇게 말하는 저도 도대체 어디 까지가 그 친구의 진심인지 알 수가 없어요. 그렇게 당해왔으면 서도요. 만일 말입니다, 혹 제가 지은씨를 너무 맘에 들어한다면 요. 그 친구는 아마 오늘밤 돌아오지 않을 겁니다. 저도 그러지 않길 바라지만. 죄송합니다. 전……"

나는 더이상 듣기 싫어 자리에서 일어났다. 재밌다는 듯 우리 를 훔쳐보는 건방진 웨이터의 얼굴을 쏘아보며 그곳을 나왔다. 그리고 막 문을 닫는 구멍가게에서 던힐 한갑을 샀다. 그리고 얼 마 후 진호의 문자가 떴다.

진호가 오기로 한 강남역 골목에 걸터앉아 담배 두 개비를 피 울 때까지 나는 아무 생각도 하지 않았다. 머릿속이 그저 하얬다. P의 얘기가 자꾸 떠올랐다.

"애인 대행 싸이트지만 고품격 사교클럽이다. 그걸 내세우는 데 이게 그 싸이트 주숙입니다. 사업하는 입장에서 보면 진호가 난 놈이긴 해요. 국내의 모든 대행 써비스를 한눈에 비교해볼 수 있고 쎄션 처리나 오픈마켓 개념이나, 정말 고객 입장에서 보면 잘 만들었거든요. 어떤 항목을 봐도 그 컨셉을 이해하는 데 오초도 안 걸리고. 이런 인터페이스 정말 편리하구나 싶게 감탄이 나올 정도죠. 여자들을 거래한다는 그 목적만 제외한다면요. 아니 대행 주선이라고 수장하죠. 같이 집에서 차 마시면서 비디오 봐줄 여자서부터 연말모임에 같이 가줄 여자까지, 건전하게 하는 대행도 분명 있지요. 하지만 그 이상도 있으니깐요. 거기 사진이 걸린 여자들 중 상당수는 아예 그 사실을 모르더군요. 제가 만나본 아가씨들 몇이 그랬거든요. 지은씨처럼 이렇게 만난 겁니다. 아직까지 지은씨 사진을 본 적은 없습니다만, 비슷한 프로필은 읽은 기억이 납니다. 사진 걸리는 거 저는 시간문제라고 생각합니다. 전 아까도 말씀드렸다시피 이런 데 흥미를 잃었습니다. 까짓 회비 받았다 치고 진호랑 당분간 연락 안할 생각입니다. 당장은 제 얘기가 상당히 불쾌하시겠지만 잘 생각해보세요. 저는 이제 맘 잡고 집에서 보라는 선이나 보다 결혼하렵니다."

기가 막혀 웃음도 나오지 않았다. 그 남자, 이진호는 역시 뭔가 다르긴 했다. 왜 그가 아직까지 쏠로였는지 그 의문도 이제 좀 풀린 셈이다. 그는 뼛속까지 자본주의적 인간이다. 그에게 왜 그랬느냐고 묻는 건 난쎈스다.

블루오션 전략은 어쩌면 우리에게도 해당하는 얘기였다. 그는 경쟁상대 없이 나를 독자적 상품으로 차지한 셈이다. 지금은 그렇지. 그러나 이 세상 어디든 영원한 청정구역은 없는 법, 푸른 산호초가 가득하고 돌고래가 노니는 그 바다는 언제 흙탕물로 뒤덮인 냄새나는 바다로 변할지 알 수 없다.

나는 아무 일 없다는 듯이 다음주에 그와 스쿠버다이빙을 즐기고 올지도 모른다. 그리고 어쩌면 그와 결혼을 하고 그를 똑 닮은 아이들을 여럿 낳아 키우게 될지도 모른다. 그의 가무잡잡한 피부와 외까풀의 눈, 긴 콧날을 그대로 물려받은 아이들을. 일생 동안 그의 검은 뱃속을 비웃으면서 여러 애인과 밀회를 즐기고 그러면서도 늙어 죽을 때까지 함께 살아갈지도 모른다. 아니면 그저 좋은 공부한 셈치고, 가볍게 그를 차버리고 더 물좋은 남자를 찾으러 떠날 수도 있다.

남자를 바꾸는 건 오일교환과도 같다. 독자적 상품으로 키워볼 만한 상대인지 그 여부가 윤리적 결함을 좌우할 수 있다. 내 경쟁우위가 지속되는 한, 즉 내 상품성을 해치지 않는 한도 내에선 난 아직도 게임을 즐길 수 있다. 나는 연애의 경제학을 신봉한다. 아주 철저히.

나는 행복을 꿈꾸지 않는다. 그래서 실패도 하지 않을 것이고 이렇게 되기까지 많은 시간이 걸렸다.

그의 중고 폰티악이 미끄러져 들어왔다. 그의 차 앞에 놓인 스노우볼이 어슴푸레 보였다. 지금쯤 흔들리는 차체와 함께 푸른 산호초엔 하얀 기포가 덮여 있을 것이다. 진짜 산호초를 보면 어떤 기분일지 문득 궁금해졌다.

나는 천천히 그의 차로 다가갔다.

이제 선택을 해야 할 시간이다.

내일의 증시전망 : 악재가 많음. 시장 혼잡. 일시 휴장.

내게 아주 특별한 연인

2

너무 고결한 당신

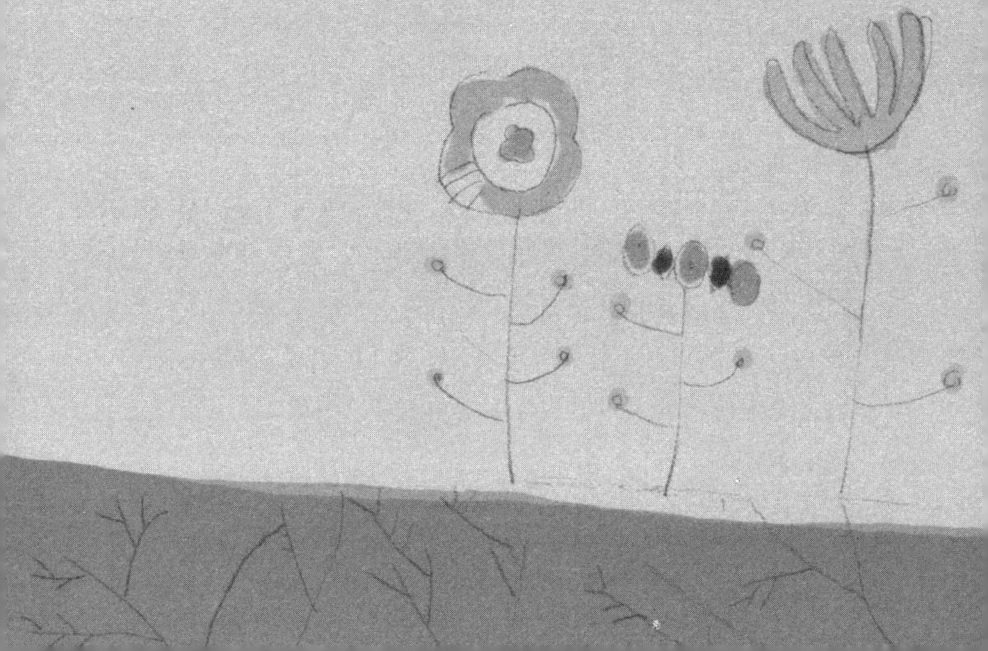

사랑은 교통사고같이 일어난다고 한다. 하지만 나에게 그것은 소매치기와 함께 일어났다.

그것은 지구 반대편의 나라, 영국 런던의 히드로 공항 한가운데에서 시작된 일이다.

나는 빽빽 우는 갓난아기 둘을 양 팔에 안고 계속 서성거리고 있었다. 지나가던 현지인들은 그랬을 것이다. 왜 저 여자는 우는 아이를 달래지 않을까. 내가 그러기엔 너무 지쳐 있다는 걸 알아챈 사람은 아무도 없었다. 이건 뭔가 잘못돼가고 있는 거야. 아무리 비행기가 세 시간을 연착했어도 아무도 나와 있지 않는다는 건 말이 안돼. 난 자그마치 열세 시간을 날아왔다고. 그놈의 비행기표, 거의 반값에 준다는 말에 혹해 이 일을 자원했으니 탓할 사람도 없었다.

속옷이 땀으로 완전히 젖었구나 싶었을 때, 내 입에서 끈끈한 단내도 함께 풍기고 있었다. 곧이어 애 하나가 입에서 시큼한 액체를 분수처럼 뿜어낸 뒤, 나는 오직 이애들만 넘길 수 있다면 뭐든지 하겠다는 생각뿐이었다. 잠시 후, 홀트아동복지회 팻말을 든 금발의 할머니가 쏘리, 쏘리 하며 달려왔지만 다행이란 마음조차도 들지 않았다. 나는 그녀가 한참 뭐라고 설명하는 중간에 분유 한병을 그대로 게워낸 꼬맹이를 그 여자 팔에 넘겨버렸다.

몇분 뒤 홀트 배지를 단 중년의 동양여자가 트롤리를 끌고 다가오면서 무신경한 공항씨스템을 한참 규탄했다. 한국말과 영어가 짬뽕된 이상한 사투리 같은 말을 쓰고 있었지만 내게서 남은 아기를 얼른 받아안는 쎈스는 갖추고 있었다. 한국에서부터 장장 열여섯 시간 만에 내 양쪽 팔이 자유가 되는 순간이었다. 또한 분유 냄새 정도는 이제 참을 만했다.

그런데 바로 그 순간이었다. 오른쪽 어깨에 강한 통증이 오는가 싶더니 메고 있던 레스포쌕 가방 끈이 휙 날아갔다. 검은색 비니를 눌러쓴 갈색머리인지 빨간머리의 남자애가 이미 내 가방을 들고 공항 한가운데를 질주하고 있었다. 내 곁의 두 할머니가 영어로 뭐라고 외쳤지만 나는 하도 어이가 없어 아무 소리도 못하고 멍청히 서 있을 뿐이었다.

그새 어디선가 검은머리 남자 한명이 쏜살같이 튀어나와 범인 뒤를 쫓아가기 시작했다. 그리고 저 멀리서 갑자기 범인이 바닥에 철퍼덕 엎어지는 광경이 보였다. 누군가가 발을 건 듯했다. 씨큐리티 모자를 쓴 남자들이 합세해 한참을 웅성거리고 나서야 사건이 종결됐다는 걸 알 수 있었다.

검은머리 남자가 내 가방을 들고 천천히 다가오고 있었다. 숨이 가쁜지 약간 헉헉대고 얼굴이 좀 상기된 듯했다. 내 곁의 두 사람이 그에게 거듭 생큐를 반복하고 악수를 하는 사이 나는 가방을 열어 안을 살폈다. 대한민국 여권과 인천공항에서 바꾼 달러와 파운드 약간, 로레알 콤팩트와 립스틱, 값나가는 것도 없는 자질구레한 잡동사니들이 고스란히 있었다.

그는 내게 한국인이냐고 묻지도 않았고 나 역시 묻지 않았다.

"놀라셨죠? 이런 공항에 소매치기가 다 있다니 영국 경찰은 반성 좀 해야겠는데요, 그렇죠?"

나는 정말 얼이 빠져 있었던 것 같다. 영어와 온갖 외국어들이 웅웅거리는 히드로 공항 한복판에서 그 남자가 서울 표준말을 또박또박 쓰는데도 반가운 마음조차 느끼지 못하고 있었다. 그냥 당연한 듯이 듣고 있었달까.

생각해보면 나는 그때 그에게 고맙다는 인사 한마디도 제대로 못했던 것 같다.

*

모든 삼십대는 알고 있다. 나이 서른이 넘어도 인생은 별로 달라지는 게 없다는 것을.

게다가 여자 나이 서른셋이면, 맘에 맞는 결혼을 할 확률보다도 번개 맞을 확률이 더 높아진다는 말을 종종 듣게 되는 나이이기도 하다.

나는 좋은 대학을 나온 것도 아니고 좋은 직장에 다니는 것도 아니며 출중한 외모를 가진 것은 더더욱 아니다.

끊임없이 괴력을 휘두르고 뛰고 구르고 고함을 지르는 대여섯 살짜리 악동들 수십명과 하루종일 씨름하고 집에 들어가면 충혈된 흰자와 살짝살짝 보이기 시작하는 새치를 가진 삼십대 여자가 거울 속에서 나를 바라보고 있었다. 길에서 누가 아줌마, 하고 불러도 이제는 아무렇지도 않게 뒤를 돌아보는 노처녀가 거기 있었다.

그렇게 맥없이 거울 속의 여자를 바라만 보던 어느날, 나는 충동적인 결심을 하게 되었다. 여기만 아니면 돼, 어디든 한번 가보자. 그때까지 단 한 번도 혼자 여행을 가본 적도 없었고 국제선 비행기를 타본 적은 더더욱 없었던 한심한 청춘이 바로 나였다. 그래서 수소문 끝에 입양아들을 데리고 가는 에스코트를 신청하게 되었다. 기부금 삼십육만원만 내면 유럽 왕복 비행티켓을 준다는 말에 혹했고 어린애라면 장장 십년을 보아왔기에 자신있다고 생각했다. 바락바락 대들고 믿을 수 없을 정도로 사악하기까지 한 꼬맹이들보단 차라리 말도 못하는 갓난쟁이가 나을 거라고 난 순진하게 믿었다.

그러나 인천공항에서 처음 아기들을 받아든 순간, 그게 아니라는 걸 비로소 깨달았다. 내 인생은 뭘 해도 안될 것 같다는 비관적인 생각이 그 짧은 순간에 스치고 지나가기까지 했다. 사개월, 육개월짜리 두 아기는 전혀 천사 같지 않았다. 먹고 잠만 잘 거라는 기대와는 달리 아이들은 먹고 울고 싸고 울고 먹고 싸기를 열세 시간 동안 반복했다.

비행기도 국적기가 아니어서 스튜어디스들 대부분은 말도 통하지 않았는데 애들이 한꺼번에 울 때마다 딱하다는 듯 다가와 한참을 뭐라 말하고는 휙 가버렸다. 난 외국인들을 그렇게 가까이서 본 것 또한 처음인 촌뜨기였다. 텔레비전이나 영화에서 보던 때와는 달리 시퍼런 눈에 우뚝 솟은 코를 가진 그 얼굴들이 도저히 적응되지 않았다. 바짝 얼어서 잠 한숨 자지도 못한 채 비행기에서 내리자마자 이번엔 어이없게도 소매치기를 당한 것이다. 이게 아니었어, 내가 괜한 일을 자초한 거야,라는 후회는 이미 백만번쯤 한 뒤였다.

이제 그 남자 이야기를 해야겠다.

거기서 만난 모든 한국사람들은 내게 이렇게 말했다.

"진짜 운이 억수로 좋으신 거예요. 여기 사람들은 절대로 남을 위해 그렇게 나서지 않아요. 범인이 총을 가졌을지 뭘 가졌을지 알게 뭐예요. 지난번 버스테러 나고부터 얼마나 사람들이 소심해졌는지, 그 한국 남자분 아니었음 절대 가방 못 찾았을 거예요."

그 한국남자가 바로 우인이었다. 정우인.

그는 교포도 아니고 관광객도 아니었다. 하고 있던 출판사 일로 런던에 왔다가 잠시 병원에 입원했고 지금은 퇴원해 쉬는 중이라고 했다. 어디가 아팠느냐는 말에 그는 웃기만 했다. 아주 '간단한' 수술일 뿐이었고 지금은 완치된 거나 마찬가지라고 했다. 그래도 말하는 중간중간 그가 배를 싸안고 잔기침을 해대는 것이 못내 맘에 걸렸다. 제 가방 찾아주시느라 너무 무리하신 것 아니예요?라고 재차 물었더니 그는 큭큭대며 한참을 웃었다.

"그때 정신이 없으셔서 잘못 보셨나본데요, 저 엄청 느리게 뛰었어요. 한 이십 미터나 달렸을까? 누가 그 도둑놈을 쓰러뜨리지 않았으면 아마 제가 먼저 숨넘어갔을 겁니다. 하하하, 농담입니다. 별 걱정을 다하세요. 그때 제가 민정씨를 본 건 다 하늘의 계시예요. 누군가 할일을 제가 한 것뿐이라고요."

그는 호리호리한 키에 호감가는 인상이었다. 무엇보다도 그의 니이를 듣고 나는 깜짝 놀랐다. 나보나 네살이나 많은 그의 얼굴은 실제보다 열살은 어려 보였다. 동글동글하고 살집이 있어서 그렇게 어려 보이는 사람도 있지만 그는 그런 종류의 사람도 아니었다. 시간이 남들보다 배나 더디게 간 듯한 느낌이랄까. 생활의 때도 그만은 비켜갔나 보다. 딱 꼬집어서 말할 순 없지만 말투나 제스처도 좀 특이했다. 부흥회의 성직자들 같은 과장된 분위기가 있으면서도 닳고닳은 꼰대들과는 또 달랐다.

실제 나이보다 더 나이들어 보이는 나는, 그의 동안(童顔)이 은근히 신경쓰였다. 뭐 내가 데리고 살 것도 아닌데, 어차피 다신 볼 일도 없을 테고, 하면서도 뭔가 한줄기 은근한 기대 같은 것이 내 마음속에 비치고 있었다는 걸 부정하진 않겠다. 나로 말하자면, 남자의 섬세한 눈길을 받는 데 아주 민감한 노처녀란 말씀이다.

그래서 일주일 뒤 런던에서 대륙으로 넘어가는 페리호에서, 그것도 을씨년스런 밤바람이 쌩쌩 부는 갑판에서 그와 딱 마주쳤을 때, 정말로 나는 유령을 본 줄 알았다. 우린 둘다 멍하니 바라보며 어어? 하고 놀랐다. 나는 뱃멀미와 콧물과 재채기 등 온갖 궁상을 동반한 꾀죄죄한 몰골에 담요를 뒤집어쓰고 있었다. 혼자 이런 배낭여행을 온 걸 또 백만번쯤 후회한 뒤이기도 했다. 내 꼴이 그렇게 한심해 보였는지 말도 안했는데 그는 자기의 윈드브레

이커를 벗어 내게 걸쳐주었다. 나는 코를 훌쩍거리며 물었다.

"이틀 뒤에 출국한다고 하지 않으셨나요?"

"그랬죠. 그런데 비행기를 놓치는 바람에 아예 죽 연장하기로 했어요. 언제 유럽에 또 오겠어요. 그러는 민정씨야말로 벌써 빠리로 가셨어야 하는 것 아니에요?"

"저도 마음이 바뀌었거든요."

내 말에 그는 피식 웃으면서 이게 다 하늘의 뜻인가봐요, 하고 큰 소리로 외쳤다. 그리고 콧물이 떨어지겠다며 내게 손수건을 건네주었다. 나는 그 손수건으로 코를 쓰윽 풀면서 그를 다시 바라보았다. 분명히 그는 나를 귀여워죽겠다는 표정으로 보고 있었다. 맹세컨대 사실이다. 마치 누가 써놓은 각본에 딱 걸려든 듯한, 그런 기분마저 들었다. 물론 말이 안된다는 걸 안다. 각본은 무슨……

그러나 고목나무에도 꽃은 피는 법, 나라고 만날 죽으라는 법은 없잖은가. 나는 원체 낙관적인 사람이던 것처럼 덤덤하게 받아들이기로 했다. 그리 힘들게 살아온 것도 아니지만 더이상 나빠질 것도 없다고 생각하며 산 지 삼십삼년이다. 잭팟은 아니더라도 이 정도 보너스는 받아도 될 만한 인생이라고 나는 생각한다. 코 한번 푸는 동안 나는 이렇게 내 인생 전반에 대한 성찰을 깔끔하게 끝내고 있었다.

뱃멀미 때문에 쳐다보기도 싫었던 도버해협의 검푸른 바다가 어느새 잔잔하게 느껴지기 시작했다. 속도 진정되고 있었다. 말없이 곁에 있던 그가 한참 만에 내게 한 질문이었다.

"민정씨, 혈액형이 뭐예요?"

그리고 일년이 지난 지금, 우리는 결혼날짜를 받아놓은 상태이다.

아참, 우리는 둘다 O형이다.

*

사람들은 궁금해했다. 왜 우인같이 괜찮은 남자가 아직도 싱글인지 말이다. 그러면서 내가 시집을 못 간 것은 아무도 이상하게 여기지 않았다. 나와 친한 사람들이라고 다르지 않았다.

"부모님은 일찍 돌아가시고 형제 하나 없는 외동이라고 했지? 물려주신 오층짜리 빌딩이 어디에 두 채? 그거 임대료가 한달에 얼마라고 했지? 애들 참고서 내는 출판사를 한다니. 그것도 쉽게 망하지는 않을 테고, 술 담배도 안하고 성실하고 독실한 신자에다 인물 당연히 좋고, 도대체 빠지는 게 뭐야? 김민정이, 너 진짜 봉 잡았구나. 이건 로또야!"

친구 형숙은 이렇게 축하를 해주었다. 말본새는 고약해도 진심으로 나를 위한다는 걸 알고 있었다. 남편이 트럭을 몰다 크게 사고가 난 후 보험쎄일즈에 뛰어든 지 몇달 안된 친구이다. 우인이 그 흔한 종신보험 하나 들지 않은 위인이란 걸 알고 형숙은 꽤나 열심히 물밑작업중이기도 했다.

그러던 어느 토요일, 우인과 같이 청첩장을 맞추기로 한 날이었는데 아무리 기다려도 그가 오지 않았다. 휴대폰은 꺼져 있고 회사도 전화를 받지 않고 주변 사람들도 다 모른다고 했다. 그가 가진 유일한 흠이라면 친구가 거의 없다는 점이다. 그는 남자들이 쓸데없이 술 먹고 흥청거리고 어울리는 작태를 경멸했다. 한국남자들의 구십구 퍼센트가 그런 형편이니 그에게 친구가 없는 것은 당연했다.

애태우던 내가 연락을 받은 건 어느 병원에서였다. 우인이 입원해 있으니 보호자가 다녀가라는 얘기였다. 모르셨어요? 골수기증 수술을 하셨는데요, 하는 간호사의 목소리가 냉랭했다. 그가 신앙만큼이나 사회봉사와 장기기증 같은 일에 열성적이란 걸 내가 모른 것은 아니다. 그의 엉치뼈에 난 이상한 상처들을 처음 봤을 때는 나도 매우 놀랐다. 손톱만한 이상한 흉터들이 여러 개라 약간 징그럽기까지 했다. 다 아물어가는 것도 있었지만 희한하게 변형된 모양도 있었다. 그는 순순히 털어놓았다. 그게 다 골수를 뽑은 자국이라면서 태연하게 웃었다.

"그러다 그거 잘못되면 허리를 못 쓴다며. 뽑을 때도 엄청 아프고…… 척추에서 뽑는 것 맞지? 도대체 왜 이런 걸 한두 번도 아니고 이렇게나 많이 한 거야?"

내 호들갑에 그는 여전히 웃으면서 나를 진정시켰다. 척추랑 관계도 없을뿐더러 이틀이면 통증도 싹 사라지는 아주 간단하고 안전한 수술이라고 설명해주었다. 한달만 지나면 골수도 정상으로 돌아오니 아무 문제될 게 없다는 얘기였다.

"지금 내 허리가 잘못될까봐 겁나는 거지? 그렇지? 하하하, 쫄 거 없어. 그건 무지에서 온 편견이야. 백혈병에 걸린 사람들을 살릴 수 있는 기회를 우리가 몰라서 놓치고 있다고. 물론 아무나 다 살릴 순 없겠지. 그래도 살아야 할 이유가 충분한 하나님의 종이라면 어떻게든 애써봐야지 않겠어?"

도덕교과서 같은 말만 읊조리는 그에게 나는 가끔 질리곤 했다. 그러나 그런 면에서 나는 그를 존경했고 내 선택이 틀리지 않았다고 확신했다. 내가 지금까지 결혼을 안한 이유는 눈에 드는 특별한 남자가 없었기 때문이다. 내 사는 모양이 그저 그렇다고 그 비슷한 평범한 남자와 일생을 보낼 생각은 주호도 없었다. 머릿속 돌아가는 게 훤히 보일뿐더러 늙어 죽을 때까지 빈약한 주머니를 걱정해야 하는 남자와 결혼하느니, 나는 그냥 뚱뚱한 노처녀로 남는 편을 택하겠다. 사람들이 모를 뿐이지, 나 좋다고 쫓아다닌 남자들은 꽤 있었다. 수더분하고 넉넉한 맏며느리 같은 내 인상을 좋아하는 사람이 의외로 많다. 요 근래에도 학부모들 중에 중매를 넣은 사람도 있었다. 내가 이만치나 눈이 높을 거라고 사람들은 상상하지 못한다. 이 세상은 보이는 게 다가 아니라는 걸, 너무 많은 사람들이 모르고 있다.

내가 옷꾸러미 등을 챙겨들고 그의 병실을 찾아가자, 그는 먼저 선수를 쳤다.

"미안해, 민정아."

"………"

"청첩장 같이 맞추러 가기로 한 걸 깜빡 잊었어. 정말 잘못했어."

"………"

"자기한테 다 말해야 한다는 거 나도 알고 있어. 근데 너무 갑작스럽게 연락이 와서…… 검사해도 딱 맞는 걸 발견하긴 정말 힘들거든. 내가 적격 판정이 나올 줄은 정말 몰랐어. 말하면 자기가 말릴지도 모르고. 사람 하나 살리는 일이잖아, 안 그래? 괜찮지? 이제 화 풀 거지?"

　내 마음이 조금 풀어졌다는 걸 알아챈 그는 빙그레 웃으며 점심으로 나온 미역국을 홀홀 들이켰다. 그는 막 수술을 받은 사람처럼은 보이지 않았다. 오히려 얼굴에서 반짝반짝 윤이 날 지경이었다. 맛없는 병원 밥을 저리도 맛있게 먹고 있는 그를 보면서 난 문득 깨달았다. 세파가 비켜가서 그의 얼굴이 저렇게 보이는 게 아니다. 우인은 늘 사랑에 빠져 있었다. 자기 자신에게 홀딱 반해 있다는 얘기다. 자신의 결정에 철저히 만족한 사람만이 가질 수 있는 얼굴이 바로 저것이다. 그를 처음 봤을 때부터 느낀 거지만 그는 어디 딴세상에 한발을 걸치고 사는 사람처럼 보였다. 그가 느끼는 삶의 기쁨을 다른 사람은 이해할 수 없을 것이다. 마흔 가까운 남자의 얼굴을 저렇게 소년 같아 보이게 하는 그만의 비법이 있긴 있는 셈이다.

　그리고 나는 안다. 내가 아무리 말려도 그는 분명히 자기가 하고 싶은 대로 수술을 받았을 것이다.

　그가 건강에 집착하는 건 유별났다. 술과 담배 커피를 멀리하는 건 취향의 문제가 아니라 오로지 몸보신을 위해서였다. 몸에 좋다는 건 어떻게든 다 챙겨먹었다. 아침마다 홍삼과 알로에 스쿠알렌 비타민 영지버섯 상황버섯 등과 온갖 선식과 생식, 녹즙을 골고루 돌아가며 먹었다. 다른 건 간섭하지 않는 그가 먹는 것만은 내게 잔소리를 하곤 했다.

　"살은 안 빼도 돼. 중요한 건 겉이 아니고 속이니깐. 그래도 넌 혈압을 조심해야지. 가족력이 있잖아. 그러니 이거이거는 꼭 챙겨먹으라고."

그의 부엌에는 그밖에도 처음 보는 건강식품들이 박스째 꽉꽉
차 있었다. 이상한 점은 또 있었다. 그의 집은 사람 사는 집치고
는 너무 삭막하고 기계적이었다. 남자 혼자 사는 집이 대단히 아
기자기할 순 없지만 손소독기와 각종 소독장비, 별별 의료기구와
의약품 들이 구석구석 차 있는 건 이해하기 어려웠다. 집이 아니
라 학교의 과학실습실 같은 분위기였다. 보통 사람들이 사는 너
저분한 살림살이와는 차원이 달랐다.

"정말 우인씨, 특이한 사람이다. 무슨 집이 온기라곤 하나도
없어? 뭐야, 가정집에 웬 수술도구? 이건 뭐야, 소독기? 아니, 일
부러 이렇게 하고 사는 거야?"

그의 집에 김치를 갖다주러 들른 날, 마침 형숙이 날 따라왔
다. 집 안 구석구석을 들춰보며 고개를 갸웃거리던 형숙이 내 눈
치를 보다가 곧 말문을 열었다.

"애, 우인씨 말이야, 아예 보험청약이 안되는 사람이더라. 하
도 장기기증을 많이 해서. 내가 몇번이나 확인을 해봤거든. 그거
너도 알고 있었니?"

처음 듣는 얘기였지만 별로 놀랍지도 않았다.

"원래 그런 사람이라고 전에 말했잖아. 자기 골수 빼주는 걸
머리카락 뽑아주는 것쯤으로 생각한다고. 그렇게 해롭지는 않대,
뭐 내 말은 듣지도 않고."

"해롭지 않다고? 너 그거 수술할 때 전신마취해. 그게 얼마나
위험한지 알아? 안전한 수술이란 게 세상에 어디 있어? 생살을
째는데."

"………"

"그래 골수이식은 그렇다고 치자. 그런데 일년 전에 신장 하나 남한테 떼어준 건 너도 알고 있니? 신장은 두 개밖에 없는데 하나 줘버리면 나머지 하나로만 평생을 사는 거잖아. 간이랑 췌장도 증여한다고 온갖 검사 다 해봤다고 하더라. 얘, 난 아무리 봐도 우인씨가 너무 별나다 싶어. 그래서 니가 좀 걱정이야. 내 말, 무슨 뜻인지 알겠지?"

나는 식탁 위 벽지에 덕지덕지 붙은 사진들을 멀거니 쳐다보고 있었다. 싸구려 액자 하나 끼우지 않고 맨사진을 스카치테이프로 대충 붙여놓은 벽이 그날따라 더 을씨년스러워 보였다. 우인과 똑같은 환자복을 입은 사람과 그렇게 단둘이서 나란히 웃고 있는 모습이 대부분이었다. 열 장이 넘는 그 사진들, 어쩌면 우인은 저 사진에 보이는 모든 환자들에게 자기의 골수와 신장, 또 내가 모르는 뭔가를 이식해주었는지도 모른다. 그렇게 생각하니 순간적으로 오싹한 기분이 들었다.

그는 도대체 몇명에게나 장기를 나눠줬는지 정확히 얘기한 적이 없다. 우리가 만났던 일년 전 런던도 그가 사업 때문이 아니라 수술 때문에 갔으리라는 걸 난 진즉 짐작하고 있었다. 그게 골수가 아니라 신장수술 때문이라는 게 오늘 형숙의 얘기로 명확해졌을 뿐이다.

며칠 동안 나는 고민했다. 우인에게 뭘 어떻게 물을지. 그리고 열심히 스스로에게 다짐하기도 했다. 이건 작은 문제야. 애인끼리 흔히 겪는 갈등이라고. 어떻게 소통하느냐의 문제지 별거 아냐.

그런데 내가 고민하고 말 것도 없이 일은 이상한 데서 터졌다.

하필 그날은 아이들 생일 파티 준비로 눈코 뜰 새 없이 바빴던 날이었다. 거의 전화 오는 일이 없는 내게 원장님을 통해서 전화 한통이 왔다. 강남경찰서라고 했다. 우인이 고성방가 및 폭행죄로 와 있다며 가족분이 데려가달라고 했다. 조퇴하고 택시를 타고 가는 와중에 나는 평정심을 잃지 않으려고 노력했다. 우인 같은 사람에게도 이런 일이 있을 수 있다는 게 신기하기까지 했다.

가보니 상황은 생각보다 그리 나쁘지 않았다. 격한 몸싸움과 말싸움을 벌인 건 사실이지만 주먹이 오갈 정도는 아니었단다. 신고정신이 대단히 투철한 누군가의 제보로 경찰이 출동한 건 맞지만 우인이 흥분해서 호락호락 나오지 않은 게 더 문제였다. 상대방도 우인을 고소하거나 할 생각은 전혀 없어 보였다. 그는 검은 뿔테안경을 쓴 젊은 남자였다. 어디서 본 듯한 얼굴이었다. 어디서였을까?

하여간 나는 우인을 집으로 데리고 오면서 며칠 동안 별러온 얘기를 한꺼번에 터뜨렸다.

"이게 뭐 하는 짓이야? 안 그러던 사람이 무슨 꼴이냐고? 저런 어린애랑 쌈질을 하지 않나. 왜 이렇게 사람을 놀라게 해? 그리고 왜 전에 신장 수술 받았다는 얘긴 나한테 안했지? 내가 자기한테 그 정도밖에 안돼? 그게 하나도 안 중요해? 내가 자기를 잘못 본 거 아냐? 원래 이런 사람이었어? 이렇게 무책임하냐고!"

우인은 처음엔 미안하다고 무조건 싹싹 빌었다. 말은 그렇게 해도 전혀 내게 미안해하지 않는다는 걸 난 알고 있었다. 내가 계속 추궁해대자 어느 순간 그도 맞고함을 쳐댔다.

"너야말로 갑자기 왜 이래? 네가 뭘 알아? 내가 어떤 생각을 갖고 사는지 알기나 해? 내가 아무한테나 내 걸 줘버리겠어? 그럴 만한 사람한테만 주는 거라고. 모르면 가만있어. 아까 그 자식이 내 신장을 가져가놓고 지금 와서 뭐라는지 알아? 이 세상의 소금처럼 살 수도 있었는데 그걸 포기하고 무슨 딴따라가 되겠대! 그 들어가기 힘든 신학교를 때려치우고! 난 그러라고 그 먼 데까지 간 게 아니라고. 알아? 나쁜 놈은 내가 아니라 그놈이야!"

나는 그가 갑자기 무슨 말을 하는 건지 도저히 알아들을 수가 없었다. 게다가 한번도 본 적 없는 그의 표정 때문에 더 할말을 잃었다. 얼마나 힘을 줬는지 눈동자의 실핏줄이 터질 것만 같았고 술취한 사람처럼 얼굴이 시뻘겋게 변해버렸다. 꽉 움켜쥔 주먹은 부들부들 떨었는데 살짝 건드리면 뭐든 박살낼 것 같은 느낌이었다. 나는 진정을 하고 그에게 물었다.

"그래서 싸운 거야? 그것 때문에? 도대체 이제 와서 그게 무슨 소용이야. 그 사람 마음이 바뀐 걸 당신이 어떻게 해? 이식해준 사람들 인생까지 당신이 다 어떻게 할 건데? 당신이 하나님이라도 돼? 그렇게 믿어?"

"난 아무한테나 내 장기를 준 게 아니야, 민정아. 아주 고르고 고른 사람들이라고. 이 세상엔 버러지만도 못한 인간들도 있지만 정반대인 사람들도 있다고. 넌 내 말 이해하지, 그렇지? 아까 그 사람은 나이는 어려도 아주 촉망받는 사제가 될 인물이었어. 그래서 유학까지 보낸 거라고. 나는 그를 믿었다고. 그런데 기껏 드럼이나 치면서 살고 싶다고? 이게 말이 돼? 딱 한 번밖에 줄 수 없는 내 신장을 그런 놈에게 주다니…… 난 부끄러워서 견딜 수가 없어, 정말 부끄러워!"

"아무리 그렇다고…… 준 신장을 다시 떼올 수도 없잖아."

"………"

"포기해."

"………"

그의 얼굴은 헐크 같던 모습에서 본모습으로 되돌아왔다. 한 사람이 이렇게 순식간에 표정이 변할 수 있다는 게 믿어지지 않을 정도였다. 소년 같다 못해 아이 같은 그 투명한 표정으로 괴로워하는 모습을 나는 지켜봐야만 했다. 그는 계속 울부짖었다.

"민정아, 어떡하지? 내가 생각을 잘못해서 결국 다른 한 사람을 죽인 거야. 다른 사람에게 줄 수도 있었는데…… 내가 지금까지 그토록 애쓴 게 보람이 없어졌어."

나는 더이상 그를 위로할 수가 없었다. 그만이 살고 있는 다른 세계가 어떤 건지 나는 지금까지 별로 들여다보려고 하지 않았다. 지금 잠깐 엿본 것만으로도 현기증이 날 것 같았다. 그가 사심없고 특별하고 선량한 사람인 것은 분명하지만 정상의 범주에서 어쩌면 약간 이탈한 건지도 모른다. 갓난아이 둘을 안고서 이국의 낯선 공항에 서 있던 그 순간처럼, 이게 아닌데, 뭔가 아니야, 하는 착잡한 감정이 밀려오고 있었다. 그는 그저 강박증이 좀 있을 뿐이야, 하는 작은 속삭임도 어디서 들려왔다.

나는 이기적인 여자다. 박애주의자와는 살 수 있어도 강박증 환자와는 살기 어려울 것이다. 그러나 나는 내 직관보다도 세상 사람들의 지혜를 훨씬 더 신뢰하는 편이다. 사람들이 그러지 않았나. 우인은 참 보기드문 남자라고. 내게 로또나 다름없다고. 그걸 뒤집는다는 건 간단한 일이 아니다. 로또라는데 누군들 안 그렇겠는가.

그런 일이 있은 뒤 우인은 내게 부쩍 더 신경을 쓰는 눈치였다. 근사한 레스또랑을 예약해 데려가기도 하고 유치원까지 와 퇴근하는 나를 기다려주고 별로 친하지도 않은 동료 선생들에게 인심을 쓰기도 했다.

"김선생은 좋겠네. 약혼자가 이렇게 잘생겨서. 아휴, 나 같으면 불안해서 잠도 안 오겠네."

그가 들고 온 싱싱한 생선초밥을 먹으며 고참 선생 중 하나가 이죽거렸다. 그녀 역시 노처녀였다.

내 가족을 포함한 모든 이들은 우인이 밑지는 결혼을 한다고 생각했다. 그래서 콩깍지가 씌었을 때 빨리 해치워야 한다고들 말했다. 그의 골수이식 경력을 이야기해도 반응은 크게 달라지지 않았다. 나를 속물 취급하거나 우인을 더 대단한 사람으로 여기곤 했다.

"뭐 기증하라고 널 닦달하는 것도 아니잖아? 그런데 뭐가 걱정이야. 그렇게 건강에 신경쓴다면서. 거울 봐라, 너보다도 훨씬 더 오래 살겠더만. 그리고 설마 계속 그러겠니? 자기도 살아야 하는데. 막말로 딱 까놓고 말해보자, 사람이 죽지 않는 이상 기증할 장기도 더는 없잖아. 간? 그거 하나 아냐? 아님 말고……"

사람들은 원래 남의 말은 쉽게 하는 법이다.

내 주변에서 결혼에 회의적인 사람은 형숙뿐이었다. 그렇다고 형숙이 뭘 강하게 말리는 것도 아니었다. 그저 미적거리며 어깃장을 좀 놓을 뿐이었다.

"그냥 솔직히 얘기해보자. 너희 둘이 정말 통하는 게 있다고 생각해? 성격 잘 맞아서 계속 잘살 수 있을 것 같아? 사실 안 지 일년밖에 안되는데 짧다면 짧은 기간 아니니? 조건이 아무리 좋아도 사람을 먼저 봐야지. 사람, 의외로 헛똑똑일 수 있다. 아무리 궁성맞아도 사람만 좋으면 어떻게든 살아신다 너."

해주는 것도 없으면서 바라는 건 많은 악귀 같은 시댁식구들을 틈만 나면 욕해놓고도 형숙은 이제 와 딴소리를 하고 있었다.

"그렇게 맘에 안 드니?"

"………"

"너 사람 잘 보잖아, 말해봐."

"………"

그녀는 차마 면전에서 뭐라 더 말하기 힘들었는지 얼마 뒤 밤늦게 전화로 이런 얘기를 했다. 마침 웨딩드레스를 고르고 온 날이었다.

"민정아, 난 그냥 우인씨 보면 으스스해. 무슨 종교 교주도 아니고, 아무리 싹싹하게 굴어도 괜히 얄미워 보이고. 안 그래야지 안 그래야지 하면서도 왜 그런지 모르겠다. 말할 때 보면, 딴생각하는 사람 같고 왠지 독해 보이고."

그러면서도 형숙은 기어이 말끝을 흐렸다. "내가 너 샘나서 그러는지도 몰라, 그냥 흘려들어, 알았지? 어디서 그런 남잘 또 만나겠니? 그치?"

나도 곰곰이 생각해보았다. 여행지에서 만난 인연이라 해도 이건 너무 순조롭긴 하다. 그는 내게 정말 잘해준다. 그것도 이상한 걸까.

*

그날은 모처럼 과음을 한 날이었다.

결혼선물이라고 누가 십이년산 보르도 와인을 보내와서 우인과 나는 그걸 싹 비우기로 작정했다. 알코올의 힘을 빌려 결혼 전에 못다한 솔직한 얘기를 하자고 간만에 의기투합한 것이다. 하지만 나중에 생각해보니 우인은 목만 축였을 뿐이고 내가 한병을 다 마신 거나 진배없었다.

"나 이 집이 싫어. 가격 팍 낮춰서 팔아버리자. 집이 아니라 병원 같아."

나는 먼저 집문제로 포문을 열었다.

그래, 그래, 그러자. 우리 둘이 살기엔 너무 넓지. 근데 너무 안 나간다. 집 보러 오는 사람도 없어. 그러니깐 일단 살림을 차리고. 팔리기만 하면 요 앞의 아파트로 어서 이사가자. 됐지? 그는 이렇게 선선히 수긍했다. 그리고 그는 점점 다른 얘기들을 풀어놓기 시작했다. 문제는 내가 너무 일찍부터 취하기 시작했다는 점이다. 그래서 그가 한 얘기는 기억이 나는 것도 있고 나지 않는 것도 있다. 대충 맞춰보면 다음과 같은 얘기들이었던 것 같다.

"아주 훌륭하신 분이지. 그런 분이…… 간암이라니 안됐지 뭐야. 간 이식은 둘이 같이 수술을 받아야 하는데. 열두 시간이 넘게 걸려서…… 사실 나도 이번엔 겁 좀 나고 다 주는 게 아니라 육십 퍼센트만 떼고. 꼭 맞는다는 보장도…… 조직검사해서 매칭률 결과 나오면 그거 보고. 나 이해하지? 아직 나는 젊고 너한테 미리 말하니깐. 성경 말씀에도 있어. 아플 때까지 주라고."

"왜 그렇게까지 해야 해? 당신이 무슨 실험용동물이야, 왜 툭 하면 몸에 칼을 대?"

참다못해 내가 이렇게 소리친 것도 분명히 기억난다.

"알아, 내기 좀 이상하던 기. 나도 인다고. 하지만 그러지 않으면 살 수가 없어. 남한테 내 걸 안 주면, 꼭 살인자가 된 것 같은 기분인데 어쩌겠어. 알겠니? 내가 아무것도 안하고 가만있으면 사람이 죽는 걸 빤히 보는 기분이라고. 그런 눈으로 보지 마, 난 말이야, 이 세상이 너무 잘못돼가고 있다고 생각해. 우리 학교 다닐 땐 그래도 조금씩 세상이 바뀔 거라는 믿음이라도 있었잖아. 그런데 지금은 모든 걸 바꿀 기회가 있었는데도 그냥 지나가버렸어. 비겁한 세대지. 다 정치꾼이나 사이비 손에 넘어가버리고. 난 아니야. 난 소신을 지킬 거야. 너는 이 세상이 살 만하다고 생각하니? 아니잖아. 이러면 안돼, 우리……"

그리고 내 기억은 끊겼다.

내가 눈을 번쩍 뜬 건 캄캄한 한밤중 몇시인지도 알 수 없는 시각이었다. 목이 너무 말라서 깬 건지 소음 때문에 깬 건지는 알 수 없지만 하여간 눈이 번쩍 뜨였다. 그곳이 우인의 방, 그의 침대라는 걸 눈앞의 십자가를 보고야 깨달았다. 그리고 방문 바깥에서 우인의 목소리가 똑똑히 들려왔다.

"너는 믿음을 저버렸어. 더이상 긴말 하기 싫어. 너같이 하찮은 놈에게 주다니. 그깟 수술비 대준 게 아까워서 그런 줄 알아? 버러지 같은 놈."

또다른 사람의 목소리는 어렴풋하지만 들어본 듯했다.

"미쳤어요? 정선생님 정말 맛이 갔군요. 저도 이런 분인 줄 알았으면 애초에 그 잘난 신장 안 받았을 거예요. 그럼 저보고 어쩌라는 거죠? 다시 배 째고 내놓기라도 할까요? 그러면 되겠어요? 저 차라리 그렇게 하고 발 뻗고 살래요. 자요, 가져가보시죠, 어서요!"

순간 기억이 퍼뜩 났다. 우인과 같이 경찰서에 끌려와 있던 뿔테안경 쓴 남자, 우인의 신장을 기증받았다는 그 신학생의 목소리였다. 그들은 한참 그렇게 티격태격했지만 나는 점점 더 알아들을 수가 없었다. 다시 잠 속으로 빠져들어가고 있었기 때문이다.

그러다 나는 얼마 후에 다시 벌떡 일어나고 말았다.

굉장히 날카롭고 찢어지는 듯한 소리 때문이었다. 그것이 사람의 비명소리인지 무슨 톱날이나 기계에서 나는 쇳소리인지는 명확하지 않았다. 더 솔직히 말하면 내가 들은 게 꿈인지 아닌지도 확신할 수 없었다. 침대에서 일어나 방문의 열쇠구멍으로 밖을 내다보았지만 더이상 그런 소리는 들리지 않았다. 저벅저벅 사람의 발소리만 계속 들려왔다. 우인의 발소리였을 것이다. 그는 한쪽 발을 약간 끌면서 걷기 때문에 남들과 구분이 쉽다.

그가 어디론가 전화를 하면서 비닐 같은 걸 질질 끌고 가는 소리가 들렸고, 현관문이 열렸다가 찰칵 잠기는 소리까지 들은 뒤 난 조심스레 방문을 열고 나왔다. 내가 이상한 소리를 듣고 잠을 깬 지 이삼십분은 지났을 시간이었다.

집 안은 아무것도 달라진 게 없었다. 어젯밤 우인과 같이 먹은 보르도 와인병과 글라스, 안주접시 등은 다 말끔히 치워져 있었다. 설거지까지 모두 마쳐 물기도 말라 있었다. 시계를 보니 새벽 세시였다. 이 시간에 그는 도대체 어디로 간 걸까.

침대에 다시 와 누우려는데 아까의 그 괴성이 다시 생각났다. 생각하면 할수록 그건 사람의 비명이었다는 확신이 들었다. 하지만 현실이라고 하기엔 너무 무서웠다. 사람이 그렇게 생생한 꿈을 꿀 수도 있을까, 생각하다 미리가 아파 다시 잠이 들었다.

아침에 일어났을 때 그는 앞치마를 두르고 분주히 움직이고 있었다.

"배고프지? 내 아주 맛난 해장국을 대령해놨지. 어서 일어나."

나는 푸석푸석해진 얼굴을 거울에 비춰본 뒤 그를 새삼 유심히 쳐다보았다.

늘 알맞게 투명한 그의 피부, 주름살이 적은 만큼 연륜도 느껴지지 않는 말간 그의 얼굴. 사람은 나이가 들수록 자기 얼굴에 책임을 지게 된다는 말도 그에게는 해당하지 않았다. 또래 남자들이 술과 담배와 스트레스에 찌들어 칙칙하다 못해 거무튀튀한 중년으로 변색되어갈 때, 당장의 카드빚과 오른 전세 값, 부모님의 병원비, 보증 서달라는 친구, 나아지지 않는 살림, 엷어져가는 인간관계, 멀어져가는 꿈 등의 시시콜콜한 애환으로 몸과 마음에 굵은 나이테를 둘러가고 있을 때도, 우인은 혼자 상록수처럼 풋풋하고 한결같기만 했다.

그가 생각하는 인생의 굵은 목적은, 오직 남을 위해서 내 무얼 떼줄까, 이 세상을 나아지게 할 만한 훌륭한 사람을 위해 어떻게 헌신할까, 바로 그것일 뿐 그밖엔 다 하찮고 부차적인 문제들일 뿐이다. 그는 돈걱정을 하거나 인간관계에서 오는 자잘한 갈등으로 고민해본 적이 없다고 자기 입으로도 말했다. 아마 앞으로도 자신만의 정의를 위해서는 무엇이든 감수할 것이다. 무엇이든. 나는 그것을 하룻밤 새 실감할 수 있었다. 어젯밤 나는, 어쩌면 나의 미래를 본 건지도 모른다.

나는 가벼운 한숨을 쉬면서 그가 이끄는 대로 식탁의자에 앉았다. 그가 김이 모락모락 나는 국냄비를 내려놓으며 상기된 표정으로 너스레를 떨었다.

"이거 곰치국이라고 들어봤는지 모르겠는데 아주 진국이야. 내장탕 이런 거랑 격이 달라. 뼈째 들고 쪽쪽 빨아봐, 나처럼. 몸에 정말 좋은 거야. 자기 주려고 새벽에 청진동까지 가서 사왔어. 어서 먹어봐."

국냄비의 뻘건 살과 도드라진 뼈가 나를 바라보고 있었다.

"그래서 새벽 세시에 나갔다 온 거야?"

"어? 어떻게 알았지. 완전히 곯아떨어졌기에 말 안하고 나갔는데."

나는 그의 눈치를 보며 다시 조심스레 물었다.

"우인씨, 어젯밤에 누군가 오지 않았어?"

"오긴 누가 와. 같이 마시다 뻗어놓고선."

그가 웃으며 내 눈을 똑바로 바라보았다. 평상시라면 그는 저렇게 상대방 눈을 빤히 보며 말하지 않는다. 그는 늘 허공의 누군가를 쳐다보듯 흩뜨린 시선으로, 약간 들뜬 표정으로 말하곤 했다. 종교가 우릴 구원해줄 거야, 마치 그런 표정으로. 그러나 지금 날 응시하는 그의 눈빛이 강물처럼 조용히, 그러면서도 구심점 있는 불꽃처럼 흔들리고 있었다. 탁하지 않고 섬세한 그의 눈,

그래서 아이처럼 거짓말도 못하는 그 눈. 순간적이지만 우인의
눈빛은 아주 잠깐 슬퍼 보였다.

그러나 그는 얼른 내게 국 한숟갈 떠서 내밀었다. 나는 처음
먹어보는 생선국이 입에 맞지 않았지만 억지로 받아 삼켰다. 비
린내를 참고 겨우 몇숟갈 떠먹은 나는 식탁 옆 벽 모퉁이를 무심
코 쳐다보다가 순간적으로 움찔했다.

환하게 웃고 있는 그의 사진들. 주르륵 붙어 있는 그 사진들
중 가장 위에 있던 사진 하나가 없어지고 네모난 여백과 떼다 남
은 스카치테이프 자국이 보였다. 사람의 기억력은 참으로 희한하
다. 그걸 보고서야 기억이 났다. 그 뿔테안경 쓴 신학생의 얼굴이
초면이 아니었던 건, 바로 여기 있던 사진 속에서 웃고 있었기 때
문이다. 그런데 지금 그 얼굴이 사라졌다.

"이 사진은…… 왜 뗐어?"

"필요가 없으니깐."

"………"

"이제 다시 볼 사이도 아니잖아. 기억하고 싶지 않아. 그렇게
하고 싶다는 음악 실컷 하고 잘살라고 했어. 벌써 런던에 다시 가
있을 거야."

언제 또 만났느냐고 물으니 그는 일주일 전엔가 봤다면서 아
무렇지도 않은 듯 말했다. 그러면서 우인은 국건더기 하나를 손
으로 꺼내 뼈마디를 아드드득 씹었다. 생선뼈를 저렇게도 씹어먹
다니, 왠지 그 소리가 귀에 거슬렸다. 먹는 데 열중한 그의 표정
은 황홀하기까지 했다. 한참 먹고 있던 그가 아참, 하며 별일 아
니라는 듯 말문을 열었다.

"그리고 말이야. 지금부터 내가 하는 얘기 오해하지 마. 싫으면 안해도 돼. 자기도 그냥 가벼운 마음으로 골수기증 신청이라도 해놓는 게 어떨까? 신청하고 맘 바뀌면 안해도 그만이야. 나는 자기도 남과 나누는 기쁨을 가졌으면 하는데. 그러면 인생이 달라질 텐데. 어때? 우린 이제 부부니간 좋은 건 같이해야지, 안 그래? 물론 전적으로 자기 맘이야."

골수기증. 나누는 기쁨. 이 세상의 소금. 그다음은 뭐가 될까, 그가 나에게 원하는 것이.

어제 유치원 동료들은 미리 후한 부조를 걷어 나에게 건네주었다.

우리가 무슨 선생이야, 그냥 애보기지. 김선생, 결혼하면 그냥 집에 눌러앉아라. 무슨 대단한 일을 한다고 다시 나와. 원장님, 말은 안하지만 나가줬으면 하는 눈치더라. 벌써 후임 알아보고. 약혼자가 그렇게 대단한데 그 내조만 하며 살아도 어디야. 야, 나도 김선생처럼 갓난아기나 안고 유럽이나 가볼까봐.

히드로 공항에서 내 가방을 채간 소매치기는 왜 하필 나를 노렸을까. 내가 그 정도로 어수룩해 보였을까. 노란 얼굴의 동양여자는 공항에 얼마든지 있었는데. 그러고 보니 우인에게 나는, 내 첫 인상이 어땠는지 한번도 물어본 적이 없다. 모든 일이 갑작스럽고 한꺼번에 일어났으니까.

뱃멀미와 추위로 진이 다 빠져 있던 그 페리호에서, 그 바람 불던 갑판에서 우리가 딱 마주친 것은 정말 우연이었을까. 왜 그는 내게 가장 먼저 혈액형을 물어보았을까. 같은 O형이 아니었으면 지금쯤 우린 남남이 되었을까. 난 세상의 소금 같은 존재도 아닌데 왜 그는 나와 결혼하려는 걸까. 왜 그는 내가 자기의 아내가 될 자격이 있다고 믿는 걸까.

그리고 우인이 간절히 원한다면 내 골수나 간이나 신장을 남에게 떼어주어야 하나. 나는 그럴 수 있을까. 나는 그의 곁에서 살 수 있을까. 어젯밤 내가 늙은 건 정말로 꿈일까. 정말로 그 신학생은 런던으로 돌아갔을까.

도버해협의 검푸른 바닷물, 둥둥 떠다니는 페리호가 눈앞에 잠시 나타났다 사라졌다. 그 바다 위에서 그를 만난 순간 나는 정말 행복했던 것 같다. 앞으로 다시는 그런 보석 같은 순간은 오지 않으리라고, 식어버린 국냄비를 보며 생각했다. 그리고 숟가락을 내려놓았다.

나는 아직도 내 인생에 기대할 것이 남아 있는지 잘 모르겠다.

결혼식은 이제 열흘 남았는데 말이다.

Heartbreaking Love

우영은 전화기를 내려놓으면서 히죽 웃었다.

　자식, 되게 놀라네. 상대방이 이토록 당황하는 모습이 우영은 그저 재미있기만 했다.

　"누나? 우영이 누나라고? 아니, 이게 얼마 만이야. 야 진짜 오랜만이다. 한국에 언제 들어온 거야. 뭐? 병원? 아, 그랬구나. 그래, 다행이네. 응, 응…… 어? 뭐 나야. 응, 괜찮아. 그 정도야 뭐…… 그럼 나중에 들를게. 그런데 몇호라고?"

　침대 옆에 앉아 있던 남자가 정성스레 오렌지 껍질을 벗기며 우영에게 물었다.

　"누군데 그래?"

　"응, 사촌동생. 전에 말했었지? 본 지도 오래됐는데 생각나서 전화 한통 넣었지."

　우영은 남자가 포크로 찍어준 오렌지 한조각을 입에 넣고 우물거렸다.

"어릴 땐 친남매처럼 참 친했는데. 아파트 바로 옆동에 살았거든. 작은어머니가 일찍 돌아가셔서 우리집에 와서 저녁 먹고 숙제하고 가고 그랬다니까. 내 뒤만 졸졸 따라다니고. 녀석이 싸움도 못해서 만날 내가 나가서 대신 싸워주고 그랬지. 설날에 어른들 고스톱 치면 개평 받는다고 같이 잠도 안 자고 막 그랬어. 지나고 나면 그런 게 다 추억이야."

"개평? 그게 뭐야?"

"있어. 한국의 미풍양속이랄까. 양놈들에겐 없는 풍속이지. 하여간 당신, 걔 보면 놀랄 거야."

"왜?"

"나랑 달라서. 너무너무 곱상하거든. 어릴 때 같이 다니면 얼마나 비교가 되던지. 동네 할머니들이 너 고추 달린 거 맞느냐고 막 바지 벗겨보고 그랬다니까."

"차일드 어뷰즈 감이네."

"한국은 원래 그래, 제임스."

거기까지 이야기하고 우영은 창밖을 내다보았다.

기가 막힌 날씨였다. 희디흰 벚꽃이 풍성하게 달린 가지가 너풀거릴 때마다 침대 발치까지 그 향이 퍼져 코를 간질였다. 맞다, 이 향기야. 한국의 벚꽃이 이토록 아름다운 줄은 미처 몰랐다. 적당히 선선한 공기, 적당한 일조량, 귀에 쏙쏙 들어오는 말씨, 너무 진하지도 튀지도 않는 풍광. 그래, 이게 그리웠어. 거기다 푹신한 침대에 모든 스케줄 제로인 느긋한 휴식. 우영은 정말 불만이 없었다. 오히려 감사할 지경이었다.

"아주 호강을 하는구나, 호강을. 뭐가 그리 좋다고 실실거리누. 늙은 어미는 올라오기도 힘든데 저건 퍼질러 누워서…… 여기가 병원인지 호텔인지, 아이구……"

혀를 끌끌 차며 들어온 노인네의 타박만 없었더라면 우영은 마음편하게 살짝 졸고 있었을지도 모른다.

제임스가 벌떡 일어나 앉았던 의자를 앞으로 내밀었지만 노인네는 그쪽으로 눈길도 주지 않고 옆 간이침대에 털썩 주저앉았다. 제임스는 잠시 말없이 서 있다 커피를 뽑아오겠다며 병실을 나갔다.

"엄마, 제발 그러지 좀 마."

"………"

노인네는 소녀처럼 입을 비죽거렸다.

"이제 같이 늙어가는 처지에 왜 그러우? 남들이 알면 욕해."

여전히 노인네는 우영을 똑바로 쳐다보지도 않고 혼잣말을 했다. 원, 교수면 뭐 하고 박사면 뭐 하누, 한국에도 차고 넘친다, 그놈의 교수. 그 좋은 자리 다 마다하더니 기껏…… 참 자랑도 스럽겠다.

"참나, 쉰내나는 나 같은 노처녈 누가 데려간다고 그래? 내가 그냥 혼자 늙어죽으면 좋겠수? 그런 거유?"

노인네는 딸자식에게 눈을 부라렸지만 그 눈은 무섭다기보다 그저 좀 심술사나워 보일 뿐이었다. 눈밑의 눈물주머니가 복주머니처럼 늘어진데다 눈두덩까지 한층 처져서 우영은 엄마가 그새 꽤 늙었구나 하는 생각을 하고 있었다.

"그만합시다. 죽을 뻔한 딸내미가 살아났는데 이게 뭐유, 칙칙하게, 자, 힘을 냅시다. 좀 이따 우인이도 온대요. 뭐 먹을 거라도 있나?"

녀석이 오면 엄마의 관심은 분산될 것이다. 고로 나와 제임스의 숨통도 트일 것이다. 원래 녀석은 엄마의 밥이었다. 미적지근한 친척관계가 아니라 중학교 때부터 거의 키워준 거나 다름없으니까.

역시 우인 얘기가 나오니 노인네 얼굴에 생기가 돌았다. 할말이 아주 많다는 표정이다. 안다. 우영도 다 알고 있다. 이런 공감대는 어쩌면 문명의 이기 덕분이다. 작년에 우영의 아버지가 깔아준 메씬저 덕분에 모녀는 며칠에 한번은 어렵지 않게 수다를 떨어왔고 이제 서로 옆집의 밥숟가락 수까지 훤히 알게 되었다. 처음엔 노인네의 느린 속도와 오타 때문에 답답해 숨넘어가는 줄 알았던 우영도 이젠 그럭저럭 참을 만했다. 한국에 같이 살면서도 몇주에 한번 건성으로 전화하는 자식들보다는 훨씬 영양가있는 관계였다. 게다가 메씬저에 한번 맛들인 노인네는 호시탐탐 사람들에게 자랑을 해대곤 했다.

"아휴, 어젯밤에도 우리 딸내미랑 채팅하느라 잠을 다 못 잤네. 아니, 요즘 세상에 메씬저도 안 써요? 그게 얼마나 편한데. 그거 다 공짜야, 그것도 몰라?"

우영은 그런 엄마가 귀여웠다. 나이가 들어서 좋은 점 중의 하나는 주변 사람들에게 더 너그러워지는 것이었다.

"내가 말이 났으니 말이지, 너 온 김에 걔 좀 잘 구슬러봐. 도대체 무슨 생각으로 사는지. 그 인물에 그 허우대에 뭐가 부족해서. 아니, 날짜 다 받아놓고 별모레면 함 들어오는데 파혼을 왜 해, 파혼을. 색시가 좀 삐쳤으면 잘 달래서 데리고 살 생각을 해야지, 얼마나 정떨어지게 굴었으면 색시가 도망을 가. 쌍춘년이라고 강남 예식장 구하기가 하늘의 별따기였구먼, 참 그 예약금 홀랑 다 날렸는데도 작은어머니 죄송합니다, 그 말 한마디하곤 끝이야. 왜 그렇게 됐는지 자초지종은 알아야 할 거 아냐? 네 아버진 네 아버지대로 애한테 신경 안 쓴다고 나한테 생난리고. 내가 뭐 조카며느리 덕 보겠냐? 아니 걔는 원래 애가 그랬니? 내가 말을 안해서 그렇지, 나 할 만큼 했다."

말을 안하긴요. 녹음기처럼 심심하면 틀었으면서. 그럼에도 불구하고 우영은 엄마가 특별히 성가신 아줌마가 아니란 걸 잘 알고 있었다. 나라 밖에서 십년 넘게 살았지만 거기서도 이런 구구절절한 부대낌은 낯설지 않았다. 유학생들은 자조 섞인 이런 농담을 하곤 했다. 한국인의 몸에는 핏줄이 하나 더 있는데 동맥, 정맥, 그리고 다른 사람의 삶을 함부로 간섭하는 피, 이렇게 세 가지가 흐른다는 얘기였다.

우영은 지금까지 사람들과의 거리두기 때문에 고달파본 적이 별로 없었다. 워낙 천성이 어울렁더울렁 지내는 성격이라서이기도 할 것이다. 하지만 제임스와 얽히면서부터는 얘기가 달라졌다.

정선생, 그런 결혼 생각보다 쉬운 거 아냐, 우리하고 여기 애들은 또 달라.

선생님 생활이 안정되셔야죠. 저희 다 선생님 믿고 일하는데.

빨리 애 가지는 게 최고야, 내 말 들어. 제임스 말대로 그게 해결책이라니까.

아니 닥터 정, 뭐 믿고 불임클리닉도 안 가? 나이가 몇인데……

야, 요즘은 난자도 얼릴 수 있대.

남들 말 신경쓰지 마. 솔직히 지금 애나 낳을 때야? 유니쎄프 일은 어떡하려고?

악의없는 관심, 선의에서 나온 충고며 조언들이라는 건 우영도 알고 있었다. 모두 우영을 진심으로 아끼는 사람들이라는 것도 알고 있었다.

늘 많은 사람들 속에서 북적거리며 살아왔다. 지금이라고 더 유별난 건 아니라고 자위하지만 솔직히 우영은 힘이 많이 들었다. 일주일에 사흘 정도는 강의, 나머지 시간엔 대학원생들 페이퍼를 감독하고 학부생 상담, 아시안-코리안 유학생들 커뮤니티 지도, 한인교회 예배와 지역 유소년축구단 후원회, 게다가 환경단체들간의 회의도 주재하고 '국경없는 의사회' 비정기 모임도 참관했다. 간혹 병원 코디네이터들과 연구소 간 비공식 미팅, 지난 독일 월드컵 씨즌엔 한국응원단 부회장까지 맡아 생병을 앓아야 했고 제임스의 부모님과도 가끔은 저녁식사 자리를 같이해야 했다. 게다가 요즘은…… 유니쎄프 후원회와 이라크에 가 있는 동료들의 지원문제도 담당하고 있었다. 자신이 런던에서 편하게 살고 있는 동안, 모래바람 부는 저 사막에서 난민들을 위해 일하고 있는 동료들을 충분히 지원해주지 못한다는 죄책감이, 늘 가슴 한편을 누르고 있었다.

배란촉진제만 맞지 않았어도 근근이 더 버틸 순 있었을 것이다. 다른 사람들은 괜찮다는데 우영은 수시로 구토에 시달리고 복부에 물이 차올랐다. 약효가 약한 캡슐로 바꿔 복용해봐도 소용없었다. 결정적으로 무리가 온 것은 눈이었다.

어느날 갑자기 강단에 섰는데 코앞에 놓인 칠판이 보였다 안보였다 했다. 클로미펜은 부작용이 거의 없다고, 아주 일시적인 증상일 뿐이라고 말한 백발의 담당의사는 영 자신없는 표정이었고, 따로 찾아간 한국인 의사는 딱 잘라 말했다.

"스트레스예요. 심인성 스트레스."

히스테릭한 여자들에게나 어울릴 병명이 내게 가당키나 한 건가, 하고 생각하는 우영에게, 의사는 한마디 덧붙였다.

"차라리 보약을 드세요. 아는 중의사가 있는데 가르쳐드릴까요?"

그리고 학회 모임차 한국에 들른 우영은 바로 나흘 전 공항에 내리자마자 가슴을 쥐어뜯으며 구급차에 실려왔다. 조금만 늦었으면 심장혈관이 터졌을 거라고 했다. 아직도 우영은 병명을 정확히 몰랐다. 심근경색? 울혈성 심장질환? 그건 상관없었다.

우영은 침대 곁 접시에서 마지막 남은 오렌지 한조각을 입에 털어넣었다. 오렌지 알갱이가 톡톡 터지며 달콤한 과즙이 입 안에 번졌다. 이렇게 아삭하고 소리가 날 것 같던 젊은시절이 자신에게도 있었다는 것이 새삼스럽게 느껴졌다. 난 더이상 젊지 않아, 그래도 살아 있다는 게 어디야, 하고 우영은 생각했다.

"아니, 이게 누구야? 바빠서 금방 못 온 다더니. 야, 얼른 와서 누이랑 감격의 포옹이나 한판 뜨자. 어? 너 왜 나가려고 그래? 야, 나야, 나! 나 맞다니까! 우인아!"

우인은 처음에 병실을 잘못 찾아온 줄 알았다.

오면서 생각해보니 사촌누나를 보지 못한 지도 거의 팔년이었다. 그동안 누나가 잠깐씩 한국에 들르긴 했지만 타이밍이 맞지 않아 통 보질 못했다. 의도한 건 아니었다. 두 번인가는 우인이 입원중이라 나갈 수가 없었다. 누나의 결혼식엔 어차피 큰아버지와 큰어머니 등 어른 몇분만 가셨다.

이십대의 누나는 비쩍 마른 갈비씨였다. 여전히 왈가닥이긴 했다. 우인이 대학에 입학했을 때 누나는 사학년이라 얼굴 보기도 힘들었다. 중고등학교 때부터 내리 학생회장을 지낸 누나는 대학 들어가서도 무슨무슨 동아리니, 연합이니 하는 걸로 늘 사람들과 우르르 몰려다녔고 날이면 날마다 농활이니 엠티니 하면서 집에 잘 들어오지도 않았다. 데모하다 경찰서에서 훈방조치된 누나를 큰아버지가 데리고 온 일도 어렴풋이 기억났다. 그러나 이상하게도 어른들은 데모하는 대학생들은 다 빨갱이라고 욕하면서도 누나가 그러고 다니는 건 걱정하지 않았다.

그런 사람이 있다. 뭘 해도 믿을 수 있고 알아서 잘하겠거니 믿게 하는 사람 말이다. 어른들 고스톱판에서 주는 개평도 공평하게 뚝 잘라 반을 떼어주는 누나를 싫어할 순 없었지만, 너 힘든 거 다 안다는 식으로 자신을 보는 누나의 눈빛과 오지랖은 간혹 부담스러웠다. 물론 뭐라고 말한 적은 없었다.

"도대체."

우인은 한숨을 한번 깊게 쉬고 나서 말했다.

"거기 가서 뭘 먹고 산 거야? 난 누나가 일부러 곰인형을 뒤집어쓰고 있는 줄 알았잖아. 왜 이렇게 쪘어? 아픈 사람 맞아?"

"야, 그게 몇년 만에 본 누이한테 할 소리냐? 그리고 이건 찐게 아니라 부은 거야. 아니 그리고 넌⋯⋯ 나이가 서른다섯 맞냐? 도대체 나일 어디로 처먹었기에 이렇게 뽀샤시하냐? 얘 피부봐라, 파리가 미끄러지겠다. 제임스, 여기 와서 한번 만져봐."

"진짜 많이 변했군."

"진짜 하나도 안 변했군."

우인은 솔직히 누나의 주름진 눈매와 기미낀 얼굴을 보고 충격을 받았다. 여자들은 이렇게 변해가는구나. 우인이 알던 사촌누나는 사라지고 꼭 약간 젊은 큰어머니가 앉아 있는 것 같았다.

"그리고 넌 누이가 죽다 살아났는데 왜 빈손이야? 복숭아깡통이라도 들고 와야지. 주변머리없는 건 여전해가지고. 아참, 인사해라. 네 매형이다."

인사가 늦었네요. 결혼식도 못 가서⋯⋯ 아뇨, 별말씀을. 얘기많이 들었습니다. 바쁜데 와주시고. 하하하, 안 오면 무슨 변을 당하려고요. 생각보다 한국말이 유창하시네요. 뭘요, 아직도 잘못 알아들을 때가 많아요. 이런 화기애애한 대화가 무르익어갈 즈음, 갑자기 노인네가 병실로 불쑥 들어왔다. 순식간에 우인의 얼굴에서 웃음기가 가셨다.

"왔냐?"

"네, 큰어머니 안녕하셨어요?"

"⋯⋯⋯⋯"

"⋯⋯⋯⋯"

"뭐 좀 주랴? 여기 멜론이 한통 있었는데."

"아닙니다. 전 됐어요. 그만두세요."

"얘, 그 색시한텐 연락 없고?"

"네?"

"………"

"그게 무슨?"

"아니다, 괜한 소리지. 나 집에 갔다올 테니 어여 놀고 있어라."

저렇게 치고 빠지다니. 나이든 사람은 저래서 무섭다니까. 우인은 잠시 동안 어디 먼 곳에 가 있는 듯한 표정이 되었다. 저 기묘한 표정이, 우영은 늘 참 궁금했다. 왜 쟤는 항상 저렇게 혼자 놀까.

사람들이 웃고 떠들며 모여 있을 때 혼자 어두운 구석에서 뱃속까지 음침한 표정을 지으며 앉아 있던 동생을, 우영은 아직도 기억한다. 뭐 하니, 이리 나와. 싫어 누나, 난 여기 있을래. 우영은 더이상 동생을 끌어내지 못했다.

"좋은 사람 같다, 매형."

"뭘, 내가 많이 밑지지만 그냥 데리고 살아주는 거지."

"근데 둘이 너무 닮았는데, 전에 큰아버지도 그런 말씀하셨지만, 참 신기하네."

"무슨 소리야, 제임스는 다리 짧고 배 나오고 대머리잖아. 근데 날 닮다니, 말이 돼?"

"누나."

우인은 어려서부터 우영이 늘 신기했다. 늘 유유자적하면서도 언제 공부하고 놀 거 다 노는지도 궁금했고, 나이들어 뒤늦게 유학간 나라에서 현지인도 알아주는 환경공학 전문가에 시민운동가가 되었다면서도 마치 저잣거리의 나물 파는 아줌마처럼 구는 누나가 놀라웠다. 게다가 자신은 의대에 다녔다는 것조차 잊고 살았는데 팔년 만에 나타나 태연히 이런저런 부탁을 하는 것도 대단한 일이었다. 마침 이 병원 흉부외과 전공의는 막역하게 연락하고 지내던 동기였다. 언제던가, 학술서 출판 관계로 우인이 한번 일을 봐준 적이 있었다. 누나는 설마 우리 사이를 알고 연락한 거였을까. 정말 알 수 없는 노릇이라고 우인은 생각했다.

"누나, 기다릴까봐 지금 말해줄게. 좀전에 담당의 만나보고 왔어. 정밀검사 결과는 내일쯤 알려주겠대. 그러지 않아도 한번 보려고 했다는군. 그리고 퇴원은 당장 안된대."

처음으로 우영의 얼굴에 근심어린 표정이 떠올랐다. 큰어머니가 밑도끝도없이 늘어놓은 얘기 덕에 누나의 결혼생활이 어떤지 우인도 모르진 않았다.

"고맙다. 제임스는 마음이 약해서…… 여기 익숙하지도 않고. 그냥 내 선에서 알아보고 싶었거든. 마침 여길 오니 네가 생각나더라. 너 여기 입학할 때 나도 왔잖아. 기억 안 나니? 프리지어 한다발 들고 본관 앞에서 같이 찍은 사진, 아직 나 갖고 있어. 그래 맞아, 너 학교 관둔다고 나 찾아와서 술 마신 것도 바로 이맘때였는데. 벚꽃이 질락말락했었지. 내가 말이다, 코끼리처럼 기억력이 꽤 좋거든. 미안하다, 이런 얘길 꺼내서."

"미안하긴. 다 지난일인데."

솔직히 우인은 기억하질 못했다. 마치 백만년 전의 일 같았다.

의대를 다닐 필요가 있을까, 하는 고민을 우인이 처음으로 하

144

게 된 것은 첫 해부학 실습 때였다. 그때까지 우인에게 인간이란 존재는, 생화학적 차원에서 매우 섬세하고 특출난 생명체 이상의 것이었다. 가장 존중받아야 할 그 무엇, 함부로 손댈 수도 없지만 놀라운 자생력을 가진 신의 피조물.

그러나 처음 날선 메스를 들고 시체의 피하조직에서 얇은 피부를 좌악 벗겨냈을 때, 그 순간 우인의 환상도 함께 벗겨졌다. 누렇고 기분나쁜 투명한 점액질, 바로 사람의 지방이 줄줄 흘러나왔다. 동기들의 서투른 손놀림 때문에 채 경직되지 않은 시체의 피문은 살점들이 여기저기 툭툭 튀어오르기도 했다. 우인의 콧방울 언저리와 입가에도 그 작은 조각들이 여지없이 튀었다. 그러나 떼고 싶어도 뗄 수가 없었다. 아무도 그러지 않았고 이미 손은 그 이상의 피범벅이었다. 얼굴에 들러붙은 그 오싹한 촉감과 냄새, 그건 아직도 선연히 기억이 난다. 외음부 동맥을 절개하기 시작하자 방부처리에 무슨 착오가 있었는지, 원래 그런 일이 잦은지는 모르겠지만 허연 구더기들이 성기에서 꼬무락거리며 기어나오기 시작했다. 여자 동기 하나가 입을 막고 있다가 기어이 비닐봉지 한가득 아침 먹은 걸 토해버렸고 한쪽에선 쇠톱을 들고 진땀을 흘리고 있었다. 시체의 얼굴 정중시상면을 따라 고도의 집중력으로 두개골을 절개하는 일이었다. 페놀이 뒤덮인 동기들의 얼굴은 모두가 구두광을 낸 것처럼 번들거리고 있었다. 그러다 어디선가 날카로운 비명소리가 들려왔다. 톱질에 익숙하지 않은데다 너무 긴장한 나머지 누군가가 자신의 손바닥을 쭉 짼 것이다. 바로 곁에 선 동기의 가운자락에도 피가 방울방울 튀었다. 살아 있는 사람의 피는 그렇게 비린내가 나지 않았다.

아수라장 같던 그날 일들이 새록새록 기억났지만 우인은 무덤 덤했다. 우인은 분명, 의사의 실용주의를 기대해 의대에 들어갔지만 경박한 인간의 한계와 성과주의만을 목도했을 뿐이었다. 우인은 그렇게 얄팍하고 실체없는 삶을 살고 싶지 않았다. 남의 환부를 기웃거리는 것만으론 만족할 수 없었다. 우인은 직접 세상의 환부, 그 중심으로 직진하고 싶었다. 그 일부라도 자신의 몸으로 직접 봉합하고 싶었다.

세상의 일부가 되고 싶은 간절한 욕망, 그로 인해 결국 우인은 한 선배에 이끌려 어떤 모임에 들어가게 되었다. '세상을 구할 순 없어도 사람은 구할 순 있다'라는 모토를 가진 기독학생모임이었다. 골수기증각서를 쓰는 것이 회원가입 조건이란 걸 알고 우인도 처음엔 주저했다. 그러나 신이 모든 걸 해결해주지 못하므로 우리 인간이 나서야 한다는 그 강퍅한 규약이 믿을 만하게 느껴져 가입했다.

화염병을 들어 세상을 변화시킬 수 있다고 믿는 친구들과 방법만 다를 뿐 추구하는 건 비슷할 거라고 우인은 믿었다. 어차피…… 성경 안에서 할 수 있는 일이란 제한되어 있었다. 우인은 헌혈이나 골수기증으로 그 길에 다가갈 수만 있다면, 몇번이라도 할 수 있다고 생각했다. 더 많은 동료들이 동참해주길 기대했지만 그건 결코 쉬운 일이 아니었다. 점점 우인을 이상한 눈으로 보는 사람들이 늘어갔다. 우인은 점점 혼자 있는 시간이 많아졌다.

우인을 데려갔던 그 선배는 본과과정을 단 한 학기 남기고 자퇴해버렸다. 모임에도 나오지 않았다. 그리고 우인을 만나 설득했다. 이건 아냐. 사람은 도구가 아냐. 너, 더이상 깊게 빠지지 마

라. 이건 의학의 탈을 쓴 사이비야. 하지만 우인은 그럴 수 없었다. 그리고 일년 뒤, 우인도 자퇴를 했다. 우인은 모임에 더 충실하기 위해 관둔 것이었다. 선배가 행방불명이 되었다는 소문이 돌고 모임에서 정치적인 의견차가 벌어지고, 결정적으로는 기증 절차와 그뒤 기증자 관리의 문제에서 격론이 벌어지면서, 소송이란 문제까지 불거졌고 결국 모임은 해체되었다.

털끝만큼도 자신의 행동에 회의하지 않았던 우인은 어느 순간 혼자 남았다는 걸 깨달았다. 우인의 골수를 받은 사람들이 다 그의 뜻대로 살아준 것은 더더욱 아니었다. 그것에 격분하던 우인도 이제는 포기했다. 아무 조건 없이 희생을 감수해야 한다고 성경에는 써 있었지만 사실 그러긴 쉽지 않았다. 그저 조금씩 사람들이 변화되어가는 걸 본다는 게 작은 보람이고 기쁨이라고 만족해하던 우인이지만 이제 사람들은 그것조차 거부했다.

내가 뭘 잘못 생각했을까…… 내 피와 골수를 나눠주고 대신 세상을 변화시킬 수 있다고 믿었던 이십대 청년은 지쳐가고 있었다. 내가 사람들을 참 나이브하게 믿은 거였구나. 조금씩 느끼기 시작했을 때, 벌써 우인의 나이는 서른 중반이 넘어 있었다. 십년 넘게 그렇게 보낸 셈이다.

우인은 고개를 들어 병상에 누운 사촌누나를 바라보았다. 중환자실을 막 나와 겨우 호흡기를 떼자마자 너스레를 떨고는 있지만 병자는 병자였다. 그러나 누나는 다른 병자들처럼 두려워하거나 외로워 보이지는 않았다. 삶의 여백이라곤 전혀 없이, 인생이란 독주를 꾹꾹 눌러담아 산 듯한 우영 앞에서 우인은 엷은 경외심과 질투를 느꼈다. 누나는 결코 정도가 아닌 길을 걸어본 적도 없을 것이다.

"너 말이야."

우영이 장난스런 눈빛으로 입을 열었다.

"작년에 런던에 왔다면서. 연락 좀 하지 그랬니? 혹시 여자라도 숨겨놓고 온 거야, 그런 거야?"

런던은 생각보다 좁거든. 내가 있는 런던대학도 코딱지만한 데라 네가 수술한 병원 간호사나 코디네이터도 두 다리쯤 건너면 알 만한 사람들이더라,라는 얘기까진 하지 않았다. 한국에서 온 어떤 남자가 생판 남에게 골수이식을 해주고 갔다는 소식에 우영은 고개를 끄덕거렸다. 인상착의와 이름만 듣고도 동명이인이 아니라 우인이란 걸 짐작했다. 우인이라면 충분히 그럴 애야.

대학시절 동기 중에 유난히 얼굴이 말갛고 동안인 남자애가 있었다. 운동도 끝물이 다 되어가던 시절, 잘나가던 선배들은 일제히 썰물처럼 빠져나간 그 시절, 그는 수배중에 황산을 뒤집어쓰고 온몸이 다 타버렸다고 들었다. 그 친구를 생각하면 이상하게 우인이 떠올랐다. 허여멀건한 생김새가 비슷하기도 하지만 마치 순교자 같은 독특한 분위기가 닮아 있었다.

인생이란, 항상 올곧게 살도록 내버려두질 않는다고 우영은 생각했다. 젊었을 때는 인생의 방향이 약간 틀어져도 다시 돌아올 여지가 있지만 나이가 들수록 그 힘도 의욕도 사라져버린다. 대신 마음속에는 남모를 집착과 헛된 욕심, 아집 등이 울타리를 치기 시작하는 법이다. 특히 외로움은 그런 망상과 결합하면 더 위험해진다. 우영도 몇년 전 그렇게 갈등하던 때가 있었다.

환경운동이니 의료지원활동이니 하는 거창한 삶 따윈 때려치우고 그냥 한국에 들어가 살고 싶었다. 정치적 공정성 때문에 차마 내놓고 뭐라 하진 않지만 백인들의 은근한 차별을 가만히 당하고 있는 것도 이젠 힘들었다. 아무 하자 없는 논문을 가지고 문화적 토양이 어쩌니 하며 생트집을 잡는 노교수들을 상대하는 건 차라리 낫다. 자기들도 잘 알아듣지 못하는 아일리시나 스코티시의 영어를 못 알아듣는다고 자신만 미팅에서 제외되거나 소외되는 일, 너무나 진보적인 그룹의 활동가들임에도 코리안이라고 은근히 폄하하는 일 등 셀 수 없이 많은 일들을 다 너그러이 넘길 수는 없었다. 우영도 모르진 않았다. 쎅슈얼하지도, 젊지도 않은 동양여자, 아무런 메리트가 없는 자신의 자리를 지킨다는 건 쉽지 않았다. 이 대학에 들어오기까지는 운이 따라주었다. 늘 그랬듯 진심도 통하고 인복도 있었다. 딱 거기까지였다. 차라리 가오나 잡고 늙어가는 다른 꼰대들처럼 자신도 국내에 들어가 한자리 하며 편하게 살면 안될까, 그런 치사한 궁리까지 하던 그 시절, 벼락처럼 만난 사람이 바로 제임스였다.

평생 독신으로 살 줄만 알았던 자신에게 그런 사랑이 올 줄은 정말 예상 못했다. 전처가 죽고 덜렁 남겨진 딸아이의 기저귀를 갈면서 궁상맞게 살고 있던 홀아비 교수였다. 이런 사람을 만나려고 내가 이날 이때까지 버텼구나, 하는 쑥스러운 깨달음 속에서 우영은 그와 결혼식을 올렸다. 웨딩드레스를 입기 직전까지도 모두 직간접적으로 우영을 말렸다. 그런 우영에게 제임스는 미안해하고 또 미안해했다.

"우영, 당신은 퍼펙트한데 내가 해줄 게 없어. 어떡하지?"

제임스의 훌렁 벗어진 앞머리엔 가느다랗고 하얀 머리카락 몇올이 볼품없이 붙어 있었고 이마엔 주름이 자글자글했다. 그러나 웃고 있는 그의 얼굴은, 우영에겐 늘 아기처럼 느껴졌다. 그의 전처는 흑인이었다. 당연히 딸아이는 까페라떼처럼 진한 피부를 가진 혼혈이었고 우영을 볼 때마다 계단 뒤로 숨어버렸다. 제임스는 우영을 닮은 딸아이를 하나 더 낳자고 졸랐다. 힘들긴 하지만 가능은 했다. 그때의 살인적인 스케줄 속에서 아이까지 낳아서 키우는 건 무리라고 생각했지만 그래도 우영은 그의 말을 따랐다. 그러다 촉진제의 부작용이 나타났고 제임스는 마냥 미안해했다.

그리고 지금, 우영은 지구 반바퀴를 돌아 여기 병원에 누워 있는 자신을 발견했다. 어쩔 수 없는 일이다.

우영은 눈을 감고 슬며시 미소를 지었다. 침대 곁에 걸터앉아 있던 우인이 물 한잔을 건네주며 그런 누나를 보았다.

"누나."

"왜?"

"영어로 한번 말해봐. 혹시 제임스랑 짜고 다 속이고 있는 거 아니야? 정말 거기서 선생 하는 거 맞아? 제임스는 딱 들어도 발음이 다르던데 어째 누나는 억양 하나도 안 변했어?"

"참 촌스럽긴, 네가 뭘 알겠냐? 뭐, 이 악물고 살아봤어야지."

"난 이해가 안돼."

"난 네가 더 이해가 안돼."

"………"

"………"

뭐야, 팔년 만에 나타나서 누나 행세는, 하는 우인의 떨떠름한 표정에 우영 역시 나도 묻고 싶은 게 많거든, 하는 표정으로 응수

했다. 도대체 왜 거기까지 가서 골수를 주고 가는데? 아니 도대체 그걸 왜 숨기는데? 결혼은 왜 깨졌고? 우인아, 너 정말 잘살고 있는 거니?

둘은 복화술을 하듯이 서로 바라만 보고 있었다. 그러다 갑자기 우영이 기지개를 한번 쭉 펴고 침대에 몸을 파묻으며 말했다.

"야, 우리 관계는 뭔가 서사적인 데가 있지 않니? 그렇지? 이제 가봐라. 나 잠 온다."

그리고 우영은 눈을 감고 돌아누웠다. 뭐야, 이 아줌마, 사람 불러놓고…… 우인은 구시렁대며 병실을 나왔다.

복도 창문 너머에 벚꽃가지가 흔들리면서 꽃잎 몇개가 하늘하늘 날아들어왔다. 바람이 한번 크게 불면 모두 후드득 떨어질 기세였다. 십삼년 전 내가 징징거리면서 누나를 찾아왔었다고. 정말일까. 그게 맞다면 정말 코끼리 같은 기억력이란 말이 맞을 것이다.

우인은 문득, 이렇게 실없이 웃기도 참 오랜만이라는 생각이 들었다.

"누나."

얼마나 잔 걸까.

우영은 잠결에 들려온 목소리를 들었다. 어제 의사와의 면담이 많이 피곤했나 보다.

우인의 친구라며 조심스레 밝힌 그 의사는 지나칠 정도로 의욕적으로 이것저것 꼬치꼬치 캐물었다. 전화번호부만한 두툼한 차트를 계속 들춰보더니 우영의 피부에서 뭔가를 찾으려는 듯 구석구석을 뒤집고 두드리고 훑어보았다. 그리고 이내 묻기 시작했다. 혹시 미각과 후각에 이상은 없느냐, 식생활은 어떠냐, 무슨 일을 하느냐, 복용하는 약은 있느냐, 애완동물은 있느냐, 음주와 흡연은 어느 정도냐, 요즘 많이 힘들었느냐, 혹시 상담받은 적은 있느냐, 결혼생활은 원만하느냐 등등.

우영은 자신이 생화학을 전공한 학자임을 밝히고 결과를 알려달라고 했지만 의사는 대답을 미루었다.

"적절한 조치가 취해지지 않았으면 큰일날 뻔하셨어요. 임상적으로 심각한 상태라는 걸 아셔야 합니다. 이제부터 더 주의하셔야 합니다. 가족분도요."

곁에서 안절부절못하고 지켜보던 제임스를 힐끗 보고 의사는 그렇게 병실을 나갔다. 그리고 우영은 꼬박 하루를 내처 잔 듯했다.

"누나."

우영은 눈을 떴다. 하루가 다 지났구나 하는 게 어렴풋이 느껴졌다.

"언제 왔니? 어제, 네 친구라는 의사 말이야, 아주 피를 말리더라."

"누나."

"말해, 나 안 죽었어."

"누나, 돈 많아?"

"뭐?"

우인은 제임스가 잠시 자리를 비운 병실을 한번 둘러보았다. 마음이 무겁다기보다는 덜 과장되게 말할 수 있을지가 걱정이었다.

152

"누나가 말이야. 다이옥신 중독이래. 기준치에서 훨씬 넘었대. 한 열 배 정도. 인위적으로 먹지 않고는 그렇게 많이 나올 수가 없다는군. 그것 때문에 간이 지금 많이 상했어. 심장 쪽이랑은 아직도 뚜렷한 인과관계를 밝히진 못했는데, 그건 아마 여기선 당장 알긴 힘들 거래. 하여간 그게 몸에 축적이 되면 수년이든 수십 년이든 언젠가는 터질 일이었다는 거지."

"………"

"왜 그렇게 됐는지 짐작가는 거 없어? 누난 그쪽으로 잘 알잖아?"

"너, 너무 겁주는 거 아니니?"

"뭐, 누나의 재산을 노린 제임스가 꾸민 일이 아닐까 생각해봤지만 학자금 대출도 다 못 갚았다고 궁상을 떠니. 혹시 누구한테 원한 산 일 있어? 잘 생각해봐."

우인은 꽤 애쓰고 있었다. 진지한 듯 말하지만 농담이란 걸 강조하기 위해서 노력한다는 걸 우영은 모르지 않았다.

"간도…… 그렇게 안 좋다니?"

"응, 오래갈 것 같대. 그것도 그렇고 신경계 쪽이 많이 불안했을 거라는데. 피부에도 이상이 있었을 거라고. 막 물집 생기고 그런 적 없었어? 내가 전문가는 아니지만 이런 건 학술지에 실릴 만큼 좀 희한한 사례 같아. 도대체 왜 그게 누나 몸속에 들어가 있는 거지? 무슨 위험한 연구라도 하고 있었던 거야?"

세상에는, 겉과 속이 너무 다른 사람이 차고 넘치지만 우인은 주변 사람들까지 그런 식으로 생각하고 싶지 않았다.

그러나 우인은 자신이 제임스에 대해 알고 있는 게 거의 없다는 걸 깨달았다. 누나에 대해서도 어쩌면 알고 싶은 만큼만 알고 있는지도 모른다. 비상하게 머리가 좋고 보기보다 예민한 누나가 그런 예후를 정말 몰랐을까. 그리고 이 조마조마한 느낌은 도대체 뭘까.

"조심 또 조심해야 된대. 그래서 말인데, 누나 마음 단단히 먹어. 당분간 임신은 어렵지 않을까 싶어. 일단 면역력이 많이 떨어져 있고, 임신이 돼도 이상이 있을 수 있으니 시간을 가져야 하고. 누나, 듣고 있어?"

"어, 그래, 그럼."

우인은 눈을 껌벅거리며 누나를 쳐다보았다. 아이를 가지면 위험할 거라는 말을 하는데도 누나는 너무나 침착했다. 독한 아줌마야…… 우인은 생각했다.

그때 우영은 얼마 전 딸을 출산한 연구소의 한 동료를 떠올리고 있었다.

유니쎄프 활동가면서 반전평화운동가기도 한 열정적인 일본계 아가씨였다. 종전 후에도 이라크를 몇번이나 왔다갔다하며 백혈병과 암에 걸린 어린이들의 구호활동에 전력하던 중 거기서 만난 의사와 결혼까지 했다. 늘 조심했다고는 하지만 전장에 노출되는 건 어쩔 수 없었다. 열화우라늄탄, 미군들이 곳곳에 터뜨린 그 포탄의 영향력이 런던에 돌아온 동료에게까지 미친 것이다. 동료가 낳은 딸아이는 선천적 기형아였다.

우영이 만일 결혼을 안했더라면, 제임스를 그때 만나지 않더라면, 어쩌면 우영은 그녀와 함께 이라크에 갔을지도 모르는 일이다. 그리고 자신도 똑같은 경험을 겪었을 수 있었다. 우영은 그렇게 생각하며 안도하는 자신의 비겁함에 스스로 놀랐다. 그 일본계 동료는 아이를 너무 갖고 싶어했지만 자신은 한번도 그렇게 간절히 바란 적이 없었다. 그런 자신이 태연히 임신해 아이를 낳는다는 건, 너무 불합리해 보였다. 배란촉진제를 맞으면서도 정말 임신이 되면 어떡하나, 그런 생각만 가득했다.

누구에게나 약점은 있는 법이다. 우영은 자신에겐 특별히 그런 게 없다고 오만했다. 오래 고민하는 것은 질색이었다. 우영은 이미 결론을 내려놓고 있었다. 아이를 낳을 자신이 없다고 인정하자, 아이를 낳는 것이 너무 무섭고 다른 것과 맞바꿀 만큼 가치가 있는 게 아니라면, 그리고 내가 행복하지 않다면 임신하지 말자, 제임스가 그토록 원하긴 하지만 이건 아니다. 제임스에게 솔직히 말하면 그도 이해할 것이다. 차라리 입양을 하자, 제임스의 혼혈딸을 키울 수 있다면 이라크의 낯선 아이도 데려다 키울 수 있는 거다. 정말 부모가 필요한 애의 부모가 되어주자. 제임스라면 설득할 수 있을 것이다.

그러나 우영에게 더 부담스러운 건, 떨어져 있는 한국의 부모와 런던의 한국친구들, 그 커뮤니티의 눈과 말이었다. 우영은 그것까지 쉽게 무시하고 살 만큼 강골은 아니었다.

"그래, 뭐 인력으로 안되는 일 어떡하겠니. 그리고 말이야, 여자라고 다 아이를 낳고 싶어한다고 생각하면 안돼. 안 그런 사람도 있거든."

우인은 의자를 바짝 끌어당겨 우영을 똑바로 마주 보았다.

"누나, 느긋한 건 좋은데."

"………"

"누나, 상황이 안 좋은 거, 알긴 알겠어? 까딱하면 심장이 큰일날 뻔했어. 맹장 따위가 아니라 심장이야 심장. 당장 아기가 문제가 아니야. 뭐가 어떻게 잘못됐는지 알 수가 없다는데."

"알아."

우영은 웃지 말아야 한다고 생각했다. 그런데 동생은 내 말을 이해할 수 있을까.

"우인아, 얘기 하나 해줄게. 잘 들어."

"………"

"제임스란 남자는 말이야, 촉진제 때문에 내가 힘들어할 때 자기가 몇배로 더 괴로워하는 사람이거든. 지나치게 사람이 선량해서 문제지. 그런데 말이야, 아주 만약에, 그냥 예를 들어서 말야…… 제임스완 전혀 상관없는 이유로, 내가 그냥 몸이 안 좋아져서 임신을 포기하게 된다면 어떻게 될 것 같니?"

"누나, 지금 무슨 소릴 하는 거야?"

"………"

"………"

"예를 들어서 말하는 거야. 만약에 그렇게 되면, 제임스는 쓸데없는 자책감을 가지지 않아도 되겠지. 그리고 아픈 나를 돌보면서 전보다 더 날 사랑해줄 테고. 나는 전처의 아이를 내 자식처럼 잘 키우고, 그럼 그는 더 내게 고마워하겠지. 아, 아이를 더 입양할 수도 있어. 하여간 그렇게 우린 수십년을 오래오래 행복하게 살 수 있겠지. 어때?"

"누나……"

우영은 말은 쉽게 했지만 정말 말처럼 쉽게 생각한 것은 결코 아니었다.

남도 아닌 자신에게 임신을 포기하자고, 남들이 눈치 못 채게 그 가능성을 차단하자고, 정교한 논리를 짜내고 있는 스스로가 소름이 끼쳤다. 내가 왜 이렇게까지 해야 할까. 수십번 했던 질문이었다. 그리고 어느새 우영은, 자신의 사고방식이 보통의 세상 남자들처럼 정형화되어 있다는 걸 깨달았다. 여자라는 핸디캡을, 그 특권까지 반납한 채 앞만 보고 달려온 세월이었다. 남자보다 더 남자 같지 않으면 안된다는 걸, 대학 들어가자마자부터 배우기 시작했다. 자신의 임신가능성을 가지고 이런 도박을 한다는 자체가 정상적인 여자라면 해선 안된다는 걸 모르지 않았다.

그러나 모든 걸 가질 순 없는 노릇이었다. 자신처럼 유학이나 공부를 택하지 않고, 적당한 나이에 결혼해 지금 아이들 과외니 학원이니 뒤치다꺼리에 한창 바쁠 한국의 친구들을 떠올려보았다. 삼십평짜리 아파트라도 장만해 아이들과 알콩달콩 부대끼며 자신의 커리어나 성취보다도 아이들의 성적과 남편의 승진, 집값과 시댁제사 등의 싸이클에 맞춰 살고 있을 그 단단하고 안락한 삶. 어차피 우영과는 거리가 멀어진 삶이었다. 아무도 가르쳐주지 않은 나만의 방식을 혼자 개척할 수밖에 없었다. 누구에게도 의논하기 힘든 일이었다. 일하기 좋은 남자동료들은 많았지만 이런 시시콜콜한 가슴의 결까지 열고 말할 여자동료는 찾기 힘들었다. 거기다 한국인은 더더욱.

우영은 이미 아무도 모르게 입양절차를 밟고 있었다. 때가 되면 제임스에게 말하려고 했다. 그런데 어느날 갑자기 밤늦게 들어온 제임스가 날벼락 같은 소리를 했다. 헤어지자고. 우영을 위해서 헤어지고 싶다고. 잘 마시지도 못하는 위스키 한병을 다 비운 그가 울면서 말했다. 난 너무 부족한 남자라고. 우영의 심장이 멈출 것 같았다. 물론 그의 진심이 뭔지는 잘 알고 있었다. 그가 보통 남자라면 믿을 수 없는 얘기겠지만 제임스는 누구보다도 사려깊고 여성적인 사람이었다. 그의 사고에서라면 충분히 나올 수 있는 생각이었다. 우영은 이제 결단을 내려야 한다고 생각했다. 시간이 많지 않았다.

한편 우인은 여전히 눈만 깜박거리며 우영을 바라보고 있었다. 우인은 처음에 누나가 무슨 얘기를 하는지 감도 잡기 힘들었다. 제임스와는 상관없이 임신을 포기하게 되면 오래오래 행복하게 살 거라니…… 이런 말도 안되는 얘기가 어딨을까.

그러다 우인은 고개를 든 우영과 정면으로 마주쳤다. 그것은 언젠가 거울 속에서 본 자신의 깊고 침침한 눈빛과 닮아 있었다. 나만이 할 수 있는 소명이라고 생각하며 살지만, 그래도 뼈저리게 외로울 때 가졌던 그런 눈빛, 자신은 너무나 옳다고 확신하지만 남들이 도리어 백안시할 때, 혼자 품었던 그 눈빛이다. 지금 누나가 그런 눈빛을 보여야 할 이유는 전혀 없었다.

그러나 몇초의 시간이 흐르면서 우인은 다이옥신 같은 위험한 물질은 관계자가 아니면 일반인들로선 구하기조차 힘들다는 걸 서서히 깨달았다. 그 짧은 찰나의 시간 동안 우인의 입 안에서 여러 가지의 말들이 굴러다녔다. 차마 입밖에 내기 힘든 말들.

"우인아."

우영은 창밖으로 눈길을 던지며 말했다.

며칠 새 벚꽃은 다 지고 앙상한 가지만이 쓸쓸하게 남아 있었다. 꽃구경은 어차피 잠깐일 뿐이다. 삶은 분명 만회할 기회를 주지만 아주 많이 주진 않는다.

"넌 목숨 걸고 사랑해본 적 있니?"

"………"

"나, 못 말리는 로맨티스트인가봐. 나도 나한테 놀랐어."

"누나, 설마 누나가……"

"난 원래 뭐든지 대충 못해. 목숨 걸고 운동했고, 목숨 걸고 사는 거야."

"………"

"게다가 내 나이 마흔인데 누가 날 여자로 보겠니? 어쩌면 제임스는 내 마지막 사랑이 될 텐데."

우영은 어느날 밤 연구소 실험실에 혼자 앉아 있었다.

인체에 치명적인 중독 쌤플들이 방 한가득 둘러싸여 있는 곳이었다. 만일 내가 무슨무슨 중독에 걸린다 해도, 설사 간이니 신장이니 췌장이니 하는 그런 것들을 떼어내야 할 정도가 된다 해도 이 상황을 타개할 수만 있다면 하나도 아깝지 않을 텐데…… 그렇게 생각하고 있던 우영의 눈에 한 쌤플이 눈에 들어왔다. 이건 미친 짓이야, 라는 소리가 머릿속에서 들려왔지만 우영은 데이터를 찾기 시작했다. 임신에 치명적이면서 다른 장기에는 큰 지장이 없을 정도의 중독. 내 인생을 구해줄 그 무엇. 몇시간 후 우영은 눈을 크게 떴다. 모니터에선 생각도 못한 각종 사례들이 줄줄이 올라오고 있었다. 이미 우영의 머릿속에서 다른 목소리는 들리지 않았다. 그리고 우영은 그날 밤 결정했다. 그 모든 걸.

"물론 나도…… 모든 걸 예상 못했어. 알았다 해도 귀에 들어오지도 않았을 테고. 어차피 심장이 멈추는 거나 그 사람이 떠나는 거나 그건 내겐 다 똑같아. 그건 사는 게 아니야. 난 후회하지 않아."

"........."

"너는 살면서 한번도 그런 사랑 해본 적 없니?"

"난 그래도 이해가 안돼."

"다른 사람은 몰라도 너는 이해해야지."

"........."

"네가 정확히 무슨 생각을 하고 사는지 모르지만, 너도 평범하진 않잖아. 간섭하려는 게 아냐. 난 나보다 네가 더 걱정돼. 언제까지 남한테 골수나 떼어주고 살 순 없잖니?"

"누나, 이제 그만하지."

우인의 눈썹이 한번 꿈틀했다. 우영은 입술을 한번 꽉 깨물고 말을 계속했다.

"우인아, 남들이라고 다 너절하게 살고 싶어서 사는 줄 아니? 꼭 자기 걸 다 줘야 최선을 다해 사는 건 아니야."

"누나, 말조심해. 그리고 그건, 지금 누나가 할말이 아니지. 누난 정상이 아니야."

"너나 조심해."

어쩌다 이런 얘기까지 하게 됐을까, 우인에게 이러려고 한 건 아닌데.

의대를 포기하겠다고 찾아와 울먹거리던 십여년 전의 우인, 그 모습을 생각하면 이상하게 가슴 한구석이 서늘해졌다. 이렇게 결벽증적인 삶을 나도 한때 꿈꿨는데. 그러나 그러기엔 자신이

지나치게 속물이란 걸 잘 알고 있었다.

우인이 잘살길 바랐다. 그때 우인이 이상한 종교써클에 휘말렸다는 걸 우영도 모르진 않았었다. 대학가는 생각보다 좁은 곳이었다. 극단적인 정치논리만큼이나 해괴한 믿음들이 판치던 시대였다. 지금이라면 상상도 못하겠지만…… 그런 데에서 나오라고 툭 까놓고 말할까도 싶었지만 어차피 우인은 듣지 않을 게 뻔했다. 어릴 때부터 그랬으니까. 아무도 가라고 한 사람이 없는데 혼자 꼬박꼬박 교회에 나가 충만한 얼굴이 되어 돌아오던 아이였다. 자기 몸을 부숴가며 사람들을 구한다니, 애들도 믿지 않을 그런 허황된 논리에 빠질 만큼 순수한 동생에게 이러저러하게 살아야 한다는 순리를 가르쳐줄 자격도 없었다. 그리고 자신은 바로 여기를 떠났다. 지금 돌아와 마주앉은 동생의 눈빛은, 최소한 그때처럼 불안하진 않았다. 더 깊고 풍부해져 있었다. 다행이다 싶으면서도 여전히 알 수 없는 뭔가를 품고 있는 우인이 걱정스러웠다. 이제는 너도 남들처럼 잘살라고. 격려해주고 싶었다. 그런 얘기를 이 자리에서 다 할 수 없어 안타까웠다.

우영은 살그머니 다가와 한껏 곰살궂은 표정을 지으며 우인의 어깨를 탁 쳤다.

"우인아."

"………"

"이러지 말자. 그리고…… 내 애긴 그냥 잊어줄래?"

"뭘 말이야?

"모두 다."

"………"

"………"

"다 누나처럼 살 순 없어. 그리고 누난 날 몰라. 나도 누나 속을 다 모르지만."

"그래, 내가 주제넘었어."

"………"

우영은 순간, 자신이 이렇게 홀가분한 기분이 드는 이유를 깨달았다. 결국 우인에게 중요한 비밀을 털어놓고 만 것이다. 전혀 예상 못한 순간에, 예상 못한 사람에게.

"얘, 이런 생각이 든다. 우리는 같은 핏줄이잖아. 끔찍하게 낭만적인 유전자를 너도 가졌을지 몰라. 누가 알겠니? 나도 이날 이때까지 몰랐는데. 너도 조심해."

우인은 허탈하게 웃으면서 의자에서 일어섰다. 잠깐 동안 이상한 꿈을 꾸고 난 듯한 기분이었다.

"낭만이라니, 누나 입에서 그런 말이 나올 줄이야."

"모르니? 원래 인간의 유전자엔 모든 생명을 사랑하려는 욕구가 숨겨져 있어. 바이오필리아라고. 뭐 하여간 그게 갑자기 확 돌출되기도 하는 법이야. 정말이다."

우호적이라고 할 순 없지만 냉랭하진 않은 공기가 둘 사이에 흘렀다.

"매형에겐 모르는 얘기다. 앞으로도 계속."

우영은 시선을 내리깐 채 또박또박 이렇게 말했다. 그게 끝이었다.

우인이 누나를 힐긋 바라보자, 우영은 갑자기 침대에서 날렵하게 내려왔다. 그리고 우인 곁으로 바싹 다가오더니 넓적한 손바닥으로 우인의 엉덩이를 토닥토닥 두들겼다. 아이고, 실하네 빨리 장가나 보내야지. 뭐 하는 거야, 아줌마, 징그럽게, 하면서 우인이 소리를 지르며 일어났고 우영은 다섯살 난 아이 놀리듯 키득거렸다. 마치 삼십년 전으로 돌아간 듯이.

이어서 바로 노크소리가 나더니 병실문이 열리고 한무리의 사람들이 우르르 들어왔다. 우영의 친구들이었다. 어이, 정박사. 우리가 왔다. 그러게 작작 좀 설치랬지. 이게 뭐야 이 꼴이. 꼭 아파야 나타나냐 의리도 없는 것들. 우인이 간단한 인사만 한 뒤 슬며시 밖으로 나갔지만 주의깊게 본 사람은 없는 듯했다.

우인이 다시 병실에 들른 건 바로 다음날 밤이었다. 다이어리를 두고 갔기 때문에 늦게라도 들른 것이었다.

그런데 빠끔히 열린 병실문 틈으로 제임스가 혼자 침대 곁에 앉아 있는 것이 보였다. 가만히 보니 작은 술병을 홀짝이고 있었다. 우인은 왠지 계속 지켜보고 싶은 마음이 생겼다.

제임스는 잠든 우영의 얼굴을 손으로 연방 만지작거리더니 딸꾹질을 하기 시작했다. 불꺼진 병실이 어두워서 잘 보이진 않았지만 버번위스키 냄새가 문가까지 풍겨오는 걸로 봐서 전작이 있는 듯했다. 그러더니 슬그머니 일어선 제임스가 우영을 똑바로 노려보며 반듯하게 섰다. 한손엔 술병을 든 채.

뭐 하려는 건가, 술주정이라도 하려는 건가, 설마 저걸로 누나를 내리치려는 건 아니겠지. 제임스의 땅딸한 키와 볼록한 배가 음영으로 더 두드러져 보여, 그 순간에 어울리지 않게 사뭇 우스워 보이기까지 했다. 우인은 자기도 모르게 숨을 죽이고 지켜보았다.

그런데 갑자기 적막한 병원의 고요를 뚫고 느릿한 멜로디가 새어나왔다.

자장가인지 찬송가인지 확실치는 않지만 제임스가 우영을 위해 노래를 부르고 있었다. 술주정이 아니라 애절한 쎄레나데를.

저렇게 배 나온 중년남자가 사랑하는 여자를 위해 깜깜한 밤에 홀로 서서 노래를 부르고 있었던 것이다. 가사가 잘 들리진 않았지만, 그의 목소리라고 믿어지지 않을 정도로 목소리는 낭랑했다.

우인은 잠시 고민하다가 결국 조심스레 문을 닫고 나와버렸다. 그의 등뒤로 제임스의 노랫소리가 잔향처럼 울려퍼지고 있었다. 그의 노래가 몇번이나 더 계속됐는지는 알 수 없다.

퇴원준비를 하고 있는 제임스와 우영은 분주해 보였다. 특히 우영은 병동 전체의 간호사들과 아는 환자들, 청소부 아주머니 등과 안부를 나누며 일일이 악수하느라 우인을 제대로 볼 새도 없었다.

"못 말리겠구먼. 누나가 무슨 국회의원이야?"

"어, 너 마침 잘 왔다. 그렇지 않아도 연락하려고 했는데. 저번에 본 내 친구들 중 한명이 네가 마음에 든단다. 어때? 설마 그 나이에 연상이라고 싫진 않겠지? 걔 능력 많다."

제임스가 옆에서 훈수를 두었다. 우영, 참아줘. 우인이 너무 어려 보여. 꼭 엄마랑 아들 같을 거야.

우인은 창가에 기대서서 느긋하게 그들을 지켜보았다. 우영은 우인의 그런 시선을 의식하면서도 내색하지 않으려고 했다.

이제 사흘 뒤 런던으로 돌아가면, 또 동생을 언제 보게 될지 기약이 없다.

우영은 병실에 누워 곰곰이 생각해보았다. 어쩌면 우인에게도 털어놓고 싶은 어떤 사연이 있을지 모르는데 자기가 꼭 모른 척하는 것 같은 기분이었다. 안타깝지만 자신은 떠나야 하고, 우인에게도 벼락같은 무엇인가가 생겨서 더 외롭지 않게 되기를 바랄 뿐이었다. 진심으로.

"누나."

제임스가 짐가방을 하나 들고 나간 뒤 우인이 말했다.

"매형은 정말 누날 사랑하나봐. 어젯밤에 노래 불러주는 거 다 봤어."

"흐음, 그걸 봤단 말이지."

우영은 우인에게 바싹 다가가 귓속말을 했다.

"절대 제임스한텐 말하지 마. 꽃노래도 한두 번이지, 난 아주 이골이 난다."

정말 못 말리는 부부야, 하며 우인은 고개를 절레절레 흔들었다.

"사랑은 원래 힘든 거야."

우영은 마지막 남은 가방 지퍼를 채우며 말했다.

"지겨운 노래도 수십년, 수백번 들어줘야 하고. 말도 안되는 일들도 다 참아야 하고. 안 그럼 어쩌겠니?"

우인은 더이상 얘기하지 않았다. 런던으로 돌아가면 누나는 제임스에게 모든 걸 털어놓을 것이다. 그리고 언젠가 때가 되면 피부색이 다른 아이 한명을 입양했다며 연락을 해올지도 모른다. 그날을 기대해본다. 우인은 마지막으로 병실문을 마저 닫고 나왔다.

우영과 제임스가 일층 원무과에서 퇴원수속을 하는 사이, 회전문 앞 로비에서 우인이 한 여자와 이야기를 나누고 있었다. 잠시 후 휴대폰을 꺼내 서로 문자를 입력하더니 여자가 살짝 웃어 보이고는 옆에 놓인 휠체어를 밀며 사라졌다.

우영은 그 광경을 지켜보았다. 머리끝에서 발끝까지 상큼하게 똑 떨어지는 느낌, 그것은 세련된 옷매무새의 문제가 아니었다. 전 꿀릴 게 없답니다, 하는 듯한 이십대 여자만의 해사하고 치기 어린 자신감, 그것이 멀리 있는 우영에게까지 솔솔 풍겨왔다. 나도 저 나이 땐 저랬을까, 하는 생각이 우영의 머릿속을 스쳤다.

"뭐 했니?"

"응, 작업. 내가 누나만 보러 여기 온 줄 알아? 나도 나름대로 바빴다고."

"오호라, 그래 무슨 얘길 했는데?"

"뭐, 그냥 혈액형이 어떻게 되세요? 물었지."

"아니, 그런 쌍팔년도 멘트를 날렸단 말이야? 그래서? 여잔 뭐래?"

"왜요? O형인데요. 그쪽은요?"

"그래서?"

"와, 저도 O형이에요, 그랬지."

"아니, 그런 말이 먹히니? 그리고 혈액형이 뭐 어쩌자고?"

"생각하기 나름이지. 누난 날 아직 몰라."

166

우인이 어깨를 으쓱해 보이며 자신의 휴대폰을 보여주었다.

"자 봐, 이름 오지은. 증권회사 애널리스트래, 그건 저번에 봤을 때 이미 통성명한 거고. 그럼, 구면이지. 설마 내가 첨 본 여자한테 그랬을까. 한번도 못 봤어? 그 오지랖에 왜 못 봤을까? 건너편 병실에 계속 왔는데. 자 그녀의 전화번호는…… 여기 있습니다."

누나가 떠나고 나면 나는 어쩌면 어설픈 연애를 시작하게 될지도 모른다. 어쩌면 또다른 도전을 시작할 수도 있다. 모든 생명을 사랑하려는 욕구. 내겐 그것이 지나쳤는지도 모른다. 나도 그저 보통의 남자들처럼 시시덕거리며 들뜬 연애를 해보고 싶다. 어차피 동화 같은 사랑은 믿지도 않는다. 심장을 걸 수 있을 만큼 지독한 사랑도 꿈꾸지 않는다. 아무리 대단한 사랑도 그 끝이 어떻게 될지는 알 수 없다. 그러나 아주 운이 좋다면 지금보다 조금이라도 덜 외로운 연애 정도는 어쩌면 가능할지도 모른다, 고 우인은 생각했다.

벌써 병원문을 열고 나간 우영이 우인에게 손짓을 하며 부르고 있었다. 뭘 먹으러 가자고 재촉하고 있는 것 같았다. 이상하게도 우영은 그 며칠 동안의 일로 꼭 사지를 같이 건너온 전우 같은 느낌이었다. 애, 우린 위선적인 제스처는 구분할 줄 알잖아, 그렇지? 그렇게 우인에게 말을 거는 듯했다. 누나, 누나는 좋은 엄마가 될 거야. 떠나기 전, 꼭 누나에게 말해줄 것이다.

우인은 누나가 해준 말들을 한번 믿고 싶어졌다. 내 유전자 속에도 누나와 같이 무시무시하게 낭만적인 인자가 잠복해 있다면 우인도 새로운 사랑을 한번 기다려보리라.

회전문을 열고 그 안으로 들어가면서 우인은 하늘을 쳐다보았다. 어차피 내 인생을 부정할 만한 사랑은 절대, 쉽게 나타나지 않을 것이다. 내가 선택한 고독은 변치 않을 테니까.

회전문이 빙그르르 돌면서 우인은 밖으로 나왔다.

햇살이 눈부셨다.

내게 아주 특별한 연인

4

초콜릿

1

나는 천천히 경찰서 계단을 내려오면서 주변을 죽 둘러보았다.

담장 밑 구불구불한 살피꽃밭이 그새 많이 변한 것 같았다. 호박꽃에 접시꽃, 둥굴레꽃, 은방울꽃, 수레국화에 금잔화까지 꽤나 아기자기하며 풍성하던 그곳에 지금은 시들시들한 피튜니아들만 고개를 숙이고 있었다. 때죽나무, 감나무, 오동나무, 살구나무, 자귀나무, 느티나무 들이 병풍처럼 늘어섰던 건물 외곽도 이미 주차장으로 변한 지 오래였다.

몇년 전, 아버지의 사고 때문에 언니와 나는 며칠간 여길 들락거렸다. 그때 뒷마당에 서 있던 감나무는 그때까지 내가 본 것 중에 가장 크고 오래된 나무였다. 감알 하나가 갓난애 머리통만했다. 그걸 바라보며 경찰서 나무의자에 같이 앉아 있던 언니는 이런 말을 했다. 아마 그때 언니 나이가 지금 내 나이쯤 되었을 것이다.

"서른이 넘도록 이 시골 한번 벗어나지도 못하고 저 나무처럼 늙어가면 우린 어떡하니. 넌 그래도 괜찮겠니?"

언니의 걱정은 기우였다. 그 이듬해, 감나무의 감이 다시 열리기도 전에 언니는 여길 떠났다.

경찰서를 나와 맞은편을 바라보니 마을회관 옆 쪽동백나무숲이 아직도 꽤 울창했다. 가끔 그 빽빽한 숲속에서 동박새 울음소리가 한번씩 들려오곤 했다. 사람들은 그 노란 새를 참새로 오인했고 내가 그 이름을 알려주면, 넌 어떻게 그런 걸 다 아니? 하고 되묻곤 했다. 이젠 그 새들도 잘 나타나지 않았다. 공기 좋은 도비도나 인근 섬들로 둥지를 옮긴 듯했다.

마을 곳곳엔 새로 지은 건물들이 층을 높여가며 경쟁하듯 거리를 장악하고 있었다. 객관적으로 말하면, 아무리 현대식 건물을 갖다놔도 발전되었거나 세련되어 보이는 풍광은 분명 아니었다. 다행인 것은 소음이나 공해 등도 대도시를 따라가려면 멀었다는 사실이다. 언니를 만나러 서울에 가면 남부터미널에 내리는 즉시 가슴이 답답해졌다. 처음엔 언니도 그랬다고 했다.

휴대폰이 진동하는 소리에 나는 잠시 걸음을 멈추고 가방을 뒤졌다. 가장 안쪽에 뭔가 물컹한 게 손에 잡혔다. 금박지에 싸인 고디바 초콜릿 한개였다. 아직까지 이것이 남아 있다는 걸 나는 몰랐다. 그날 밤, 분명히 나는 빈 초콜릿 상자를 땅바닥에 가차없이 패대기쳤다. 놀란 눈으로 나를 쳐다보던 진호씨의 눈망울이 아직도 기억난다.

진동이 멈춘 휴대폰을 꺼내보니, 새로 온 메씨지가 세 개나 있었다. 영태씨의 문자였다.

'아무리 생각해도 이해가 안돼.'

'넌 복을 차버린 거다.'

'나한테 미안하지도 않니.'

나는 메씨지를 모두 삭제했다. 그리고 배터리를 빼서 가방 깊숙이 넣어버렸다. 내일은 꼭 번호를 바꿀 것이다.

나는 어디로 가야 할지 알 것 같았다. 짭조름한 냄새가 풍겨오는 곳, 바닷바람이 불어오는 쪽으로 나는 본능적으로 몸을 돌렸다. 그리고 초콜릿을 어떻게 할까 잠시 망설이다가 다시 가방에 집어넣었다.

나는 방조제로 향하는 버스에 올라탔다.

2

바로 일주일 전까지만 해도 내 일상엔 손톱만큼의 변화도 없었다.

나는 아침 여섯시 반이면 일어났고 일곱시 반이면 통근버스를 탔다. 회사에 와서 유니폼을 갈아입고 자판기커피 한잔을 뽑아 사무실에 앉으면 아침 여덟시가 넘지 않았다.

생산직사원 팔백여명에 사무직사원 이백여명, 총 천명이 넘는 대단위 사업장이지만 그중에 여사원은 사무실을 지키는 삼십명에 불과했다.

내가 작은 수산물회사의 경리로 있다가 여기로 와 압연팀 사무실에 배속받은 지는 일년이 좀 넘었다. 사실 엑셀과 파워포인트만 능해도 할 수 있는 일이 대부분이긴 하지만 이 자리에 들어오려는 아가씨들은 줄을 서 있었다. 비정규직이라 이년에 한번씩 계약을 해야 한다는 건 그리 중요한 사항이 아니었다. 옷가게 점원이나 까페 여급으로 일하는 학교 동창들, 그리고 그 부모들은 나를 보고 운이 좋다며 부러워들 했다. 그게 다 큰 키 덕분일 거라고 말하기도 했다.

내 취직을 두고 시큰둥해한 사람은 주변에서 언니뿐이었던 것 같다. 언니는 결혼하고도 계속 다닐 수 있는 일자리가 중요하다고 강조했다. 보육교사자격증을 따서 유치원선생이 된 자기를 본받으라고 한 소리는 아니었다. 언니는 자기가 전문직이라고 우길 만큼 뻔뻔한 태생은 되지 못했다.

나는 여성잡지를 뒤적거리면서도 거기 실린 사람들에게 흥미를 가진 적이 많지 않았다. 한번도 의사나 디자이너, 교수, 스튜어디스, 모델 같은 직업을 선망해본 적이 없었다. 나는 누구보다 내 능력을 잘 안다고 생각해왔다. 남보다 약간 큰 키와 약간 적은 몸무게를 가지고 인생에 너무 많은 걸 바란다는 건 반칙처럼 여겨졌다.

나는 내 생활과 환경에도 나름의 질서와 위엄이 있다는 걸 남들이 알아주길 원하진 않았다. 그것은 내 마음대로 되는 일이 아니란 것도 경험상 알고 있었다.

3

당시엔 아무 관련도 없다고 생각한 일이 지나고 보면 모든 사건들의 핵심을 관통했다는 걸 깨달을 때가 있다. 우연찮게 내 손에 들어오게 된 초콜릿 한상자도 어쩌면 그런 존재였는지 모른다.

주말을 앞둔 지난 금요일 오후, 시계를 흘끔거리며 퇴근을 기다리고 있던 나를 찾아온 사람은 제품출하팀의 미스 리였다.

여기선 누구도 신지 않는 십 센티미터짜리 날렵한 웨지힐을 신고서 똑똑 노크하고 들어온 그녀는 사무실을 한바퀴 둘러보고 말했다.

"여긴 꼭 자기 혼자 쓰는 사무실 같아."

내가 있는 팀의 관리직사원들은 하루의 대부분을 현장을 순찰하거나 불량품이 나온 설비 등을 점검하기 위해 나가 있었다. 다른 부서보다 일이 많아도 내가 견딜 수 있는 것도 바로 그 점 때문이었다.

"뭐 했어? 흠, 책 보고 있었구나. 민주씨 은근히 책벌레야."

나는 보고 있던 책을 재빨리 덮고 비품신청서 용지를 위에 올렸지만 미스 리의 눈치가 더 빨랐다. 제인 오스틴의 소설을 읽는다고 굳이 밝힐 이유는 없었다. 중학교 때 일진 아이들은 내가 할리퀸문고 대신 이런 책을 읽는다며 재수없다고 책을 뺏곤 했다. 그 아이들은 지금 동네에서 만나면 웃고 인사하는 사이지만 내 기억에 따르면 책은 아직도 돌려받지 못했다.

"자, 이거 저번에 꾼 돈, 고맙게 잘 썼어. 그리고 이건 자기 선물.”

그녀는 흰봉투 하나와 다갈색 리본이 묶인 고급스러운 선물상
자 하나를 나란히 책상에 올렸다. 상자 옆면에 GODIVA라고 쓰
인 금박의 영문 프린트가 반짝이고 있었다.

“이거 우리 부장님이 출장가서 사오신 거야. 우리 부장님 몰
라? 그 왜 대머리 까지고…… 있어, 인심좋은 아저씨. 하여간, 유
럽 공장들 한바퀴 돌고 왔다는데 이건 벨기에서 산 거래. 유럽
에서, 아니 세계에서 제일가는 명품 초콜릿이라는데, 우리나라에
선 아예 파는 데가 없대. 여기 봐, 겨우 이 조그만 상자 하나에 삼
십 유로, 쓰여 있지? 그러니까 이게 사만원? 하여간 먹어봐, 어
서.”

리본을 조심스럽게 풀고 상자를 여니 그 안에는 엄지손가락보
다 약간 크고 갸름한 초콜릿 열댓 개가 서넛씩 짝지어 세 줄로 누
워 있었다. 처음 맡아보는 진한 카카오 냄새가 훅 풍겨왔다. 미스
리와 나는 동시에 하나씩 집어 입에 넣었다. 그리고 아무 말 없이
맛을 음미했다.

“음…… 난 이런 맛인 줄 몰랐어. 뭐라고 해야 하나? 비싼 초
콜릿은 원래 이런가? 통 달지가 않네. 자긴 어때?”

나는 입 안에서 녹고 있는 초콜릿을 그대로 씹어넘기기가 아
까워 조금씩 빨아먹고 있었다. 너무 재미있어서 책장 넘어가는
게 아까운 책을 읽을 때와 비슷한 기분이었다. 질 좋은 카카오를
얼마나 많이 넣었으면 이런 향과 질감과 맛이 나는 걸까, 먹는 내
내 나는 그게 궁금했다. 나는 벌써 네 개째인가를 천천히 녹여 먹
고 있었다.

미스 리는 다 먹고 난 커피잔을 빙글빙글 돌리면서 말했다.

"난 그냥 가나초콜릿 취향인가 봐. 그런데 민주씨, 돈 어디다 썼는지 안 물어봐?"

"물어보면 사실대로 말해줄 거야?"

"………"

"………"

하여간 자기도 참 독특해,라고 혼잣말을 중얼거리며 미스 리는 의자에서 일어났다. 막 실밥을 푼 환자처럼 어딘지 모르게 부자연스런 자세였지만 나는 역시 아무것도 묻지 않았다.

여기 여직원들이 은근히 그녀를 따돌리는 건 공공연한 비밀이었다. 그녀는 어릴 때부터 종종 그랬다며 무심한 척했지만 가끔씩 낯선 반응을 숨기지 않았다. 나는 어쩌면 그 원인이 의외로 간단할지도 모른다고 생각해왔다. 여름이면 더욱 심해지는 그녀의 겨드랑이 땀냄새, 그 지독한 액취가 문제의 중심에 있었다. 도대체 그녀처럼 세련된 처녀에게서 그런 흉한 냄새가 난다는 게 말이 되지 않았다. 간단한 수술이면 해결될 일을 왜 안하는지, 아니면 정말 모르는지 의문이었다. 나는 그녀에게 넌지시 암시한 적이 있지만 그녀는 생각보다 둔한 건지 남의 말을 귀담아듣지 않는 천성을 가진 건지, 그 암시를 무시하고 지나갔다.

남자들과 오래 가지 못하는 이유가 아마 그래서일 거라고 사람들은 입방아들을 찧곤 했다. 그건 복합적인 문제이기도 했다. 그녀는 여기 출신이 아닌 외지인이었고 생산직 남자사원들을 통거들떠보지 않았고 사무직 여사원들은 아예 보이지 않는 것처럼 행동했다. 그녀는 아주 극소수와만 이야기했다. 그 극소수 중의 하나가 바로 나였다. 그녀는 백 미터 밖에서도 눈에 뜨일 만큼 보기 드문 미인이었고 언제라도 이 직장을 뜰 것처럼 보였다. 이런 깡촌에서 썩을 내가 아니야,라는 말을 입 밖에 낸 적은 한번도 없었다. 그냥 온몸으로 표현하고 있었다.

그녀가 문을 열고 나가려다가 생각난 듯 몇마디를 덧붙였다.

"참, 저번에 우체국 앞에서 자기 언니 봤거든. 결혼한다고 했었지? 살이 많이 빠졌더라."

예의상 예뻐졌더라가 아니라 살 많이 빠졌더라,라고 하는 것이 그녀의 정직한 화법이었다. 고맙게도 그녀는 내 대답을 기다리지 않고 또각또각 구두소리를 내며 사라졌다.

사무실 문이 탁, 닫히는 소리를 들으며 나는 언니를 떠올렸다.

삼십년 된 낡은 단층집인 우리집은 모든 문이 빗살무늬 유리가 달린 구식 미닫이문이었다. 아무리 잘 닫아도 늘 문틈이 조금씩 벌어지곤 했다. 언니는 잘 닫히지 않는 문과 우리집을 둘다 싫어했다. 우리집을 둘러싼 근처에 죄다 새 아파트가 들어서기 시작하자 언니는 이사가자고 졸랐지만 부모님은 성냥갑 같아서 싫다며 말도 꺼내지 못하게 했다. 그래서 언니는 늘 신경질적으로 문을 쾅, 닫곤 해서 그 소리가 집 안 전체에 울렸고 수압이 낮아 물이 잘 내려가지 않는 변기뚜껑을 쾅, 소리나게 덮곤 했다.

우리집 마당엔 굵은 벚나무 세 그루가 있어서 나는 꽃피는 봄을 좋아했지만, 언니는 그걸 베어야 집 안에 햇볕도 잘 들고 마당도 넓어 보여서 집값이 올라갈 거라고 했다. 언니는 동글동글하고 통통하게 생긴 맏며느리 같은 인상의 소유자였지만 그 속에 그토록 예민하고 까칠한 성격이 자리잡고 있다는 걸 사람들은 짐작하지 못했다.

　그래서 언니가 서울로 가기 전엔 선도 참 많이 들어왔다. 철물점 총각이나 경운기 수리공, 정수기 판매사원 등 다양했다. 사람들은 유치원선생이 살림도 잘하고 애도 잘 키우는 현모양처 자격증인 양 생각했다. 언니는 모르는 사람들에겐 더 싹싹하고 애교도 많아서 더욱 그런 심증을 굳혔다. 언니가 얼마나 눈이 높은지 아는 사람은 별로 없었다.

　갑자기 언니가 입양가는 아기를 안고 외국에 간다 했을 때도 주변 어른들은 언니가 무슨 자원봉사를 하러 간다고 생각했다. 비행기삯을 버는 조건으로 가는 배낭여행의 일환이라는 건, 여기 촌사람들에게는 생소한 얘기였다.

　그러던 언니가 여행지에서 만났다는 약혼자를 데려왔을 때, 나는 어느정도 예상은 했지만 그래도 많이 놀랐다. 형부가 될 사람은 우리집과 어느 면에서도 어울리지 않았다.

　낡은 미닫이문과 굵은 벚나무, 충청도 사투리와 나전칠기 장롱, 택시기사인 아빠와 식당 주방일을 하는 엄마, 그리고 철강회사에 다니는 나 강민주, 이 모두와 동떨어진 세계의 사람 같았다.

　귀한 손님이 왔다고 엄마는 다른 때보다 설탕, 프림을 더 듬뿍 넣은 진한 커피를 내왔지만 그는 마시지 않았다. 원래 커피를 전혀 마시지 않는다고 정중히 말하는 그의 옆에서 언니는 이가 빠질락말락하는 오래된 커피잔을 부끄러워하고 있었다. 다른 남자들이 인사를 올 때 주스나 과일바구니 등을 들고 오는 것과 달리 그는 스쿠알렌이니 쎈트룸이니 하는 건강식품과 수입 영양제 등을 냉장고만한 박스에 신고 왔다. 그것 때문에 좁은 마루가 더 좁아 보였다.

그는 작지만 건실한 출판사를 운영하고 있다고 했고, 우리 동네에선 한번도 합격자를 배출한 적 없는 서울의 명문대학을 나와 서울에 자기 집도 가진 사람이었다. 모셔야 할 시부모나 그 흔한 떨거지 시누이조차 단 한 명도 없는 신랑감이었다. 물려받은 건물도 한채 더 있다고 했던가. 엄마가 미리 불러다놓은 말 많은 이모는 그가 간 뒤에도 입을 다물지 못했다.

"세상에, 이게 뭔 일이래. 어쩜 인물이 저리 훤해? 완전히 젊었을 때 신성일이네, 피부에서 광이 다 나네. 그렇지 않우, 언니? 아니, 민주라면 모를까, 민정이가 어떻게 저런 총각을 물고 왔을까? 재주도 좋네. 우리 민정이가 아주 횡재를 했네그랴. 그리고 집이 몇채라고 했지?"

하루이틀 뒤면 언니의 신랑감 얘기는 온 동네에 쫙 퍼질 듯했다. 충청도 사람들 말 느리다는 건 다 옛말이었다.

그리고 일찌감치 날을 잡고 언니는 결혼식 준비로 바쁜 듯 한동안 소식이 없었는데, 결혼식 열흘 전날 갑자기 파혼을 하겠다고 전화를 해왔다.

언니가 필요없다고 한 원앙금침을 굳이 해주겠다며 날이면 날마다 실타래와 씨름중이던 엄마는 그 전화를 받고 기절하기 일보직전이었다. 전라도 섬에 사는 종갓집 식구들에게도 모조리 청첩장을 보냈던 아빠는 펄펄 뛰며 당장 서울로 올라갈 태세였다. 다음날 집에 온 언니는 얼굴이 반쪽이 되어 있었다. 약간 정상이 아닌 표정 같기도 했다. 언니는 약혼자가 독실한 신자라고 전부터 부담스러워했지만 툭하면 자기 골수를 남에게 뽑아줄 정도로 이상성격인 것은 도저히 참을 수 없다고 했다. 나도 그 정도인 줄은 상상을 못했다.

하지만 부모님의 생각은 달랐다. 그것은 존경할 일이며 그렇게 이상하지도 않을뿐더러 너 해코지하는 것도 아닌데 왜 그렇게 삐딱하게 생각하느냐는 것이었다. 부모님에게 더 중요한 것은 결혼 날짜를 불과 며칠 앞두고 엎어버린 언니의 생각없는 처사였다.

사람들은 신성일을 닮은 그런 총각이 지금껏 혼자였다가 언니 차지가 된 것도, 뭔가 구린 데가 있다며 부모님을 위로했다. 유감스럽게도 그것은 별로 위로가 되지 못했다.

언니와 나는 부모도 모르는 깊은 얘기를 나누는 그런 자매지간은 아니었다. 터울이 많이 지기도 하지만 옷이나 그런 걸 가지고도 싸운 적이 없는, 약간 팍팍한 사이였다.

그런데 어느 깊은 밤, 술을 꽤 먹은 듯 알딸딸한 목소리의 언니가 내게 전화를 걸어왔다.

"민주야, 너 말이야. 알고 있었지? 그 사람 좀 이상하다는 거. 우인씨 말이야, 알면서 말 안한 거지, 그렇지? 못 알아듣는 척하지 마. 넌 원래 남들이 못 보는 걸 보는 애잖아. 소름끼치게, 시치미떼고서. 아니긴 뭐가 아냐? 근데 너도 서른이 넘으면 인생이 달라질 줄 알지? 하나도 안 변해. 아직 젊다고 잘난 척하지 마. 나만 물먹는 거 아니다. 사랑? 흥, 놀고들 있다. 너, 영탠가 동탠가 하는 남자 놓치지나 마. 알았어?"

영태씨에게 언니의 파혼 소식을 전했을 때 그는 가장 먼저 이렇게 물었다.

"그럼 우리가 먼저 결혼해도 상관없는 거지?"

우리가 만난 건 채 열 달이 안되었지만 그는 결혼문제를 종종 입에 올렸다. 그렇다고 내게 빨리 결혼하자고 채근하는 것도 아니었다. 내가 이년쯤 더 직장을 다녀서 그 돈을 모으면 회사에서 조합원에게 분양해준다는 삼십평대 아파트를 받을 수 있을 거라고 혼자 중얼거리긴 했지만 대놓고 내게 뭐라고 강요하진 않았다.

사람들은 우리보고 천생연분이라고 했다. 그와 나는 얼굴 생김도 어딘지 닮은 듯하다고 했다. 아직 한번도 우리집에 데리고 온 적은 없지만 원래 있던 가구나 마당의 벗나무처럼 어울릴 것 같았다. 그는 술이나 담배를 멀리했고 옷이나 씨디 같은 걸 사는 걸 죄악시했다. 남자직원들이 입는 회청색 작업복을 늘 그대로 걸치고 다녔고 신발조차 쇠창이 박힌 무거운 작업화를 털레털레 신고 다녔다. 사내 이발소에서 삼천원을 주고 깎은 머리에 늘 만족했고 주식이나 펀드도 신뢰하지 않았다. 부모나 형제에게도 결코 돈을 빌리지 않았고 빌려주지도 않았다. 그의 저축액이 어느 정도인지는 아무도 몰랐다. 단란주점은 일생에 한번 가봤대고 맛있는 음식은 살만 찌게 한다는 게 그의 소신이었다. 모든 사원들이 그룹 계열사에서 나온 아반떼나 쏘나타를 타고 다닐 때 혼자 경쟁사의 십년 된 마티즈를 끌고 다녔지만, 신기하게도 그에게 뭐라고 하는 사람은 없었다.

한마디로 그는 실속있는 사람이었다. 미스 리는 참 재미없게 사는 남자야,라고 말했고, 언니는 뭘 믿고 그리 당당한지 모르겠어,라고 했다. 지나가다 잠깐 얼굴만 본 우리 부모님은 요새 젊은 이치고는 바람이 안 들어서 기특하지,라고 했다. 동료들의 반응은 반반이었다. 우리 회사 노조는 귀족노조라고 불렸다. 관리직사원들은 몰라도 생산직사원들은 절대로 잘릴 리 없는 영원한 철밥통이라는 소리다. 잔업과 야근수당을 다 합치면 같은 연차의 관리직사원만큼의 연봉을 거머쥔다는 건 온세상이 알고 있었다. 대한민국에서 이런 직장은 얼마 안된다고들 했다. 그러나 돈이 다가 아니라고 말하기도 했다.

"그래도 민주씨는 이쁘장하고 똑똑하고 전문대도 나왔는데 더 좋은 남자 만날 수도 있잖아? 이제 겨우 스물다섯인데 뭐가 급해?"

그렇게 말하는 선배언니가 있는가 하면,

"날 샜어. 이 촌구석에선 그 정도면 킹카지. 헛물켜다 다 놓쳐. 시내 가봐. 베트남이고 필리핀이고 조선족이고 아가씨들 쫙 깔렸잖아? 갓 스물에 탱탱해 고분고분해, 남자들이 얼마나 군침 흘리겠어?"

이러는 동료도 있었다. 네 생각은 어떠냐고 묻는 사람은 별로 없었다. 묻지 않아도 대충 안다고 생각하는 듯했다.

4

그 토요일은 영태씨의 삼교대 근무가 마침 끝난 날이었다.

닷새 일하고 이틀 쉴 때, 그날이 주말과 겹치는 날은 흔치 않아서 나는 나름대로 계획을 세웠다. 오랜만에 개심사 주변을 드라이브하고 대전의 멀티플렉스 극장에서 영화를 보고 패밀리레스토랑에도 가보고……

그러나 영태씨는 갑자기 친구가 오기로 했다며 같이 맛있는 거나 먹으러 가자고 했다. 그가 말하는 맛있는 것이란 아나고회 이상이 아니라는 걸, 나는 경험상 알고 있었다.

"친구 누구?"

"응, 있어. 옛날에 참 친했는데 열살 땐가 서울로 이사간 놈이야. 걔 아버지가 그때 읍내에서 소아과의사였거든. 기억 안 나? 옛날 터미널 있던 자리. 거기 병원 있었는데 몰라?"

거의 이십년 전에 있던 병원을 내가 어떻게 기억한단 말인가. 그때 난 겨우 다섯살이었는데.

"유학도 갔다왔고, MBA인가 NBA인가 그것도 따고. 하여튼 아는 것도 많은데 거들먹거리지도 않고 좋은 놈이야. 저번에 우리 엄마 입원할 때도 걔 아버님한테 신세지고…… 녀석이 전부터 바닷바람 한번 쐬고 싶다고 노래를 불렀거든."

도비도가 멀리 보이는 석문방조제에 도착했을 때는 안개비가 부슬부슬 오기 시작했다. 거기 처음 보는 색깔의 작은 차 한대가 세워져 있었다. 차에서 내린 남자가 뚜벅뚜벅 우리에게 걸어오는 동안, 나는 차라리 남자 둘을 남기고 혼자 돌아갈까 진지하게 고민했다. 남자 둘 사이에 끼느니 방바닥에 배를 깔고 앉아 빗소리를 들으며 잡지나 뒤적거리는 게 나을 것도 같았다.

이윽고 우리 앞에 다가온 남자가 멈춰섰다. 야, 그새 얼굴이 훤해졌네. 너야말로 왜 이렇게 좋냐? 이런 말이 둘 사이에 오갔고, 내 쪽을 향해선 이런 말이 들려왔다.

"안녕하세요, 민주씨, 이진호라고 합니다. 제가 오늘 데이트 방해했죠? 죄송합니다."

그 목소리의 주인공이 손을 불쑥 내밀었다. 이런 악수엔 그리 익숙지 못해서 순간적으로 곤혹스러웠지만 수줍어한 건 절대 아니었다. 남자들이 드글드글한 직장에서 하루에도 수백명의 시선을 받는 데 익숙한 나였다. 그들은 내게 컴퓨터의 바탕화면 같은 존재들이었다. 낮게 휘파람을 불어오거나 교묘히 위아래를 훑어보거나 아닌 척하며 어깨를 부딪치거나 식당 옆자리를 차지하거나 하는 일들 때문에 특별히 불쾌하거나 설레거나 하는 일은 없었다. 나는 더이상 소녀가 아니었다.

중키에 약간 피부가 까만 남자 한명이 내 손을 잡고 흔들어대고 있었지만 그는 여전히 내게 움직이는 바탕화면 중 하나인 느낌이었다.

"여기 정말 많이 변했어요. 제가 살 때랑 너무 많이 달라져서 못 알아보겠더라고요. 저 스카이라인 좀 봐요."

그가 말하는 스카이라인이 어딘지 나는 두리번거려보았다. 내가 볼 때 이 바닷가는 변한 게 없었다. 해수욕장이 이어져 있거나 경치가 유난히 좋거나 하지 못해서 이곳은 아예 개발이 되지 않았다. 서해안고속도로가 뚫린 후에 차들의 왕래가 제법 많아져 좀 손을 탔을 뿐, 도시사람들이 보기엔 을씨년스런 방조제만 덩그러니 있을 뿐이었다. 그것도 아름답다거나 운치가 있다거나 역사적이라거나 하는 수식어와는 아무 관련없는 콘크리트 더미였다. 그 주변 역시 쓰러져가는 횟집 몇개 말고는 건물이라고 말하기에도 민망한 것들뿐이었다. 그런데 스카이라인이 뭐 어떻다니, 오버가 심한 사람이구나 싶었다.

"시내 가보면 더 놀랄 거다. 그런데 오늘 날씨가 영 질척질척해서 바다낚시는 못하겠네. 배도 알아봤는데. 일단 네 차에 타고 생각해보자."

영태씨는 주말에도 웬만하면 차를 끌고 다니지 않았다. 그가 돈을 모을 수 있었던 데엔 별다른 비법이 있는 게 아니었다.

그의 친구의 차는 처음 타보는 희한한 모델이었다. 가만히 보니 차 색깔도 어두운 와인색이었다. 흙먼지가 많이 묻고 낡아서 제대로 발색되지 않았을 뿐 원래는 퍽 고운 색인 것 같았다.

"야, 이거 거기서 타던 거냐? 바다 건너 온 거라 다르네. 휠이랑 그거 뭐냐, 변속기랑 새로 단 거지? 이건 비싼가?"

"말도 마라. 이거 버리지 못해서 그냥 갖고 온 거야. 다 난리다, 차 좀 바꾸라고."

그가 시동을 걸고 창문을 올리자 나는 비로소 아까부터 풍기던 냄새의 정체가 궁금해졌다.

우리 회사의 어떤 남자도 향수를 뿌리는 사람은 없었다. 영태씨는 스킨조차 바르지 않는 남자였다. 돛단배가 그려진 하얀 올드스파이스 병이 아주 어릴 때부터 우리집 안방 화장대에 올려져 있었지만 아빠는 독하다고 그것도 잘 쓰지 않았다. 그 병에서 나는 진한 알코올향과 달리 이것은 상큼하면서도 어딘지 뭉근한 느낌의 향수였다.

그새 빗방울은 잘게 쏟아지고 있었다. 축축하던 안개비가 변덕스럽게 바뀌는 사이 우리는 마을 전체를 지그재그로 돌고 있었다. 옛날 병원이 있었다는, 없어진 터미널 자리까지 갔다가 돌아나오는 중이었다.

"저게 너네 회사지?"

먼발치의 공장을 가리키며 갑자기 그가 물었다.

"대단한 회사야. 아이엠에프 구제금융 때 다 망한 줄 알았는데, 그걸 인수해서 다시 살려놓다니."

영태씨는 할말이 많다는 듯 목청을 좀 고르더니 입을 열었다.

"말도 마라. 너 그때 나가 있었으니까 진짜 모를 거다. 여기가 아이엠에프를 온몸으로 막아낸 도시 아니냐. 하필 난 그때 막 입사했고. 어떻게 입사하자마자 회사가 거덜나냐고? 나 그때 참 암담했다. 진짜 이 악물고 버텼지."

"그래, 너야말로 온몸으로 아이엠에프를 겪은 사나이지."

뒤를 돌아보며 웃는 그의 얼굴엔 친구에 대한 악의 없는 감정이 고스란히 실려 있었다.

겨우 십년 전 일을 갖고 이곳 사람들은 대단한 영웅담처럼 말하기를 즐겼다. 폄하할 생각은 없다. 단지 지루할 뿐이다. 잠시 운전대를 놓고서 조수석에 앉은 친구와 몸을 틀어 지나간 과거 이야기를 나누느라 서로 정신이 없었다. 나는 이십분 동안이나 멍하니 그의 뒤통수를 쳐다보고 있어야 했다. 내가 억지로 하품을 깨무는 모습을 보고서야 그들은 쉬어가자며 차에서 내렸다.

그는 차 뒤로 가 트렁크를 열었다. 정확히 어딘지는 모르는 썰렁한 해안이지만 방조제는 여전히 가까웠다. 어디서든 삼십분만 가면 바다를 볼 수 있다는 건 이 소도시의 장점이었다. 영태씨는 찌그러져가는 작은 평상을 놓은 가게를 발견하고 그쪽으로 가 주인을 불렀다. 나는 잡지 화보에서나 보던 피크닉 바구니를 꺼내는 남자와 눈이 마주쳤다. 그는 씨익 웃어 보였다.

"원래 이런 거 갖고 다니세요? 항상요?"

내 뽀로통한 질문에도 그는 여전히 웃는 얼굴이었다. 원래 그런 표정인 것 같았다. 웃을 때 입 근육이 밀려올라가는 모양새는 타고난 것이 아니라 습관의 산물 같았다.

"아니에요. 어쩌다 여기 든 거지."

바구니에는 와인글라스나 파스텔톤의 예쁜 접시, 포크, 나이프, 그리고 커다란 바게뜨 등이 들어 있으리라 기대했지만 아쉽게도 그건 아니었다. 길쭉한 술병 두 개와 오프너, 그리고 담요만 들어 있었다. 돗자리도 아닌 체크담요.

"맞아 이거, 얼마 전에 선물받는데 잘됐네요. 맛이 좋아서 여자분들한테 딱이래요. 민주씨, 아이스와인 한잔 하시겠어요?"

아이스와인이 뭔지도 모른다고 기죽을 필요는 없다고 혼자 되뇌려는 찰나, 그가 친절하게도 덧붙였다.

"사실 저도 잘 몰라요. 처음 먹어보는 거예요."

그러면서 그는 가볍게 내 허리께를 살짝 밀었다. 앞으로 먼저 가라는 제스처였다. 그의 손이 내 허리에 일이초 정도 닿았다가 떨어졌다.

그가 이 도시에 나타난 지 한 시간 반이 경과해서야 나는 그 사람의 씰루엣을 제대로 본 것 같았다. 그가 입은 흰색 플란넬 셔츠가 왜 그토록 형광빛을 띠는지, 웃을 때 보이는 치아는 왜 그토록 두드러져 보이는지 문득 깨달았다. 유달리 윤기흐르고 탄력있는 다갈색 피부 탓이었다. 용광로 같은 데서 일해 얼굴과 목만 벌겋게 익은 그런 그을림이 아니었다. 햇볕 좋은 나라에서 사시사철 자연스럽게 태닝된, 마치 도자기를 굽듯이 은은한 유광이 배어나오는 피부톤이었다.

그는 분명 눈에 띄는 호남도 아니고 장신도 아니었다. 기술적으로 이마를 덮고 있는 그의 머리 모양새는 언뜻 보기엔 자연스러웠지만, 갈수록 줄어드는 머리숱을 커버하기 위한 고육지책이란 걸 알 수 있었다. 그 흔한 쌍꺼풀도 없고 눈두덩도 도톰한 편이었다. 근육이 적당히 붙어 있긴 했지만 셔츠 속에 빨래판 같은 복근이 숨어 있을 거라고 상상하긴 힘든 몸이었다. 그가 입은 트루릴리전 청바지나 폴 스미스풍의 썬글라스도 인상을 완전히 다르게 보이게 할 정도는 아니었다. 그가 찬 시계만은 나도 처음 보는 것이었다. 어느 잡지건 서울 백화점에서건 본 적이 없는 특이한 시계였다. 그럼에도 나는 그것이 스위스나 독일에서 만든 아주 좋은 물건이라는 것만은 확신할 수 있었다. 난 그런 것들을 사본 적은 없지만 뭔지는 아는 이십대 처녀였다. 회사 사람들만이 내가 아는 세상의 전부가 아니라는 얘기다.

나는 언니에게 밑반찬을 갖다준다는 핑계로 서울 나들이를 가게 되면 인상파 화가전이나 르네 마그리뜨 전 같은 전시회를 챙겨보려고 노력했고 그림공부만큼 사람공부도 게을리하지 않았다. 여덟 개나 되는 서울의 지하철을 내키는 대로 갈아타면서 고향에서 보기 힘든 사람들을 세심하게 관찰해보곤 했다.

그런데 지금 곁에 선 남자는 내가 눈여겨본 적도 없고 내 시야에 들어온 적도 없는 스타일이었다. 보기좋은 피부 탓만도 아니고 약간씩 버터발음이 느껴지는 부드러운 억양 탓만도 아니었다. 또 타고난 밝은 친화력과 매너 탓만도 아니었다. 나는 결국 그에게 물어보기로 했다.

"지금 무슨 향수 쓰셨어요?"

그는 조금 놀란 듯이 나를 보았다. 눈매가 아몬드형인데다 약간 처지고 속눈썹이 짙어서 그의 눈은 어딘지 모르게 그윽해 보였다. 그리고 무엇보다도 요즘 남자치고는 눈의 표정이 풍부했다. 마치 나에게만 특별한 느낌을 가진 듯한 착각을 불러일으키기 딱 좋은 눈이었다.

"이거 그저께 살짝 옷에 뿌렸던 건데 아직도 향이 남아 있나요? 저 만날 그런 거 뿌리는 사람 아니거든요."

향수의 이름은 이스케이프. 내가 뭐라고 말도 하지 않았는데 그는 '탈출'이란 뜻이라고 친절하게 덧붙였다.

"여기 우럭이 잡히나?"

"그럼, 배 타고 저 뒤쪽이나 섬 쪽으로 가면 쏠쏠하지. 광어도 가끔 잡혀."

"바다도 그대로야. 물빛이야 탁해졌지만."

"해수욕장이 없으니 이 정도지. 저기 대천이나 꽃지 쪽으로 가면 거긴 아주 목욕탕이다, 버글버글대는 게."

잡화상과 여인숙과 횟집을 겸하는 그 가게 평상에서 결국 모듬회 한접시를 시켜놓고 우리는 아이스와인을 땄다. 가게 주인이 가져다준 소주잔에 그 달달한 술을 마시는 것도 나쁘진 않았다. 부슬비가 그치고 날이 개면서 불그스름한 서해의 낙조가 몰려오고 있었다. 영태씨와 그는 언뜻 보기엔 공통점이 없는 듯했지만 남자들의 우정이란 내가 알 수 없는 미지의 영역이었다. 남자들이 하는 좋은 친구라는 말에 나는 얼마나 여러 번 속았던가.

"돈 많이 벌었으니 아파트 한채는 샀겠네."

"무슨 소리야. 내 연봉이 얼마나 된다고. 그리고 그때 말했던 건 벌써 말아먹었어."

"왜? 잘된다면서? 여기까지 소문이 자자하던데."

"말도 마라. 사연이 길다."

"뭐 탤런트 뺨치는 아가씨들만 모아났다고. 내 아는 치들도 들어가보고 난리던데…… 그거 유료회원 꽤 된다면서? 왜 관뒀어?"

"그게…… 인터넷 사업이 다 그렇지 뭐. 그 얘긴 그만하자. 너야말로 장가가려면 슬슬 준비해야지."

"회사에서 내년에 아파트 지어준다고 조합원 신청받던데 모르지. 그게 오너 맘이지 내 맘이냐? 거저 준다는 것도 아니고 분양가의 칠십 퍼센트에 준다는 건데, 생각해봐, 나 같은 무지렁이한텐 그것도 엄청난 돈이야. 젠장, 대한민국이 몽땅 아파트에 미쳐 있어."

"나도 놀랐어. 완전히 아파트가 신흥종교야."

영태씨는 원래 술이 매우 약했다. 소주 석 잔이면 정신을 차리지 못했다. 그럴 때면 잠시 눈을 붙였다가 일어났는데 그러면 말짱해지곤 했다. 그러나 오늘은 주량을 넘어섰다는 걸 모두가 깨닫지 못하고 있었다. 와인보다 몇배나 단 아이스와인 탓이었다.

민주가 결혼하면 회사는 관두겠지만 처형처럼 유치원선생 같은 거 하면 둘이 버니까 어떻게 되겠지…… 우리 민주 어디 가도 빠지지 않잖아, 안 그래? 취한 영태씨가 내 허벅지에 손을 지그시 얹었다. 나는 그 손을 탁 쳐냈다. 그래도 그는 귀엽다는 듯 내 볼을 살짝 꼬집으려 들었다. 그가 서른을 넘기긴 했지만 이렇게 닳고닳은 중년남자처럼 구는 건 딱 질색이었다. 전에도 이런 적이 서너 번 있었다. 그때마다 그는 다신 그러지 않는다고 하면서도 내가 싫어하는 이유를 통 모르겠다는 얼굴이었다.

그는 마치 아주 오래된 연인처럼, 우리가 결혼 뒤 맞벌이까지 의논하는 사이란 걸 남들에게 과시하고 싶어했다. 나는 그럴 때마다 내가 너무 민감한 건지 그가 뭘 잘못 생각하고 있는 건지 판단이 잘 서지 않았다. 나는 삶의 숨겨진 의미나 수수께끼를 발견하는 건 좋아했지만 이런 걸 분석하는 덴 숙맥이었다. 그는 나보고 아직도 소녀같이 군다고 투덜거리면서도 내가 실리적으로 주판알을 튕기면 질겁했다. 우리는 아직도 서로에 대해 모르는 게 많다는 걸 인정하지 않았다.

그러다 문득 평상 곁에 던져둔 내 가방에 눈길이 갔다. 미스 리에게 받은 초콜릿이 떠올라 나는 주섬주섬 가방을 열고 그 상자를 꺼냈다.

"야, 이거 어디서 나셨어요? 나도 한번 사볼까 했었는데……"

진호씨는 얼른 상자를 치켜들고 앞뒤를 자세히 살폈다. 그리고 몇 개 남지 않은 초콜릿 중 하나를 집어들었다.

"야, 살살 녹네요. 어떻게 이런 맛이 나죠? 참 섬세하죠? 와인이랑 궁합도 잘 맞을 것 같은데."

그는 내가 먹어보란 말도 하지 않았는데 벌써 두 개째 입에 넣고 있었다. 그리고 와인을 따라서 한모금 물고 미소를 지었다. 아주 만족스러운 얼굴이었다. 그건 좀 과하게 달겠다 싶어 머뭇거리고 있는 내게 그가 반잔 정도 술을 더 따라주었다. 장난스럽게 강요하는 그의 태도가 그리 싫진 않았다.

"자, 이거 입에 물고 같이 드셔보세요. 끝내주네요. 그렇죠?"

우릴 물끄러미 바라보던 영태씨는 내가 건넨 초콜릿을 받아들고 가만히 있었다.

"애들도 아니고…… 난 단것 싫은데."

제품출하팀 부장님이 유럽에서 줄서서 사온 초콜릿이라는 걸 강조하자, 그는 마지못해 한약 먹듯이 입에 넣었다. 그리고 조금 맛을 보는 표정이더니 환약 덩어리를 통째 삼키듯, 그것도 꿀꺽 삼켜버렸다. 그의 유난히 도드라진 목울대가 위아래로 흔들리는 모습이 또렷이 보였다.

"지금…… 그걸, 통째 삼킨 거야?"

"응, 난 끈적거리는 게 싫다니까, 엿도 그렇고……"

나는 믿을 수가 없었다. 빨리 먹는 게 아까워 조금씩 빨아먹었던 그 초콜릿을 한입에 그냥 삼켜버리다니. 그것도 싸구려 엿 따위에 비유하면서. 약간 오른 술기운 탓인지 나도 이상하게 바짝 약이 올랐다. 그의 목울대가 미욱스럽게 꿀렁이는 것을 보니, 마치 『어린 왕자』에 나오는 보아구렁이처럼 보였다.

나는 빈 상자를 평상 옆 땅바닥에 세게 패대기쳐버렸다. 진호씨가 약간 놀란 눈으로 날 보다가 남은 초콜릿을 슬며시 내게 내밀었다. 그리고 바로 그때, 진호씨 곁으로 보아구렁이를 닮은 위인이 철퍼덕 쓰러지는 소리가 났다. 눈을 감은 지 일이분도 안돼서 그의 코고는 소리가 온 바닷가에 퍼졌다. 입은 헤벌리고 셔츠엔 초장이 뻘겋게 묻어 있고 바지 앞섶은 불룩해져서 보기 흉했다. 나는 고개를 돌리고 보지 않기로 했다.

나는 입 안에 있던 초콜릿을 꽉꽉 씹었다. 말랑해진 덩어리들이 어금니 사이로 쏙쏙 파고들어 가차없이 이가 시려왔지만 나는 그대로 씹었다. 너무 시려서 단맛조차 느껴지지 않았다.

"전 책 좋아하는 꽃집 아가씨 같은 모습을 상상했어요."

"저 말이에요?"

"예, 영태가 어찌나 자랑을 하던지요."

"………"

"전에 제가 이것저것 아르바이트할 땐데요, 유학가서요. 쏘더 비경매장이란 데서 잠깐 일한 적이 있었어요. 뭐 대단한 건 아니고 그냥 잡일이었죠. 하여간 거기서 질리도록 유명한 미술품이랑 그림들을 보곤 했는데, 그때 느낀 게, 야, 클래식은 정말 영원하구나, 하는 거였어요. 제가 그림 볼 줄은 잘 모르지만 민주씨 뵙고 나니까 꼭 그런 느낌이에요. 명화를 보고 있는 것처럼요."

나는 아무 말도 하지 않고 룸미러로 운전석에 앉은 그의 얼굴을 쳐다보려고 애썼지만 잘 보이지 않았다.

밤은 이미 깊었다. 금방 깰 줄 알았던 영태씨가 구역질을 몇번 하고 도저히 안되겠다며 집에 데려다달라고 했다. 같이 마신 진호씨 또한 전작이 있기에 내가 택시를 부르려고 했지만 이 정도는 괜찮다고 바득바득 우겼다. 겉으로 보기엔 아무렇지 않아 보이긴 했다. 자기는 보뜨까 열 병이 주량이라며 운전대를 놓지 않으려고 했다.

조수석에 앉아서 보는 그의 모습은 아까와는 사뭇 달랐다. 이상하게도 조수석 밑에는 바리바리 쌓아놓은 술병들이 많았다. 커다란 봉투에 가득 든 그 병들을 치우고 나서 그는 나를 굳이 옆에 앉혔다. 이제 조금씩 술이 오르기 시작하는지 약간 발그스름해진 그의 목덜미와 탄탄해 보이는 쇄골을 쳐다보면서 나는 왜 이리 정신이 또렷할까 생각했다.

어떤 사람을 만나거나 어떤 사건을 겪고 있을 때, 이건 정말 확실히 기억해야 해, 내 인생에서 중요한 일이야……, 하고 자신도 모르게 바짝 긴장하게 되는 순간이 있다. 초경을 시작했을 때, 수능을 보러 갔을 때, 첫출근을 했을 때, 그리고 바로 할머니가 돌아가셨을 때가 그랬다.

문상객들이 집 안 가득 들이닥치고 이틀 동안 잠을 자지 못해서 언니는 버선을 집어던지며 신경질을 냈다. 나는 마당에 있는 가장 큰 벚나무를 바라보면서 옛날에 할머니가 밀어주시던 그네를 생각했다. 그네는 지붕과 맞닿은 듯 보이는 굵은 옹이에 매달려 있었다. 그런데 내가 나무를 바라보고 있는 어느 순간, 평소처럼 무명 한복을 입은 할머니가 눈앞에 사뿐히 나타났다. 그리고 보이지도 않는 그넷줄을 밀어 보였다. 이건 꿈일 거야, 꿈이지, 맞지? 하고 되뇌면서 손등을 힘껏 꼬집었는데 굉장히 얼얼했다. 꿈이 아니었다. 빈소엔 아직도 향불이 타고 있었고, 할머니는 굽은 허리로 끙끙대며 벚나무를 타고 올라가더니 바로 사라졌다. 십년도 더 전인 그때 광경이, 지금도 그대로 그릴 수 있을 만큼 생생했다.

나는 진호씨와 나란히 앉아 있는 지금의 내 모습도 먼훗날 그렇게 기억될 것이라고 생각했다. 그것이 두려웠다. 아무리 기억하려고 애써도 마음에 남지 않는 일들이 분명히 있다. 영태씨와 처음 만난 날, 백일을 기념하던 날, 귀고리를 받은 날, 그리고 무려 열 달이란 시간이 흘렀지만 그와 나의 관계는 그저 처음부터 끝까지 편안한 체크담요 같은 느낌이었다.

심장이 터질 것 같은 열정이나 감동, 아니면 내 인생이 풍요로워질 것 같은 막연한 기대, 그런 것과 거리가 멀기에 나는 그를 마음에 들어했는지도 모른다. 나는 연애건, 사랑이건, 결혼이건 그런 것에 환상을 품고 사는 여자가 아니다. 아니, 그렇게 믿어왔다. 그것도 나쁘지 않다고 생각해왔다.

그러나 내 예상과는 다른 일들도 가끔씩 교통사고처럼 일어날 수 있다는 걸 나는 느끼고 있었다. 그가 여기 나타났을 때부터인지, 아니면 초콜릿을 꺼냈을 때부터인지 그건 잘 모르겠지만 뭔가 일어나고 있었다.

"제 말이 기분 나쁘세요?"

"아니요, 그냥…… 전 그렇게 대단한 여자가 아니에요. 그렇다고 항상 그런 것만은 아니지만요."

나는 커피나 나르는 시시한 여사원일 수 있지만, 또 쏘더비경매장이 뭔지도 모르고 유학은 고사하고 외국에 나가본 적도 없는 촌뜨기지만, 그 어떤 타이틀도 가져본 적 없지만 그렇다고 항상 그런 사람인 것만은 아니란 얘기다.

내가 이런 말을 한다 해도 그가 알아들을 리 없다. 나는 혼자 슬며시 웃고 말았다.

"제가 꼭 바람둥이처럼 보이겠네요, 그렇죠?"

나는 그저 웃기만 했다. 기분좋게 취한 건 그만이 아니었나 보다.

몇분 후에 그가 차를 세웠다. 아까 왔던 똑같은 자리, 달라진 것은 더 차가워진 밤공기였다. 나는 불쑥 대꾸했다.

"이런 냄새가 나는 사람이 나쁜 사람일 리 없죠."

그 말은 내가 하고서도 많이 놀랐다. 경솔하게 이런 허튼소리가 튀어나오다니.

"잘못 보셨어요. 민주씨, 저 나쁜 놈이에요."

그렇게 말하는 그의 입술은 상당히 도톰하고 선명했다. 그는 어디서 꺼냈는지 꼬마 양주병을 들고 혼자 들이켜고 있었다. 샴페인 같던 아이스와인과 달리 독한 술냄새가 내 얼굴에까지 확 풍겼다.

"미국에 있을 때요, 제가 정말정말 사랑한 여자가 있었어요. 한번은 크게 싸운 적이 있었죠. 술에 취해서, 한번도 그런 적 없었는데 여자 얼굴에 주먹질을 했어요. 술이 깨서 잘못했다고 싹싹 빌었지만 여자는 용서해주지 않았답니다. 그리고 바로 제 집을 나갔죠. 이년간이나 동거한 여자였는데…… 한국에 와서 그녀를 잊었다고 생각했는데, 그 여자를 너무 닮은 다른 여자를 만났어요. 인간은 습관의 동물이라잖아요. 이번엔 잘해보려고 저도 노력했답니다. 그런데 맘대로 안되는 게 있더라고요. 이번 여름에 같이 말레이시아에 스쿠버다이빙도 하러 가기로 했는데…… 제가 그거 되게 좋아하거든요. 그런데 갑자기 여자가 절 떠났어요. 아니, 그냥 모든 게 달라졌죠. 미칠 것 같아서 유치한 복수심도 들고, 제가 왜 그랬는지 저도 잘 모르겠지만…… 자기 진심이 뭔지 스스로도 헷갈릴 때가 있잖아요? 민주씬 그런 적 없나요? 제가 작은 인터넷 사업을 하고 있었는데 거기다가 그 여자의 정보를 팔아먹었죠. 마치 콜걸처럼요. 그런데 그 여잔 되게 영리한 여자였거든요, 저를 고소하고 저의 부모님한테도 다 알렸어요. 도덕불감증이라고. 부모님은요, 저보고 인간 말종이랍니다."

"………"

"봐요. 지금 민주씨 표정이 어떤지 알아요?"

그가 참회를 하건 고백을 하건 달빛은 계속 쏟아지고 있었다.

어두운 차 안에서 보는 그의 얼굴선이 은은하게 빛나고 있었다. 이마와 코, 턱, 입술 등 돌출된 면들이 최소한의 빛을 받아 반질반질하게 윤기를 뿜고 있었다. 그의 속눈썹이 어두운 음영 속에서 날 보고 깜박거렸다. 그건 마치 사무실 문을 잠가놓고 은밀한 상상을 하는 여사원을 자기는 이해한다는 듯한 얼굴이었다.

그는 어디선가 또 꼬마 양주병 하나를 꺼내 벌컥벌컥 들이켰다. 그러더니 그걸 다 비웠는지 이번에는 트렁크를 열어 피크닉 바구니를 꺼내왔다. 바구니엔 여행용 캐리어처럼 가운데에 두꺼운 칸막이가 있었다. 그것을 젖히니 보이지 않던 다른 면이 나타났다.

거기에서 나온 건 내가 기대한 대로 꽃다발이나 양초 같은 그런 낭만적인 소품들이 아니었다. 오직 술병과 맥주캔 들이 빈틈없이 꽉꽉 채워져 있었다. 그것의 정체는 애초에 피크닉 바구니가 아니었던 것이다.

나는 숨겨져 있던 삶의 진실을 목격했다. 어쩌면 목격자가 아니라 공범일지도 몰랐다.

그는 나에 대해 많은 것을 묻거나 궁금해하지 않았지만 몇달을 만난 영태씨보다도 나를 꿰뚫고 있다는 생각이 들었다. 아니,

그렇게 믿어졌다.

그럼에도 불구하고 그가 같이 밤바다에 들어가자고 나직하게 말했을 때, 따라가지 않은 이유는 가파른 방조제를 내려갈 용기가 없어서가 아니었다.

그가 말한 명화 같은 여자라는 말을 끊임없이 의식하면서, 그러지 않겠다 마음먹어도 그의 마음에 들기 위해 안달복달하는 나의 모습이 생생히 그려졌기 때문이다. 그의 눈매, 입술, 쇄골, 목소리 그리고 체취 등이 내게 영감을 준 것은 사실이지만 그가 만든 이런 상황들은 결국 나를 배반하리라는 걸 나는 알고 있었다.

그러면서 나는 또하나의 사실을 깨달았다. 영태씨와의 그 미지근한 관계가 결국 나를 함정에 빠뜨릴 것이라는 사실이었다. 언니는 나보다 영리했지만 결국 거기서 헤어나지 못했다. 나는 교훈을 좋아했다. 분석은 잘 못하지만 결단은 내릴 수 있었다.

십여분이 흘렀을까. 진호씨가 신발을 들고 젖은 맨발로 걸어서 차로 돌아왔을 때, 나는 이제 가야 한다는 걸 알았다. 보드라운 스웨이드 로퍼를 맨발에 그대로 신고 있는 그를 바라보면서 나는 잠시 생각에 잠겨 있었다. 그리고 갑자기, 내가 한번도 가본 적 없는 야자수가 있는 바닷가에서 한 여자를 끌고 가는 그의 모습이 커다란 영상처럼 불쑥 떠올랐다. 이런 일은 나에게 처음 있는 일이 아니었다.

그는 산소마스크를 끼고 오리발을 신고서 푸른 산호초와 열대어들이 엉겨 있는 바다 속으로 힘차게 내려갔다. 그리고 여자를 바위틈에 숨겨놓고 혼자 바닷가로 돌아오고 있었다. 물안경을 벗은 그의 눈은 젖어 있었다. 그건 바닷물 같기도 하고 눈물 같기도 했다. 연이어서 그와 다정하게 손을 잡고 걸어가는 다른 여자의 모습이 눈앞에 떠올랐다. 여자의 얼굴은 보이지 않았다. 그건 나일 수도 있고 아닐 수도 있었다.

나는 고개를 힘껏 내젓고 옆에 앉은 그를 한번 바라보았다. 저런 수줍은 미소를 짓고 있는 남자를 두고 내가 이런 잔인한 상상을 하다니, 나 자신이 부끄럽게 느껴졌다. 물론 이 차에서 내릴 때가 됐다는 생각엔 변함이 없었다.

차에 올라탄 그는 그 짧은 시간에 벌써 맥주캔 하나를 비우고 있었다. 그는 바다에 들어갈 때도 병을 하나 끼고 갔지만 돌아올 땐 빈손이었다. 그리고 그가 마신 술병과 캔 들이 뒷좌석에서 쩔렁거리며 뒹굴고 있었다. 조금 전까지만 해도 내 눈과 귀에 들어오지 않던 광경이었다. 결국 그가 보뜨까 열 병이 주량이라고 한 말은 사실이 아니었다. 그는 자기 주량을 아예 모르는 것 같았다.

그가 알코올중독의 근처까지 간 사람이건 자신의 증세를 감쪽같이 속여온 사람이건 이제는 별 상관없었다. 이제 그 시원한 향수 냄새는 더이상 풍기지 않았다. 사람의 체취는 그토록 간사한 것이었다.

"저기 혹시요."

그 많은 알코올이 들어갔다는 게 믿어지지 않을 정도로 초롱초롱한 눈빛으로 그는 내 말을 기다리고 있었다.

"제가 그 여자를 닮았나요? 전의 애인이요."

그는 슬픈 듯이 고개를 저었다.

무슨 말을 해도 다 믿어줄 것 같은 표정을 지으면서 그는 가만히 손을 뻗어 내 손목을 잡았다. 나는 무덤덤한 척했지만, 밤중에 혼자 오르가슴에 도달한 중년여자처럼 호르몬이 요동치는 소리를 들었다. 나는 살그머니 손을 뺐다.

"꼭 가셔야 하나요?"

내가 차에서 완전히 내렸을 때 그가 이렇게 말했다. 술을 더 마시지 말라거나 음주운전을 하지 말라거나 하는 말을 해야 할 것인지, 아주 잠깐 생각했지만 나는 그대로 차문을 탁, 닫았다.

그가 뭐라고 한두 마디 더 외쳤지만 나는 곧장 큰길가로 걸어갔다. 서글프고 약간 무서운 기분도 들었지만 콜택시가 와 그걸 타고 나니 괜찮아졌다.

택시를 타고 지나가면서 그의 차 후미등을 본 게 마지막 모습이었다.

5

그 이튿날, 영태씨에게서 휴대폰으로 계속 연락이 왔지만 나는 받지 않았다. 다행히 그는 우리집과 집 전화번호를 모르고 있었다.

'진호랑 대체 뭘 한 거지? 왜 둘 다 전화를 안 받는 거야?'라는 문자를 받고 나서 전원을 꺼버렸다. 그리고 고객쎈터에 전화를 걸어 휴대폰번호를 어떻게 바꾸는지 알아보았다.

모든 것이 변했다.

그는 아직 모르고 있었다. 초콜릿을 억지로 삼키던 그의 모습이 떠올랐다. 모자를 삼킨 보아구렁이는 결국 어린 왕자에게 아무 위협도 되지 못했을 것이다. 그가 조금 안쓰럽긴 했다.

월요일 출근했을 때 영태씨는 사무실 앞에서 구부정하게 서서 기다리고 있었다. 별일은 없었다. 그는 성마르긴 해도 상식적인 사람이었다.

"진호가 집에도 안 들어갔대. 방조제 앞에서 차만 발견됐어. 어떻게 된 건지 정말 몰라? 그래, 그건 그렇다 치고, 네가 어떻게 나한테 이럴 수가 있어? 도대체, 도대체 왜 이러는 거냐고? 이유 나 좀 알자고! 어서 뭐라고든 말 좀 해봐!"

나는 정말 할말이 없었다. 초콜릿 맛을 모른다고 인생의 묘미를 모른다고 말할 수 없듯, 이건 그의 탓만이 아니었다. 미안하다는 말을 해야 하는 건가 생각했지만 결국 그런 얘긴 하지 않았다. 우리는 철부지 애들이 아니었다. 진호씨에게 별일없길 바라며 영태씨는 부디 좋은 여자 만나길 빈다고 말한 것은, 그나마 내 최대한의 배려였다.

그를 남겨두고 나는 그렇게 사무실로 들어왔다. 그가 퀭한 눈으로 날 계속 바라보고 있었다. 그걸 모를 만큼 둔하진 않았다.

경찰서에서 참고인 진술인가를 해달라고 전화가 왔다.

그날 밤 밤낚시꾼 몇이 진호씨가 방조제 위에서 맥주를 마시는 걸 봤다고 했다. 동이 터오기 두 시간 전, 그것이 마지막 목격이라고 했다. 낚시꾼들은 그가 꽤 취하긴 했지만 친절하게 담뱃불도 빌려주고 농담도 했다고 증언했다.

그가 사라진 지 닷새가 지나 가족들의 요청으로 근처 바닷가에 떠내려온 사체가 없는지 알아보고 있지만 별다른 성과는 없다고 했다.

이런 얕은 바다에 투신하는 멍청한 위인이 어디 있겠느냐며, 설사 그렇다 해도 벌써 떠올라서 사람들 눈에 띄었을 거라고, 날부른 경찰은 말했다. 어디 가서 도박이나 하고 있는 건 아닌지 모르겠다는 말은 왠지 듣기 불쾌했다. 그가 민중의 지팡이일진 몰라도 여기 사정은 잘 모르는 애송이 같았다. 일년에 한두 번씩 이 얕은 바다에서도 자살하는 사람들이 있다는 걸 나는 굳이 말하진 않았다.

6

나는 석문방조제가 다가오자 버스를 세워달라고 했다.

바닷가는 평일 오후라 더 한산했다. 모래놀이를 했는지 옷이 흙투성이인 사내아이 하나와 배가 봉긋한 채 아이 뒤를 천천히 따라가는 그의 엄마, 그렇게 둘뿐이었다.

나는 방조제로 올라가 멀리 보이는 섬들을 한바퀴 둘러보았다. 동박새가 놀고 있을 작은 섬들이 옹기종기 자리를 지키고 있었다. 이십오년을 봐온 그 한결같은 수면으로 갈매기 몇마리가 얼쩡대다 사라졌고 하늘의 구름들은 움직이기조차 귀찮다는 듯 꾸물거리고 있었다.

그날 밤, 만약 내가 그의 차에서 내리지 않았더라면 나는 지금 여기 이렇게 서 있지 않을 수도 있다.

그와 함께 야자수가 있는 바닷가에서 달콤한 칵테일잔을 앞에

202

두고 밀어를 속삭이거나, 그의 품에 안겨 윤기나는 살냄새를 맡고 있을 수도 있다. 그를 따라 낯선 곳에서 낯선 인생을 시작한다고 한껏 들떠 있을 수도 있고, 그에게 맞은 멍자국을 문지르며 떨고 있을 수도 있다. 아니, 피터지게 싸우고 화해하고를 반복하며 나른한 잠자리를 관성적으로 나누고 있을 수도 있다.

그는 어쩌면 내게 두번 다시 오지 않을 아주 특별한 연인이 되어 있을 수도 있다.

하지만.

나는 입술을 꽉 깨물었다. 하도 세게 물어서 피가 날 것 같았다. 그렇게 된다고 일상이 덜 진부해질까. 그런다고 인생에 대한 기대가 다 사라질까. 아니라고, 나는 그걸 잘 알지 않느냐고, 태어날 때부터 이미 인생의 비의를 다 알고 있지 않느냐고, 나는 혼자 그렇게 중얼거렸다. 그리고 자리에 쭈그리고 앉아서 쓰레기 몇개가 둥둥 떠 있는 바닷물에 돌을 하나 던져보았다.

어릴 때부터 나를 매료시켰던 이 바다, 보이지 않는 저 깊은 곳엔 신비로운 바닷길이 있다고 할머닌 얘기했고 나는 그걸 믿었다. 눈에 보이지 않는 지도를 따라 계속 가다보면 언젠가 언니가 갔다온 그 유럽의 섬나라도 나올 것이고 얼굴도 모르는 상사가 초콜릿을 사다준 그 작은 나라에도 닿을 것이다. 그것은 상상이 아니라 이제 현실이 되었다.

갑자기 꼬리에 흰 연기를 매단 비행기 한대가 저 멀리 북쪽 하늘에서 나타났다. 들릴 듯 말 듯한 소음을 내면서 그것이 점점 다가오자 방조제 밑에 있던 아이가 뭐라고 탄성을 지르며 깡충깡충 뛰었다. 저 나이때는 모든 게 흥미진진하고 신기한 법이다. 그 아이를 나는 잠시 보았다.

　그리고 나는 다시 물밑을 응시했다. 아무래도 지금 이 수면 밑에서 거센 파도가 부글거리며 요동치고 있을 것만 같은 묘한 느낌이 들었다. 어쩌면 콘크리트 방조제와 공장들과 오래된 우리집과 아이엠에프도 이겨낸 이 작은 도시 전체를 몽땅 삼킬 만큼 무시무시한 해일이 쿵쾅거리며 더 깊은 땅속을 가르며 밀려오고 있을지 모르는 일이다. 그런 해일을 언제는 인간들이 정확히 예측했던가. 이 얕은 바다에선 아무 일도 일어나지 않을 거라고 어떻게 장담할 수 있을까.

　나는 저 검푸른 물속에 혹시 진호씨가 누워 있지 않을까 싶어 몸을 더 수그리고 깊은 곳을 향해 눈을 부릅떠보았다. 물론 보이는 건 없었다. 스쿠버다이빙에 능한 그가 여기 어디 바다 속에서 불쑥 솟아올라 "민주씨 여기예요, 같이 들어가요!" 하고 외칠 것 같아 나는 가만히 귀를 기울여보았다. 아무것도 들리지 않았다. 물은 여전히 잔잔했다. 산호초도 없고 열대어도 없는 바다라고 신비롭지 않은 것은 아니다.

　비행기는 이제 모습을 감추었다. 배부른 엄마와 아이는 집으로 돌아가려는지 방조제 반대편으로 움직이고 있었다. 발음이 부정확한 아이의 흥얼거리는 노랫소리도 들릴 듯 말 듯했다. 그들이 가고 나면 나만 남을 거라 생각하니 약간 스산한 기분이 들었다.

　그 남자는 정말 내 연인이 될 수도 있었는데.

　내가 꿈꾸는 사랑은 그렇게 특별한 게 아니었는데.

　그렇게 생각하며 나는 저린 무릎을 우두둑 펴며 일어났다. 시장기가 느껴지는 걸 보니 저녁때도 지난 듯했다. 방조제를 조심

조심 내려가는 내 머릿속엔 여전히 풀리지 않는 궁금증이 맴돌고
있었다.

　나는,
　도대체 어떤 사람일까.

내게 아주 특별한 연인

5

모네의
정원으로

검은 붓꽃

　지은은 병원 로비에서 그 남자를 처음 만났다고 얘기했지만 사실은 그와 약간 달랐다.

　이야기의 발단은 열흘 전, 앞병실에 입원한 여자환자에게서부터 비롯된다.

　그녀는 중환자답지 않게 늘 병실문을 활짝 열어놓고 지냈는데 그 기백이 보통의 여염집 여자와는 차원이 달랐다. 게다가 그녀와 목소리 볼륨이 비슷한 그녀의 어머니는 바로 다음날부터 온 병실을 헤집고 다녔다.

　그 목소리 큰 환자는 인천공항에서 심근경색으로 쓰러져 입원한 것이라 했다. 그녀가 보기와는 달리 런던대학에 재직하고 있는 교수라는 사실이 지은으로선 놀랍긴 했다. 그 병실에 자주 드나드는 남자는 딱 두 명뿐이어서 누가 그 환자의 남편인지는 명확했다. 한국인의 전형적인 넙데데한 얼굴임에도 국적불명의 차림새를 한 중년남자가 바로 그였다. 몇가닥 안되는 앞머리는 빳빳하게 세우고 뒷머리는 길게 기른 퇴물 로커 스타일은 딱 쌍팔년도 스타일이었다. 제발 그 가죽 재킷만은 벗어줬으면 싶었지만 어차피 지은의 관심은 그가 아니었으므로 넘어가주기로 했다.

그 병실을 드나드는 나머지 한명은 환자보단 젊고 키큰 남자였다. 나이는 어느정도 들어 보이는데 왠지 막 여드름을 짜고 나온, 겉늙은 고교생 같은 인상이었다. 그는 늘 고개를 숙인 채 다녔지만 지은은 금방 얼굴을 기억했다.

바로 문제의 그날 지은은 병원 로비에 딱 들어서자마자 정면에 있는 매점에서 그 남자가 나오는 광경을 보게 되었다.

텅 빈 엘리베이터를 두 대나 올려보낸 뒤 지은은 시베리아산 차가버섯을 달인 물이 든 보온병과 B4 크기의 복제화 한점을 일부러 엉성하게 들고 구석에 서 있었다. 그가 다가와 엘리베이터에 타자 지은 역시 재빨리 따라 탄 것은 물론이요, 선수를 쳐서 "오층 좀 눌러주시겠어요"라고 말했다. 그는 어차피 똑같은 번호를 누르려던 참이었을 것이다.

지은이 먼저 이런 식으로 대화의 물꼬를 텄다는 것은 중요한 포인트가 된다. 말도 못 붙일 정도로 도도한 여자가 아니라 자신은 언제나 도움받을 준비가 된 친근한 여자라는 이미지 메이킹의 출발인 것이다. 지은이 무심코 그림을 떨어뜨릴 뻔하자 그는 예의바르게 그림 한귀퉁이를 받쳐주었다. 그의 입에서, 제가 들게요 주세요,란 말이 나오는 것은 시간문제였다. 아휴, 죄송해서 어쩌죠, 하고 그림을 넘겨주며 싹싹하게 화답하는 것까진 지은의 예상과 다르지 않았다. 그런데 그다음, 예상 못한 대사가 그의 입에서 튀어나왔다.

아빠의 암치료가 진전이 없고 장기입원이 될 거란 조짐이 들자, 엄마는 아빠 병실을 집 같은 분위기로 만들겠다는 야심찬 계획 아래 서재방에 있던 온갖 잡동사니를 끌고 왔다. 서재 중앙에 걸려 있던 그림 한점이 그날 지은이 옮겨야 할 몫이었다. 지은의 아빠가 유독 좋아하는 그림이었다. 지은은 우중충한 그 그림이 영 별로였다.

미술애호가 소리 듣는 사람치고 정작 심미안있는 사람은 드물다곤 하지만 아빠는 그런 소릴 들을 만한 자격이 있는 사람이었다. 젊은시절 출장가서 모은 오르쎄나 루브르, 우피찌나, 구겐하임, 피카소 미술관 등의 손때 묻은 도록들과 이후 모은 화집, 전시회 팸플릿 등이 서재 장식장에 귀금속처럼 모셔져 있었다. 가끔 한밤중에 위스키 온더록스를 곁들여 귀퉁이가 나달나달해진 낡은 도록을 보는 게 아빠의 오래된 취미이기도 했다.

아빠가 선호하는 그런 그림들은 그다지 대중적인 것들은 아니었다. 그런데 그림을 들어준 남자가 지은에게 대뜸 이렇게 물은 것이다.

"이거 혹시 조지아 오키프, 아닌가요?"

지금까지 이 그림을 보고 화가의 이름을 맞춘 사람은 극히 드물었다.

"어머 그걸 어떻게 아세요?"

"뭐, 그냥 때려맞힌 거죠. 이 사람 전시회를 어렴풋하게 본 적이 있어서요."

"어디서요? 국내에서요?"

그는 여행갔다가 스페인 어디에선가 운좋게 본 적이 있다며, 자기는 그림 볼 줄 잘 모른다고 겸손하게 한마디를 덧붙였다.

그때 엘리베이터 문이 열리고 지은의 눈앞에서 한 간호사가 병상 하나를 쓱 밀고 지나갔다.

병상에 누워 인공호흡기를 달고 있는 환자의 얼굴이 스쳐지나간 건 이삼초밖에 되지 않았는데도 순간적으로 그가 아는 사람이란 느낌이 팍 왔다. 누구와 닮았는지 얼른 떠오르지가 않아 답답하긴 했지만 분명히 그 턱뼈와 두상은 눈에 익었다. 누구지, 누구더라, 하며 어정쩡하게 걸어나와 기억을 더듬고 있는 지은에게 남자가 물었다. 몇호실이세요?

"아, 죄송해요. 저 여기 오백팔호예요."

아, 네, 바로 앞이네요, 하고 그는 시원시원하게 말하며 병실에 들어와 침대 옆에 그림을 사뿐히 놔주었다. 이에 지은은 고맙다며 적당히 귀염성있는 눈웃음과 함께 종종 뵙자고 의미심장한 멘트를 날렸지만, 그는 딱히 귀담아듣는 것 같지 않았다. 원래 남자들은 그렇다. 선수가 아닌 이상 대부분의 남자들은 여자의 표정과 말의 뉘앙스를 전혀 해석할 줄 모른다. 배워야 아는데 가르쳐줘도 따라오지 못한다.

지은은 그가 간 뒤, 침대 맞은편 달력을 뗀 자리에 그림을 걸었다. 그리고 몇발자국 뒷걸음질쳐서 그 그림을 바라보았다.

아빠는 명화란 가까이 보는 것과 멀리 보는 것이 다르다고 늘 말했다.

사람도 마찬가지다. 첫인상이나 잠깐의 만남은 대단치 않아도 시간이 지나 멀리서 보면 볼수록 괜찮은 사람이 있게 마련이다. 주식으로 치면 당장 시가는 낮아도 미래가치는 우수한 우량주라고나 할까.

애널리스트계에 입문한 지 오년차인 지은은 그런 주식의 속성을 남자와 관련해서 잘 안다고 자부한다. 능력은 쥐뿔도 없지만 집안이 빵빵하거나 겉만 번드르르한 일부 배당주들이 시가에 비해 미래가치는 형편없는 불량주식이라면, 당장 아무것도 없는 소박한 사법고시생이나 시시한 짠돌이 회계사 변리사들이 투자해야 할 성장주요 블루칩이 될 가능성이 많은 것이다.

물론 투자대상의 손익대차대조표가 영 시원찮으면 망설임없이 매도해야 하는 것도 한 원칙이다. 몇달이나 호호거리며 만났다 해도, 이건 아니다,라는 견적이 탁 나오면 절대 아까워해서는 안된다. 그게 투자의 제1원칙이다. 이를 손절매라고 부른다.

그러나 이보다 더 중요한 투자의 기본은 장기투자다. 월 가의 전설적인 존재인 존 템플턴이란 할아버지가 이런 말을 했다. 많이 저평가된 주식을 일단 사라. 그리고 그냥 손에 들고 있어라. 오래, 끈질기게, 계속. 그러면 일단 반은 성공한 것이다.

방금 전 그 남자와 직접 얘기해본 것은 오분 정도였기에 그걸 가지고 판단하기엔 이르지만 지금까지 별로 겪어보지 않은 묵직한 그의 존재감이 지은의 흥미를 유발했다. 이제 지루한 장기투자의 전초전이 시작된 셈이다. 최소한 말이 통하는 사람이라는 것은 파악이 됐다. 솔직히 지은의 미묘한 허영심이 충족된 면도 없지 않았다.

진호와의 연애가 와장창 소리를 내며 박살난 뒤 이런 감정을 느끼기는 근 일년 만이다. 그땐 다시는 서서 오줌싸는 종자들과는 상종도 하지 않으리라 생각했지만, 어디 세상일이 그런가.

지은의 부모가 병실로 들어왔다. 아빠는 별 효과가 없다는 걸 알면서도 방사선치료를 꾸준히 받고 있었다. 아빠는 벽에 걸린 그림을 흘낏 보면서 침대로 올라갔다. 그러면서 덤덤하게 몇마디를 내뱉었다.

"됐다는데 뭐 힘들게 그림까지 갖고 와. 여기서 살 것도 아닌데. 니네 엄마 땜에 금방 퇴원하지도 못하겠다."

말은 그렇게 무뚝뚝하게 해도, 아빠는 집에서 매일 보던 그림을 다시 마주하게 되어 반가운 눈치였다. 그것은 가까운 가족만이 느낄 수 있는 감정이었다.

"하여간 난 저 컬러랑 구도가 아주 마음에 들어. 왜 사람들이 저걸 모르나 몰라."

검은 붓꽃.

이것이 그 그림의 제목이다. 제목부터가 음침하지 않은가. 게다가 지은이 기억하는 한, 이 그림은 가까이서 보나 멀리서 보나 심지어 위에서 보나 늘 똑같았다. 십년 동안 한결같이. 바로 아빠 말대로라면 명화일 리가 없는 것이다.

르네 마그리뜨 展(2006. 12~2007. 4)

그 봄, 시립미술관에선 르네 마그리뜨 전이 열리고 있었다.

이삼년 사이 국내에도 좋은 전시회가 많아졌다며 아빠는 흐뭇
해했고 한 전시회를 두 번 이상 갔다오는 수고도 마다하지 않았
다. 아빠는 며칠 안 남은 마그리뜨 전을 미리 가보지 않은 것을
좀 후회하는 눈치였다.

　"좀 괜찮아지시면 저랑 딴거 보러 가요. 더 좋은 전시회 많을
거예요."

　"그래, 사실 뭐 마그리뜨는 영 내 취향이 아니지. 모자 몇개 그
려넣고 말이야, 초현실주의? 갖다붙이긴. 그게 장사지 예술이야?
마띠스 정도 되면 모를까. 하여간 그치는 너무 가벼워. 그렇지 않
냐? 난 그저 이참에 덕수궁 돌담길도 가보고 벚꽃이나 한번 보려
고 했지. 내가 언제 또 가보겠냐?"

　췌장암은 조기 발견이 매우 어려운 암이었다. 아빠가 우연히
내시경검사를 받지 않았더라면, 개업의사인 고등학교 후배의 끈
질긴 설득을 받지 않았더라면, 아마 말기까지 방치했거나 다른
데로 전이됐을지 모르는 일이라 했다.

　암진단을 받고 수술까지 일단 받았으니 한시름놓긴 했지만 지
금도 경과가 썩 좋은 건 아니었다.

　아빠의 얼굴은 더 수척해진 탓인지 검버섯이 는 듯해 보는 사
람들을 안쓰럽게 했다. 전보다 더 열심히 씻는 것 같은데도 이상
하게도 손톱발톱의 거뭇한 때가 자주 눈에 띄었다. 그리고 취향
까지 살짝 변한 듯했다. 앙리 마띠스나 엘즈워스 캘리 등을 선호
하던 아빠가 갑자기 인상파가 좋다며 마네, 모네, 르누아르, 고흐
의 화집들을 구해오라고 지은을 독촉했다.

　그래도 조지아 오키프의 꽃그림들은 여전히 아빠의 구미에 맞

왔나보다. 아빠는 이렇게 말하곤 했다.

"오키프, 저 여자가 한 말이 있어. 자기는 정말 꽃이 싫대. 그런데도 그리는 이유는, 모델보다 훨씬 싸고 귀찮게 움직이지도 않기 때문이라는 거야. 나도 그래. 평소에 만날 서류나 만지고 예산 세우고 돈 내주고 그렇게 살았던 게, 난 정말 진력이 난단다. 그래도 사람들하고 아웅다웅 부대끼는 것보다 돈 만지는 게 낫지. 개네는 말이 없잖아?"

지은은 아빠의 말을 들으면서 자신에게도 그런 기질이 혈관을 타고 흐른다는 걸 새삼 느끼곤 했다.

증권회사에서 일하고는 있지만 지은은 결코 주식을 신뢰하지 않았다. 보험이려니 생각하고 묻어둔 펀드를 제외하곤 단 일 원도 더 투자하지 않았다.

이천 포인트를 뛰어넘는 호황장세라고 모두가 샴페인을 터뜨리는 그 순간에도 지은은 혼자 슬그머니 술잔을 내리고 있었다. 어떤 연애도 끝까지 갈 수 있을지 없을지 아무도 장담 못하듯, 사소한 불씨 하나가 철석같은 사랑을 깨버리듯, 주가도 똑같다고 생각했다.

기회만 있으면 처가의 팔촌 돈까지 끌어다 몰빵해버리는 동료들, 그들이 위험하다는 걸 몰라서 그러는 게 아니다. 그들에겐 믿을 만한 보장자산이 자신밖에 없었다. 그게 지은과 다른 점이었다. 지은에게 가장 큰 보장자산이라면, 역시 아빠였다.

물론 이 세상에 영원한 것은 없다. 그토록 믿었던 보장자산도 언제든 부도가 날 수 있으니 말이다.

그림 들어준 남자

나중에 지은이 그때를 돌이켜보면, 왜 하필 앞병실 남자에게 관심을 가지게 되었는지 그 계기에 대해선 확실치 않다. 어쩌면 아빠가 잘못될 수도 있다는 사실을 상기하고 싶지 않아서, 뭔가 관심을 분산할 새로운 대상이 필요했는지도 모른다.

지은이 있는 병실을 삥 둘러싸고 다 들리게, 날이면 날마다 수다를 떤 두 노인네를 너무 과소평가했는지도 모른다. 그들은 입만 열면 모든 게 십육부작 미니씨리즈였다. 특히 앞병실의 할머니는, 날 본 지 단 오분 만에, 십년 전 자기 자궁을 들어낸 얘기까지 장장 한 시간 동안 들려준 위인이었다. 시간이 날 때마다 오늘의 수다를 재방송했으니 지은이 앞병실 사정에 대해 모르는 게 이상할 정도였다.

지은의 그림을 들어준 남자는 앞병실 환자의 사촌동생이었고 나이는 서른여섯, 이름은 정우인, 별볼일없지만 애들 참고서를 만드는 출판사의 당당한 오너이며 이 대학병원이 있는 의대에 입학했다가 자퇴하고 같은 대학 사학과에 다시 들어간 희한한 이력의 소유자라고 했다.

"글쎄, 우리 우인이가 뭐 꼭 잘나서가 아니라…… 담당의사가 하필이면 개 친한 친구라지 뭐유, 남들 몇주씩 걸리는 검사, 개가 딱 전화 한번 하니까 그냥 며칠 만에 다 해치웠다는 거 아뉴. 그럼, 큰동서가 일찍 세상 떠서 내가 다 키웠다니까. 인물 봐서 알겠지만, 우리 방 간호사가 개만 보면 어찌나 배슬배슬 웃어대는

지. 그러면 뭘 하나, 정작 임자는 없으니. 그 왜 시쳇말로 남자는 인물값 한다고, 꼴값을 할 거라고들 그러잖우. 성격? 내 참, 조카라서가 아니라 요즘 이런 총각이 없지. 만날 교회 다니지, 술담배도 안하지, 무슨 봉사활동 하느라 놀 시간이 없지. 돈? 착실히 모았을걸. 선? 많이 들어왔지. 말해 뭣 해. 그런데 통 진척이 없다니깐. 왜 이런 남자가 아직 혼자냐고 괜히 꼬투리만 잡고, 다된 혼사도 코 빠뜨리고 그랬다오. 어디 참한 색시 아는 사람 없수?"

지은에게 퍽 다행스러운 일은 그녀의 어머니가 낯선 사람들과 좀처럼 친해지지 못하는 위인인데다가 무슨 말이든 그냥 흘려듣고 마는 편한 성격이라는 점이었다. 늘 아빠 곁에 앉아서 꾸벅꾸벅 졸다가 혼자 드라마들을 챙겨보는 것만으로도 엄마는 경황이 없었다.

이년 전이던가.

아무도 몰래 낙태수술을 하고 돌아온 지은은 이불을 덮어쓰고 멍하니 누워 있었다. 장본인인 남자친구와는 헤어진 뒤였다. 병가를 내고 앓아누운 지은에게 엄마는 전복죽을 한 냄비 가득 끓여다주었다. 왜 병원을 안 가냐, 혹은 감기약은 먹었냐, 엄마라면 할 법한 잔소리도 없었고 입맛이 없어 까탈부리는 지은에게 더 먹으라고 채근하지도 않았다. 대신 "죽을 병 아니니까 어서 일어나. 네 몸은 네가 챙겨야지, 안 그래?" 이런 말만 남기고 나가버렸다.

지금 생각해보면 그때 엄마는 사실을 다 알고 있던 게 아닐까 싶기도 하다.

이번에도 그랬다. 지은이 그림을 가져온 그 며칠 뒤, 엄마는 밖에 나갔다 오더니 침대시트를 펴면서 혼자 중얼거렸다.

"그 총각, 참 오지랖도 넓더라."

아빠와 지은은 서로 얼굴을 바라보았다.

"그림 옮겨다준 그 총각 말이야. 어제 보니 삼층 간호사들하고
한참 얘기하고 있더라. 뭐 골수가 어쩌고 하면서. 요기 오층 회진
도는 레지던트들하고는 라운지에서 커피 마시고 있더라, 좀전에
는."

아니, 그가 그림을 들어준 걸 엄마는 어떻게 알았을까. 지은은
뜨악해져서 바라보았지만 엄마는 무심한 얼굴로 휙 나가버렸다.
지은을 보고 웃는 사람은 정작 아빠였다.

피카소 展(2006. 5~2006. 9)

진호를 만나기 전까지 지은에게 남자를 바꾸는 건 오일교환과
도 같았다. 지은은 동화 같은 사랑이나 행복을 꿈꾸지 않았다. 그
건 냉소가 아니라 상처받지 않기 위한 최소한의 방어벽이었고 이
렇게 되기까지 많은 시간이 걸렸다.

이제 그 이야기를 시작해보자.

작년 봄, 지은은 피카소 전시회에서 한 남자를 만났다. 꽤 분
위기있는 첫만남인 셈이다. 칠년간의 유학생활을 끝내고 돌아온
그는 외국계회사를 다니는 평범한 쌜러리맨이었고 미술감상뿐만
아니라 등산, 번지점프, 스킨스쿠버 등 모든 방면에 능했다. 그는
지은에게 사랑한다고 말한 적은 없지만 '특별하다'고 말했고 지

은은 오히려 그 점이 마음에 들었다.

그에게 대단한 깊이를 바란 적도 없었고 불꽃같은 열정을 기대하지도 않았기에 다소 윤리적 결함이 보여도 지은은 감싸줄 용의가 있었다. 연애는 곧 전략이며 결혼이라는 자본주의적 거래에선 이런 딜이 불가피하다는 걸 지은은 직시하고 있었다. 그의 친구 한명이 그를 믿지 말라고 충고하고 그가 애인 대행 싸이트라는 떳떳지 못한 사업을 운영한다는 걸 알고 나서도 그랬다. 물론 그는 지은과는 전혀 관계없는 사업일뿐더러 지은이 뭔가 크게 오해하고 있는 거라며 펄쩍 뛰었다. 지은은 일단 한번 눈감아주기로 했다.

그와 늦은 여름에 말레이시아 페낭으로 휴가갈 계획을 짤 때만 해도 지은은 자신이 있었다. 그한테 끌려다니지 않고 쿨하게 즐길 자신 말이다.

바로 그날 지은이 밸런타인 두 병을 더 시키지만 않았더라면, 아니면 평상시처럼 일찍 그를 집에 보냈더라면, 어쩌면 지금 지은은 그와 함께 이 병실을 지키고 있을지도 모른다.

이상하게도 그날 좀처럼 취하지 않던 그가 일찍부터 취기를 드러냈고 지은은 늘 그렇듯이 스파클링 와인 한잔을 앞에 두고 시계만 쳐다보고 있었다.

진호는 마이애미나 로스앤젤레스 혹은 여행차 갔던 다하브나 발리 등지의 바다에서 스쿠버다이빙을 했던 경험담을 한참 늘어놓고 있었다. 그런데 그가 갑자기 흐느끼기 시작했다. 약간 풀린 눈으로, 린다…… 내가 말이야, 그때 왜…… 미안해,라며 횡설수설하기 시작했을 때에야, 비로소 지은은 정신이 확 들었다. 이년 동안 사귀었던, 그리고 깊은 열애를 했다는 그녀가 바로 린다라는 교포 여학생이었고 나중에 동거까지 했다고 그는 부끄러운 듯 고백했다. 그 정도는 이미 전부터 눈치챈 과거였다. 다만 그 이름까지는 굳이 알고 싶지 않았고 이런 상황에서 그 이름이 튀어나왔다는 게 불쾌할 따름이었다.

진호는 계속 중얼거렸다. 정말 후회해, 내 사랑을…… 절대로 이해 못해. 지은은 슬슬 자리를 뜨고 싶었다. 그래서 그의 등을 토닥여주며 일어나길 재촉했다. 진호씨, 그런 사랑을 했다는 게 부럽네. 지금은 내가 곁에 있잖아. 너무 취했어, 이제 가자고.

그런데 테이블에 거의 엎어져 있다시피 했던 진호가 갑자기 몸을 벌떡 일으키고 지은의 손목을 거칠게 잡아당겼다. 그리고 고래고래 소리까지 지른 것은 뜻밖이었다.

"떠나면 안되지! 나한테 오지 않을 바엔 아무한테도 못 가!"

그 모습은 평상시의 여유로운 젠틀맨 이진호가 아니었다. 뻘겋게 핏발선 그 눈이 쳐다보는 지점은 허공 어디였다. 지은은 뭐라고 말하려고 했지만 순간적으로 목이 잠겨서 목소리가 나오지 않았다.

"진호씨, 정신차리고, 자, 날 봐. 나 지은이라고. 알겠어?"

지은을 바라보는 그의 표정 자체는 평화로워 보였다. 그러나 입만 웃고 눈은 전혀 웃지 않았다. 한번도 본 적 없는 기분나쁜 웃음이었다. 진호는 이리 가까이 와보라며 손짓을 하더니 지은의 귓가에 낮게 속삭였다.

"네가 내 심정을 알겠니? 어떻게 이해하겠어? 그런 사랑을 해봤어?"

빈 술병 대여섯 개가 테이블에 나란히 세워져 있는 걸 보면서 지은은 배팅을 결심했다. 웨이터를 불러 아예 밸런타인 두 병을 더 가져오라고 시켰다.

새로 술이 오자 지은은 그의 잔에 가득 따라주었고 그는 냉수 마시듯 꿀꺽꿀꺽 털어넣었다. 진호는 가끔씩 린다와 지은을 혼동하기도 하고 시제도 왔다갔다했지만 대체로 차분했다. 누가 봤다면 양주 일고여덟 병을 마신 사람이라고는 도저히 믿지 못했을 것이다. 피곤해서 내일 출근은 어떡하느냐며 걱정해주기도 했다. 친절하게도.

물론 나중에 그는 자기가 한 얘기를 기억하지 못했을 뿐 아니라, 했다 하더라도 사실이 아니라고 주장했다. 어느 쪽이 진실인지는 알 길이 없었다.

"지금쯤 거기 웨스트비치 쪽엔 울긋불긋한 꽃들이 울타리를 따라 쭉 피어 있을 거야. 해상화라던가? 하여간 거기 모래는 진짜 고와. 거의 설탕 수준이지. 바닷물은 안개 낀 푸른 유리 같았지. 거기서 린다는 파라솔을 펴놓고 종일 일광욕하는 걸 좋아했지. 내가 같이 물속에 들어가자고 해도 그렇게 거절하고는 하루종일 누워서 몸을 태웠어. 그러다 해가 지면 다른 커플들하고 바비큐파티도 하고 비치볼도 하고 바닷가에 모닥불이 꺼질 때까지 걷고 또 걸었지. 해가 뜰 때까지 걸은 적도 있으니까. 그 해변에서 나중에 결혼식을 올리자고 린다가 졸랐었지. 애벌레를 수십마리 주문해서 웨딩아치에다 걸어놓고는 결혼식이 시작하자마자 한꺼번에 부화시켜 날리자는 거야. 풍선처럼. 어때, 근사하지? 어떻게 그런 생각을 했나 몰라. 만일 우리가 그렇게 싸우지만 않았다면 벌써 우리는 식도 올리고 널 꼭 닮은 딸을 낳았을지도 몰라. 해마다 결혼기념일엔 그 바닷가에 다시 들르고…… 아니, 미안 미안. 내가 실수했어. 아니야, 린다와 넌 하나도 닮지 않았어. 조금, 아주 조금, 웃는 건 비슷하다. 한쪽만 들어가는 보조개랑 웃으면 아몬드형으로 변하는 눈매랑 속쌍커풀진 눈이랑 하트 모양의 윗입술도. 그외엔 하나도 같지 않아. 그런데 왜 내가 네 얼굴에 손을 댔을까? 정말 내 두 손을 잘라버리고 싶어. 그렇다고, 그렇다고 그렇게 집을 나가버리면…… 정상적인 성인이라면 이야기로 문제를 풀어야지, 안 그래? 너도 그렇게 생각하지? 나가는 그녀를 잡으면서 난 정말 애걸했어. 울면서 매달렸다고. 근데 나를 오히려 비웃었지. 아니 내 사랑을 비웃었나. 그 바닷가에 마지막으로 데려갔을 때 그래도 난 그녀가 마음을 돌릴 거라고 믿었어. 근데…… 왜 그렇게…… 사랑은 힘든 걸까. 차라리…… 나도 같이…… 그래 너는, 아니 린다는 한번도 나랑 물속에 들어가지 않았어. 아까 얘기했지? 나는 린다랑 처음으로 거길 들어가본 거야. 그 바다 속을…… 진작 함께 왔었더라면 좋았을 텐데. 지은아, 그 바다 속은 지금쯤 추울까? 린다는 괜찮겠지? 아직도 그녀는 내 마음을 몰라줄까? 언젠가 거길…… 다시 찾아가면…… 아냐 아냐, 그건 불가능해. 커다란 바위틈에…… 산호초도 울창해서 그럴 순 없어. 거긴 나만의 스쿠버 포인트였거든. 정말 명당자리야. 거기서 보는 광경은 정말 상상도 못할 거야. 이 세상 같지가 않아. 또다른 우주 같지. 린다가 부러워. 나도 그러고 싶어. 물속에…… 아니 지은아 너도 꼭 보여주고 싶어. 페낭은 그 정돈 아니지만 꽤 아름다워. 좋아할 거라고 확신해. 아니, 꼭 그래야 해."

손절매

지은은 사랑의 열병을 앓아본 사람들을 기본적으로 존경했다.

자신은 일생 그럴 일이 없을 거라 생각했고 진호 역시 자신과 비슷한 닳고닳은 종족이라고 판단했다. 그러나 그는 열병 정도가 아니라 사랑의 불길로 뛰어들어간 남자였고 지금도 거기서 헤어나오지 못하는 사람이었다.

지은은 사려깊은 K를 불러내 의견을 물었다. K는 왜 이제야 이런 얘길 하느냐며 펄펄 뛰었다.

"애 너도 딱하다. 그전에 그냥 끝냈어야지, 애인 대행 싸이트라니…… 그거 매춘 아니니? 완전히 또라이잖아? 절대 안돼! 빨리 끝내. 이건 보통 문제가 아냐."

연애를 알기 전에 세상을 알았어야 했다. 지은은 그와 헤어지기 위한 마음의 준비를 했다. 쉽게 말해 손절매를 해야 될 시점이었다.

절교를 받아들이지 못한 진호의 이후 추잡한 난동은 다시 상기하고 싶지 않다. 그가 운영하는 싸이트에 지은의 사진이 올라온 걸 두 눈으로 확인한 날, 지은은 바로 그의 부모님 집을 찾아가 그의 정신감정을 진지하게 의뢰했다. 물론 증거자료들을 함께 제시했다. 만일을 대비해 주위로부터 몇가지 법률적인 조언도 들었다. 그의 대행 싸이트는 폐쇄되었고 지은은 민사소송까지 준비

했다가 그의 부모님의 간곡한 설득으로 포기했다.

그가 혐오스러웠던 지은은 어느새 그를 안타깝게 여기게 됐다. 린다라는 여자도 시작은 그랬을지 모른다. 물론 지은에게는 아무런 물적 증거도 없었다. 차라리 지은의 과민하고 지나친 의심이거나 진호의 헛된 망상이길 간절히 바랐다. 지은으로선 대서양 어느 깊은 바다 속에 수장되어 있을지 모를, 슬픈 사랑의 기억을 애도할 뿐이었다.

어쨌든 지은은 자기 자신을 지키고 싶었다. 또 그래야만 했다.

피카소 전시회가 끝날 때 즈음, 지은은 혼자가 되었다.

사랑의 기억

병원 오층 복도 가장 후미진 병실에서 한 여자가 나왔다.

병실문엔 이진호란 이름표가 붙어 있었다.

민주는 어젯밤 전화 한통을 받고 급하게 서울로 올라왔다.

사실 아무 관련도 없다면 없는 사이였다. 헤어진 남자친구의 친구, 그것도 실종되기 전날 딱 하루 본 사이였다. 그후 몇달 동안 종적을 감추던 남자가 혼수상태로 이 병원에 들어왔고 그가 가진 수첩에 왜 민주의 전화번호가 적혀 있는지는 아무도 몰랐다.

민주는 실종 후 그의 행적에 대해서 예측할 수 있는 게 없었다. 단 몇시간, 그의 지난 사랑얘기를, 아주 우울하고 *끈적끈적한* 사랑얘기를 들어줬을 뿐이다. 여기 와서 민주가 알게 된 사실은 그의 부모가 드물게 지각있는 사람들이라는 점이었다.

민주는 그가 자신에게 한 얘기들을 토씨 하나까지도 다 기억하고 있었다. 그는 좋은 사람이라고는 할 수 없었다. 자기중심적이고 무서울 만큼 머리도 좋고 계산적이면서 남자든 여자든 자기편을 만들고 마는 마력의 사나이였다. 그러나 한편으로 그는 천진하면서 같이 있으면 설레고 즐거운 남자인데다 지독한 로맨티스트였다. 사랑하는 여자 하나 때문에 괴물이 되어버리는 남자란 흔치 않은 것이다.

민주는 다시 고속버스를 타고 집으로 가야 하기에 손목시계를 보며 시간을 가늠해보았다. 그때 반대편 복도에서 키큰 남자 한 명이 그녀 쪽으로 뚜벅뚜벅 걸어오고 있었다. 그도 민주를 보더니 흠칫 놀라는 표정이었다. 그도 그냥 얼굴을 돌리고 싶었을지 모른다. 그러나 그는 느릿느릿 계속 다가왔다.

"오랜만이에요."

"네."

"민주씨라고 했죠? 기억이 잘 안 나네요. 언니는 잘 지내요?"

"네."

언니는 넉 달 전에 읍내 철물점 총각과 식을 올렸어요. 코 찔찔 흘릴 때부터 본 초등학교 동창이죠. 그렇게 싫다고 피해다니더니, 결국 형부의 순애보랄까요. 물론 고향에 내려와 살고 있어요. 참, 언니는 임신 오개월이에요. 속도위반했다고 동네사람들이 얼마나 놀리는지…… 언니는 허니문베이비라고 주장하지만요. 언니는 아기 때문인지 요새 보기 좋아요. 애가 좀 크면 작은 유아원을 차릴 예정이에요. 저한테도 교사자격증을 따놓으라고 성화랍니다. 전 아직도 철강회사에서 근무하고요.

이런 얘기를 과연 해야 할지 민주가 우물쭈물하고 있는 사이, 우인이 손을 불쑥 내밀었다.

"다음에 봅시다. 잘 지내요."

다음에 언제 어떻게 보자는 것인지, 그것도 이상한 말이긴 하지만 여긴 왜 왔는지 한마디 물어보지도 않고 우인은 싱겁게 악수를 청해왔다. 언니는 형부를 만나기 위해서 이 사람을 놓친 거였구나, 하는 생각이 그의 맞잡은 손에서 느껴졌다. 언니의 생각만큼 그는 그렇게 이상한 사람이 아닐 수도 있다.

키가 커서인지 돌아서는 그의 뒷모습이 휘청거리는 듯 보였다. 많이 쓸쓸한 사람의 뒷모습은 확실히 표가 난다. 그도 한때는 돌이킬 수 없는 집착이나 강박에 사로잡혔을 수 있다. 결벽증 있는 사람들은 특히나 그렇다. 하지만 그는 결국 제자리로 돌아왔을 것이다.

민주가 발걸음을 돌려서 우인 쪽을 바라보니 상큼한 미니원피스에 레깅스를 받쳐입은 여자 한명이 그와 즐거운 듯 얘길 나누고 있었다. 두 사람의 눈빛이 서로 빛을 반사하듯 빛나고 있었다. 물론 자신들은 모를 것이다.

엘리베이터 문이 열리고 타기 전까지, 민주는 계속 그 둘을 물끄러미 보았다. 얼른 뛰어가 우인에게 이렇게 말해주고 싶었다. 두 분이 참 잘 어울려요, 언니랑 헤어지시기 잘하신 거예요. 전 안답니다. 전 알아요…… 이런 충동을 지그시 누르고 민주는 일층 버튼을 눌렀다.

문이 닫혔다.

병원, 그리고 퇴원

일찌감치 퇴원한 옆병실 할머니에 이어 앞병실의 목소리 큰 환자도 곧 나간다며 병원 여기저기를 쑤시고 다녔다. 작별인사 하는 데 며칠이 걸리는 것 같았다.

"누님 정말 대단하세요. 심장이 안 좋으신 분처럼 보이지 않아요."

"창피해서 정말, 힘이 빠져서 저 정도예요."

우인과 지은은 오층 라운지 자판기 앞에서 하루에 한두 번은 커피를 마시곤 했다. 누가 먼저 보자고 하거나 특별히 약속을 한 것도 아니었다. 병실을 나오면 갈 데가 거기밖에 없었다. 문병객이 많이 오거나 잠깐 바람을 쐬고 싶으면, 오래된 사양이긴 하지만 컴퓨터도 몇대 있고 음료수도 종류별로 있는 그 라운지로 모이게 마련이었다.

가끔 지은이 노트북을 들고 나와 기술적 분석을 하거나 차트를 보고 있을 때에도 우인은 우두커니 지켜보다가 가곤 했다.

"일이 늘 많으신가 보네요."

"증권 쪽이 그래요. 전 지금 아빠 핑계 대고 아주 헐렁한 거예요."

"통 주식을 몰라서요."

"아예 모르시는 편이 나아요."

"그래도 돈문제에 많이 밝으시겠어요."

"그렇지도 않아요. 사업하시면 세금문제 같은 건 저보다 더 잘

아실걸요?"

우인은 자신이 얼마나 돈문제에 무지한지 차마 밝힐 수가 없었다. 그의 출판사가 지금까지 문을 닫지 않은 건 순전히 운이 좋아서였다. 그리고 자발적이고 양심적인 직원들과 약간의 여유가 있어서 가능했던 것이다. 하지만 그것도 한계가 있었다. 이제 그만 접을 때가 되었다는 걸 인정해야 했다. 이런 결심을 앞당겨준 건, 얼마 전 바로 이 병원에서 만난 김선배 때문이다.

우인을 십여년 전 그 모임에 처음 데려갔던 바로 그 장본인이며 이건 의학의 탈을 쓴 사이비집단이야,라며 먼저 뛰쳐나갔던 선배는 한동안 소식이 끊겼었다. 그런데 그가 목사가 되어 우인 앞에 나타났다.

머리가 유난히 심하게 벗어졌고 인상이 완전히 변해 못 알아볼 뻔한 그는 임종하는 교우의 곁을 지키기 위해 왔다고 했다.

"우인아, 너는 불로장생 약을 먹었나 보다. 누가 보면 내가 네 아비 뻘인 줄 알겠다."

"형은 무슨 그런 말······ 그런데 도대체 언제 안수를 받은 거요? 꽤 어울리는데?"

선배는 이 생활 시작한 지 육칠년 되었다며 안경을 치켜들었다. 개척교회에서 힘들게 시작했고 지금도 가난한 교회 재정 탓에 마누라가 학습지 선생을 한다고 덤덤하게 얘기했다. 그의 교회는 서울의 마지막 달동네 중 하나에 자리하고 있었다. 그의 바지 무릎이 허옇게 닳아 있었다. 그가 불현듯 말했다.

"참, 너 요전번에 억울하게 고생했단 얘기 들었다. 잘 해결된 거냐?"

우인은 빙그레 웃어 보였다.

"그래요. 해결됐어요. 사람들이 그렇게 오해할 만했고…… 내가 그렇게 한심한 놈인지도 확실히 알았으니까요."

"………"

"누명이라고 생각하면 한도 끝도 없죠. 그것도 다 예정된 시련인 거지 뭐. 사람이 믿음으로만 세상을 살 순 없는 건데. 난 왜 이렇게 철이 늦게 드나 몰라요."

"내가."

선배는 낡은 안경을 벗어 닦고는 한숨을 쉬었다.

"너한테 아직도 미안하구나. 여전히 도움이 못돼서……"

우인은 선배의 눈을 잠시 들여다보았다.

우인이 몇달 전 장기밀매 혐의로 고초를 겪은 건 단순한 착오가 아니었다. 검찰이나 경찰이나 우인의 정체와 그간의 행적에 대해 쉽게 납득하지 못했다. 어렵게 불러온 피기증자들이 그의 기증행위에 대해 증언해주었지만 그것도 꽤 오랜 절차와 시간이 걸렸다. 결국 무혐의로 풀려나는 와중에도 그들은 의심의 눈초리를 완전히 거둔 게 아니었다.

"선생님, 무슨 예수도 아니고…… 너무 그렇게 살진 마십시오. 선생님한테 이식을 받은 사람인지 거부당한 사람인지 하여튼 무슨 앙심을 품고 찔렀는진 모르지만 뭔가 문제가 있었나 보죠. 몸 생각도 하셔야죠. 상식적으로 사세요, 상식적으로."

졸지에 몰상식한 사람이 되어버린 자신에 대해, 우인이 깊이 돌아볼 계기가 된 것은 분명했다. 세상을 보는 눈이 이렇게 확 바뀔 수 있다는 사실에 스스로도 놀랐다.

선배가 은근한 음성으로 말을 덧붙였다.

"우인아, 너 혹시…… 지금이라도 신학공부를 다시 해볼 생각은 없니? 내가 이런 말할 자격은 없지만 한번 잘 생각해봐라. 그거라면 내가 조금이라도 힘이 돼줄 수 있을 것 같은데. 여기가 아니라도, 우리를 필요로 하는 데가 많단다. 내 아는 목사님들도 많이 나가 계시지."

선배는 우인의 두 손을 꼭 맞잡고 흔들고 난 후, 꼭 연락하라고 신신당부를 하고는 사라졌다.

꼭 그것 때문만은 아니지만 우인은 출판사를 정리하고 인생의 한 매듭을 지을 시기라는 걸 깨달았다. 너무나 오래, 한 길만 보고 귀닫고 눈감고 살아왔다는 걸 새삼 느꼈다. 이제 귀가 아주 약간 뚫린 느낌이 들었다.

한편 그 다음날, 지은은 아빠가 구해오라고 한 화집들을 사들고 오는 길에 라운지에 있던 우인과 또 우연찮게 마주쳤다. 그가 지은을 기다린 것인지, 지은이 지름길로 가지 않고 일부러 그쪽으로 돌아간 탓인지, 진실은 아무도 모른다. 하여간 우인은 지은을 보고 웃으면서 다가왔다.

"아버님이 모네도 좋아하시나 보죠?"

"그게…… 전에는 질색을 하시더니 요샌 이런 그림들이 좋으시다네요."

그는 빙그레 웃으며 화집을 돌려주었다.

"어때서요? 조지아 오키프나 모네나 둘 다 꽃의 화가잖아요?"

지은은 그 말에 한참 깔깔대고 웃었다. 공통점이 거의 없는 판

230

이한 두 화가를 두고 이런 말을 하는 건 아는 사람만 아는 조크였다. 그가 이런 싱거운 소리를 하는 경우가 가끔 있었다.

물론 그는 지은의 예상대로 바른생활 사나이였다. 잔재주 안 부리는 사람 특유의 담백한 매력이 있었다. 그러면서도 가끔씩, 커브를 틀게 만드는 뭔가가 있었다. 여태껏 지은이 만나온 남자들은 머리통이 쎌로판지처럼 환하게 비쳐 보였는데 이 사람의 머릿속을 보려면 지도가 필요할 듯했다. 세상을 대하는 그의 방식은 독특해 보였다. 하여간 묘했다.

"그런데 저번에 요 앞에서 잠깐 봤던 그 아가씨는 누구예요? 어려 보이던데. 혹시 전애인?"

지은은 넌지시 질문을 던졌다. 그러나 그가 매우 곤혹스러워하는 표정을 지었기 때문에 아차, 싶었다.

"어머, 실례가 됐나 봐요. 말씀하지 않으셔도 돼요"

"뭐, 썩 실례가 될 일은 아닙니다. 그냥 좀……"

그러면서 우인은 몇달 전의 파혼건에 대해 덤덤하게 얘기하기 시작했다.

세상물정 모르는 듯한 이 아가씨에게 자신의 얘기를 한다는 게 조심스럽기는 했지만 한편으론 마음편하기도 했다. 이상하게도 우인은 지은을 보면 얘기가 하고 싶어졌다. 지은은 어린아이처럼 눈을 반짝반짝거리며 우인의 말을 듣곤 했다. 자신에 대해 백지상태인 사람에게 뭔가를 털어놓는 것이 때론 후련할 때가 있다. 그런데 그것만이 다가 아니었다. 스스로도 정확히 뭐라고 규정할 수는 없지만, 지금까지 알았던 여자들과는 분명히 다른데 그게 왜 마음을 끄는지는 알 수 없었다. 화사한 용모나 그런 것 때문이 아니었다. 신앙심이 깊거나 한결같고 신중한 여자만이 자신과 어울릴 거라고 믿고 살아왔다. 지은은 분명 그런 성격이 아닌 게 확실했다. 어떻게 튈지 알 수 없고, 심각한 성격도 아니고 어설픈 허풍과 치기도 곧잘 보였다. 그런데 자신만의 분명한 기준과 차돌처럼 단단한 강단이 있어 보였다. 상황에 끌려간다기보다 능동적으로 상황을 주도해가는 사람일수록 감당할 수 있는 것과 없는 것을 확실히 표현할 줄 알고 그것이 상대방으로서도 대하기 편하다. 분명히 이 여자는 쓸데없는 자격지심도 적을 거라고 우인은 생각했다.

"그래서 그렇게 됐어요. 생판 남에게 골수를 떼어주거나 하는 게…… 이해하기 힘든 일이죠. 제가 바봅니까? 알죠. 그래도 살면서 점점 받아들일 수 있겠거니, 그럴 여자라 믿었는데 아니었나 봐요. 전 약혼녀가 그렇게 생각이 다른 줄은 짐작도 못했어요. 아, 그때 본 그 아가씨는 바로 처제가 될 뻔한 사람이에요."

이야기를 하고 나서 우인은 약간 후회가 됐다. 자신의 얘기를 듣고 있는 지은의 표정이 점점 굳어지는 것처럼 보였다. 그런데 갑자기 지은이 쿡쿡 웃음을 터뜨리기 시작했다.

"아휴, 죄송해요. 말씀하시는 게 너무 고답적이랄까, 저 대학 다닐 때 교수님 한분이랑 무척 닮았어요. 그런데요…… 그 약혼녀 다시 보고 싶지 않으세요? 이 사람 아니면 안된다, 할 만큼 좋아하지는 않으셨나 봐요. 어때요? 약혼녀가 먼저 판을 깨서 차라리 다행이다, 혹시 그러신 거 아니에요?"

우인은 새삼 지은의 얼굴을 뚫어지게 바라보았다. 이 당돌한 여자는 나를 얼마나 봤다고 이런 소리를 하는 걸까, 그리고 왜 아무도 이런 말을 해주지 않았을까, 하는 생각에 말문이 막히기도 했다.

"정말 그 약혼녀를 사랑하셨다면 뭔가 지금하고는 달랐을 것 같아요. 도대체 왜 그분이랑 결혼하려고 하셨어요?"

우인은 이런 질문 역시 새삼스럽긴 해도 직접 대놓고 받아보긴 처음이었다.

"아까 말했잖아요. 그 페리호에서 다시 만나는 순간, 인연이구나 싶었다고요. 절 보고는 얼굴이 빨개졌고, 어른들이 좋아할 인상인데다가…… 큰어머니가 꼭 그해에 결혼을 해야 한다고 성화셨는데 마침……"

"그러니까 처음부터 결혼할 사람이라고 딱 찍었다는 거네요. 결혼은 해야겠고 하필 그때 눈에 들어왔다, 사귀면서 점점 좋아지고 확신이 든 게 아니다, 그거죠?"

"글쎄, 이 나이가 되면 많이들 그러지 않나요."

"결혼을 전제로 만난다?"

"꼭 그런 건 아니지만……"

"연애를 해본 적이 있긴 하세요?"

"………"

지은은, 이 아저씨 봐라, 알 것 모를 것 다 아는 줄 알았더니 완전 핫바지네. 그렇게 놀리고 싶은 마음도 있었다. 지나치게 순정파인 사람들은 오히려 사랑을 부정하곤 한다. 보통사람은 하기 어려운 선행을 선뜻 베풀 정도로 용기와 소신이 넘치는 사람도 정작 자신의 감정에는 굉장히 인색하게 굴곤 한다. 돈으로 살 수 있는 행복에 만족하는 지은의 주변 사람들과는, 완전히 다른 부류인 것이다.

연애를 주식투자와 같은 선상에서 고찰하는 지은 역시 그 속물들의 세계에서 한치도 벗어난 적이 없다. 바로 그런 점에서 지은은 우인을 보며 적잖이 감동을 느꼈다. 분명 그는 자신은 상상도 못할 많은 갈등과 고민을 반복하며 살아왔을 것이다. 그는 나 같은 속물이 아니다. 그 짐을 남에게 살짝 덜어주면 좋았을 텐데. 물론 그도 그러고 싶었을 것이다.

그러나 그는 늘 상대를 잘못 골랐을 것이다. 이건 생선을 고르거나 과일을 고르는 게 아니란 말이다. 심오한 사람들에겐 이런 맹점들이 있다. 의외의 단순함. 실생활에서의 어처구니없는 빽사리.

"죄송해요, 제가 주제넘게 간섭했나 봐요."

"뭐, 틀린 말은 아니죠."

우인은 허탈하게 웃어 보였다. 보통은 어색한 침묵이 흐르게 마련일 텐데 이상하게 별로 그렇지도 않았다. 사촌누나가 퇴원하고 나면 이 아가씨를 다시 보기 힘들 텐데, 도대체 이다음엔 뭘 어떻게 해야 하는지, 우인은 막막하고 자신이 한심했다. 그녀가 자신을 어떻게 생각하는지 도무지 알 수가 없다. 그런데 이 여자 도대체 몇살쯤 됐지? 스물다섯? 아니, 서른? 우인은 여자 나이 맞히는 데는 젬병이었다. 아니 여자들에 대해 거의 아는 게 없다고 하는 편이 정확할 것이다.

영화 같은 사랑, 상상해본 적도 없다. 자신이 선택한 고독도 변치 않으리라 생각한다. 그런데 어디서 이런 요정 같은 여자가 나타나 정신을 쏙 빼놓고 있다. 도대체 나한테 관심이 있기나 한 걸까. 아니 지금 내가 여기서 뭐 하고 있는 건가……

"저기, 그렇지 않아도 전부터 하나 여쭈어보려고 했었는데…… 미래에셋펀든가? 그런 거 말이죠. 지은씨 회사에도 있겠죠?"

"펀드 넣어보시려고요?"

"네, 남들 다 하던데. 저도 뭘 좀 만들어놔야 안심일 것 같아서요."

지은은 흰 이빨을 드러내며 웃어 보였다. 이가 어쩌면 저렇게 가지런할까, 우인은 생각했다.

"당연히 취급하죠. 원하시는 종류로 알아봐드릴게요."

말하면서도 우인은 스스로가 기가 막혔다. 아니, 이 중요한 순간에 펀드라니, 에라이……

내가 도대체 뭘 해보겠다는 게 말이 안된다. 이 아가씬 나 같은 숙맥이 얼마나 우스워 보일까. 다 늙은 남자가 같잖은 수작을 부린다고 생각할까봐, 우인은 점점 부끄러워졌다. 사춘기 고등학생으로 돌아간 듯한 이런 감정이 낯설어 스스로가 감당이 안되었다.

지은과 우인은 어정쩡하게 인사를 하고 복도중앙에서 헤어졌다. 서로에게 아픈 가족이 있어 마냥 하하호호거리며 감정을 드러낼 수만은 없는 노릇이었다. 지은의 집은 가족 전체가 암과 대치하고 있는 상황이다. 언제 어떤 파국이 닥칠지 모르므로 늘 감정의 대비가 있어야 한다는 걸 우인은 잘 알고 있었다.

『모네의 정원에서』(크리스티나 비외르크 지음)

우인의 사촌누이가 퇴원한 지도 일주일이 넘었다.

앞병실을 지나칠 때마다 지은은 문득문득 멈춰보았다. 아직 그 침대는 비어 있었다.

목소리 큰 누이와 그 어머니, 땅딸한 남편 그리고 우인까지, 새삼 빈자리가 느껴졌다. 본인은 아니라고 극구 부인하지만 우인과 누이는 닮은 데가 많아 보였다. 특히 사물의 핵심을 꿰뚫어보는 눈이랄까, 그런 게 비슷했다. 그녀가 퇴원하는 날, 일층 로비에서 지은은 일부러 아빠의 빈 휠체어를 끌고 나와 얼쩡거렸다. 그리고 그녀와 마주쳤다. 아직도 푸석푸석한 얼굴에 기미가 늘어진 피부, 되는대로 걸친 무신경한 옷차림. 그럼에도 불구하고 환자복을 벗은 그녀는 매우 달라 보였다. 나도 저렇게 나이들 수 있을까, 하는 생각이 잠시 스쳤다. 큰 줄기만 보고서 잘 살아온, 흔치 않은 중년여성의 기품이 엿보였다.

그날 우인과 휴대폰 번호를 교환한 뒤, 조만간 보자는 애매한 인사치레인지 약속인지를 나누고 헤어졌다. 그가 병원 정문을 나가는 광경까지 몰래 지켜보았던 지은은 가슴 한편이 휑해지는 느낌이 들었다. 그가 정말 펀드에 관심이 있는지는 알 수 없었다. 정말 연락을 할지는 더더욱 알 수 없었다. 대뜸 혈액형이 뭐냐고 묻는 그의 정신세계는 정말 알다가도 모르겠다. 다른 사람이 하면 유치하지만 그에게는 뭔가 중요한 이유가 있을 것 같긴 했다. 그는 너무 오래, 그렇게 자신의 세계에서만 살아온 것 같았다. 그걸 지은이 깨고 들어갈 수 있을지 점점 자신이 없어졌다. 선수라고 자부하던 옛날의 오지은이 이젠 아니었다.

게다가 병원이란 여행지와 같아서 그곳에 있을 때는 다들 애틋한 감정을 느끼며 강한 유대감을 느끼지만 거길 떠나면 끝이라는 걸 알고 있었다. 그런 감정을 살뜰히 간직하기엔 지은의 지금 상황도 만만치 않게 꼬여 있었다.

요즘 회사 분위기가 영 좋지 않아 지은은 일찍 퇴근하는 걸 포기하고 일주일 연속으로 철야근무를 해야 했다. 새로 온 상무이사 등 수뇌부가 지방으로 전출시킬 명단을 뽑고 있다고 누군가가 귀띔해주었다. 아주 치사하게 나올 거란 소문이 돌았다.

아빠가 입원한 지 삼개월이 막 넘어가고 있었다.

우인이 서너 번 전화를 하기도 했지만 그저 사무적인 내용이었다. 그는 수익은 거의 없으나 대단히 안정적인 펀드 두 구좌를 개설했고 다른 투자문제로 또 조언을 원했다. 지은은 담당하는 선배를 연결해주겠다고 했지만 그는 그냥 지은에게 맡기고 싶다며 고집부렸다. 그러면서 그는 한번 들러서 커피라도 하자는 얘기를 했다가 바로 다음엔 시간이 좀 애매하다고 한발 물러났고, 지은씨 바쁘실 테니 아무때나 시간 내달라고 또 했다가 바로 뒤엔 너무 폐가 되는 것 같으니 다시 연락드리겠다는 식으로 말하곤 했다. 이 아저씨가 뭘 몰라서 그러는 거야, 사람 갖고 노는 거야…… 지은은 답답했지만 먼저 보자고 싹싹하게 말할 타이밍을 놓치고 나니 같이 버벅댔다. 아버지는 어떠시냐고 꼭꼭 안부를 묻긴 했지만 그외엔 특별히 살갑게 묻는 것도 없었다.

어느날, 새파랗게 젊은 레지던트 한명이 아빠 병실에 불쑥 들어와 오지은씨 계신가요 하고 물었다. 그는 선배에게 부탁받았다며 두툼한 서류봉투 하나를 내밀었다.

그 안엔 우인의 메모 한장과 책 두 권이 들어 있었다.

『조지아 오키프—하늘을 그리는 화가』와 『모네의 정원에서』. 둘 다 외국작가의 책이었다. 슬쩍 넘겨봤더니 아기자기한 줄거리에 모네와 오키프의 그림들이 곳곳에 화려하게 박혀 있었다.

메모에는 지은씨와 아버님이 좋아하실 듯해 보낸다는 글 한줄이 다였다. 혹시 메모가 더 있을까 싶어, 책들을 거꾸로 들고 탈탈 털어보고 뒤집어도 보고 봉투를 뜯어도 봤다. 그러나 그게 전부였다. 진짜 뭐 하자는 거야 이 아저씨…… 하는 소리가 지은의 목구멍까지 튀어나왔다.

"너 뭐 하냐? 그건 뭐고?"

지은은 사실대로 말했다. 요 앞병실에서 알게 된 사람이 출판사를 한다고 했는데 책을 보냈다고 말했다. 그림을 옮겨다준 그 남자란 얘기는 하지 않았지만 아빠는, 아 요 앞에 그 키큰 총각? 하더니 얼른 책을 빼앗아갔다. 다행히 아빠는 그 책들을 흥미로워했다. 특히 모네에 대한 책이 그랬다. 참 인쇄기술이 좋아졌어, 이건 나도 처음 본 그림이야. 참 작가가 대단하구먼……

그리고 며칠 뒤 아빠는 지은에게 뜬금없이 이런 말을 했다.

"난 조지아 저치가 더 뜰 줄 알았단다. 근데 영 잘못 짚었나 보다."

더 나직하게 한마디를 덧붙였다.

"너만 알아라, 집에 저 여자 원본 그림이 하나 있어. 나 죽거든

그거 팔아치워라. 비전이 없을 것 같아."

평소 아빠는 주식이 아니라 미술재테크가 진짜 할 만하다고
말하곤 했다. 삼십년 전 돈가스 한끼 값에 산 코딱지만한 그림 한
점이 몇년 전 수천배로 올랐다며 그 기사를 자랑스럽게 지은에게
보여준 적이 있었다.

"죽긴 누가 죽어요? 아빤 괜히 또 그러셔…… 그리고 누가 저
걸 사겠어요?"

아빠는 아무 대꾸도 하지 않더니 우인이 준 책을 계속 만지작
거리다가 엉뚱한 소리를 했다.

"지은아, 당장은 힘들겠지만 내가 다 나으면…… 여기나 한번
가보자."

"어디요?"

아빠는 『모네의 정원에서』를 흔들어 보였다.

화가 모네가 파리에서 좀 떨어진 지베르니란 작은 마을에 만
들었다는 전용 아뜰리에이며 별장 겸 화원인 '모네의 정원'. 마을
사람들의 원성을 뒤로하고 강줄기를 끌어다 인공연못을 만들 정
도로 그의 집착은 무서웠다고 한다. 그곳에서 모네는 사시사철
온갖 조화로운 색상의 꽃들로 정원을 만들고 다른 한편으론 그의
마스터피스라 할 수련 씨리즈를 거기서 완성했다. 그것들이 인상
파 화가로서 모네를 거장의 대열에 오르게 했다.

"알았어요. 퇴원하면 전시회도 가고 나중에 엄마랑 다같이 가
요."

"흥, 네 엄마는 안돼. 통 안목이 없잖아. 그건 가르쳐줘도 안
돼. 게다가 쪼가리 그림 몇점 전시한 건 안 보는 게 나아. 뻔하지

뭐, 어디서 줘도 안 갖는 것들 몇개 걸어놓고, 애들은 바글바글대고."

　전시회를 가는 건 훨씬 나중으로 미뤄야 했다. 직장으로 암이 전이되고 말았다는 진단을, 바로 며칠 뒤 받았기 때문이다.

　지은은 도무지 실감할 수 없었다. 의사가 이건 수술만 하면 완치될 수 있다며 다행이란 듯 얘기할 때는 그의 면상을 한대 갈겨주고 싶었다. 암치료 중에도 차가버섯, 상황버섯, 상기생, 아가리쿠스, 자연산 더덕 등 몸에 좋다는 온갖 자연식품들은 다 구해 먹었다. 의사들이 하라는 건 다했고 췌장수술도 진작 했으니 더 나아져야 하는 것 아닌가.

　수술 날짜는 바로 잡혔다. 수술을 해봐야 알지만 말기가 아닐 확률이 높다며 수술만 잘되면 팔십 퍼센트 이상 완치된다고 주위에서 얘기했다. 인공항문을 단다거나 하는 흉측한 사태는 피할 수 있어 그것만으로도 감사할 일이라고 오빠들은 말했다.

　문득 지은은 우인이 생각나 전화를 걸었지만 그는 받지 않았다. 오기가 난 지은이 그 다음날도 열 번쯤 걸어보았지만 마찬가지였다. 책 잘 받았다는 문자 몇줄 보내고 한번도 연락을 안했으니 어쩌면 그도 서운했을지 모른다. 하지만 도저히 짬이 안 났다. 한창 바쁠 때 회사로 연락이 왔지만 고객들의 밀려드는 문의전화를 받아야 하는 통에 제대로 몇마디 말도 못하고 끊어야 했다. 밤에라도 연락을 했어야 하는데, 화장도 지우지 못하고 쓰러져 잠드느라 그러질 못했다. 미국증시의 영향으로 급작스럽게 주가가 요동치던 시점이라 더욱 그랬다. 휴대폰에도 서너 번 그의 전화

번호가 부재중으로 찍혔지만 그냥 지나쳐야 했다.

지은은 문득 사람이 힘들면 종교에 귀의하는 이유를 알 것 같았다. 수시로 병실을 나와 자연스럽게 그와 마주쳤던 날들이 기억났다. 그때로 돌아가고 싶었다. 다시는 그런 감정으로, 그런 사람을 만날 수 없을 것 같았다.

워크아웃

똘스또이가 그랬다고 했나.

행복한 가정의 모습은 한가지지만 불행한 가정의 모습은 각각 수천가지라고.

지은은 자신이 동화 속 주인공이라고 여길 정도로 미욱하지도 않지만 비극의 히로인이 될 이유도 전혀 없다고 생각했다. 지은은 늘 일을 똑부러지게 한다는 평판을 들었고 때론 적당히 동료애를 발휘했고 한번도 유치하게 능력을 과시한 적이 없었다.

그래서 부장이 그날 지은을 불렀을 때, 그렇게 긴장하지도 않았다. 다만 옆자리의 김대리가 뭘 물어도 건성으로 대답하고 아침부터 담배들을 피우러 나갔는지 빈자리가 유독 많은 게 이상한 정도였다. 지은의 직속상관인 과장은 어제부터 외근을 나가 있었다.

수뇌부의 물갈이가 있은 뒤부터 사내에는 늘 이상기류가 떠다녔기에 지은은 어느정도 그 분위기에 만성이 되어 있었다. 아빠 일로 업무를 소홀히했다고는 생각해본 적이 없었다. 밤마다 술과

티를 벌이며 브리핑 하나 준비 못하는 동료들도 즐비한데 말이다.

부장은 조용히 운을 떼었다. 그가 한숨을 길게 쉬며 이야기를 시작하자 지은은 자신을 부른 이유를 본능적으로 알아챘다.

"아버님 얘기, 들어서 잘 알고 있어. 이런 판국에 얘길 꺼내는 나도 힘들구먼."

십분 뒤 지은은 그 방문을 닫고 자리로 돌아왔다. 몇년 동안 한식구처럼 지낸 동료들이 모두 그녀의 눈을 피했다. 시간이 십분 이십분 정도 흐르자 몇명이 다가와 그녀가 짐 싸는 걸 도왔다.

지은은 남자처럼 일하고 그렇게 똑같은 자세로 행동하면 역시 똑같이 대우받으리라 믿었다. 그런데 아니었다. 훨씬 더 노력하고 훨씬 더 특출나지 않으면 안되는 것이다. 결론적으로 지은은 당시 돌아가는 판을 '꿰뚫어보는 눈'이 부족했던 것이다. 남자들의 술자리를 과소평가한 것도 지은은 인정한다.

다시 말해 지은은 자신이 우량주라고 굳건히 믿었다. 당연히 시가도 높게 책정했다. 그렇다면 지금은? 당연히 별볼일없다. 은행원보다 조금 나은 전문직이라며 간신히 턱걸이하고 살았건만 그 메리트도 이젠 떨어져나갔다. 나이는 어느덧 서른을 코앞에 두고 있고 그토록 탱탱하던 피부는 한번 쓴 랩처럼 후줄근하다. 미용실의 밝은 조명 아래에선 거울을 보기 싫을 정도다. 게다가 지은의 든든한 보장자산인 아빠는 암으로 누워 있다. 지은의 몸값이 상한가를 치던 시절, 재빨리 최고가에 매도했어야 했다.

지은의 미래가치는…… 불투명하다. 잘쳐봐야 철지난 옐로칩 중 하나이기에 이 시장에서 얼쩡거리는 한 그것도 계속 하락할 것이다. 이 모든 게 냉정하지만 사실이었다.

엇갈림

지은은 사직하고 바로 며칠 동안 계속 우인의 휴대폰 번호를 눌러보았다.

이번엔 아예 전원이 꺼져 있었다. 그와의 인연은 여기까지인 가, 생각하다 집과 회사 전화번호가 적혀 있던 그의 명함이 떠올 랐다. 그러나 급하게 짐을 챙기면서 회사 서랍에 두고 나온 걸 깨 달았다. 다시 가기는 죽어도 싫다.

성차별로 노동부에 고소할까, 노무사를 만나볼까, 두서없이 생각하다가 지은은 한번 더 그에게 전화를 걸었다. 이럴 때 정말 그의 목소리를 들어보고 싶은데. 아무 말이라도 듣고 싶은데……

역시 신호가 가지 않았다.

교우들과 하계 아프리카 봉사활동을 떠나기 전, 우인은 지은 을 꼭 보고 싶었다. 그전에도 몇번 걸었고 비행기 떠나기 직전까 지도 지은에게 전화를 걸었지만 그녀는 받지 않았다. 문자를 보 내볼까 하다가, 그건 익숙하지도 않고 너무 애들 같아 관두었다. 어차피 열흘이면 돌아올 일정이었다.

그러나 도착 후 일주일이 지나면서부터, 일행 중 말라리아 환 자가 생겨난 것은 전혀 예상 못한 일이었다. 머리카락이 빠질 정 도로 독한 말라리아 예방약을 모두 챙겨먹었지만 지역마다 다른 말라리아모기들이 있어서 그 약들이 소용없을 줄은 몰랐다. 끙끙 대며 앓아누운 사람들을 간호하고 있던 우인은 어느날, 자신도 몸이 좀 이상하다는 걸 깨달았다. 그 뜨거운 날씨에도 오한이 나으슬으슬 몸이 떨려왔고 곧이어 정신없이 구역질이 나왔다. 그리고는 사십도가 넘는 펄펄 끓는 고열이 떨어지지 않았다. 그런 식의 반복이 며칠 지나고 나니 아무것도 입에 댈 수가 없었다. 말라이아약과 영양제, 수액을 번갈아 먹거나 맞는 것 말고는 아무 치료방법도 없다고 현지의사는 말했다. 나중엔 눈을 뜨고 감는 것조차 힘들었다.

김선배가 연락해준 한국인목사가 달려왔을 때, 우인은 사실상 포기한 상태였다. 신의 소명을 다했다고 이제 부르시는구나, 인정하고 싶었다. 나이로비에 있는 큰 병원으로 옮길 거라며 헬기가 왔지만 일어나기도 힘든데 저걸 어떻게 탈 수 있을지 의문이었다.

"미스터 정, 힘내요. 주님이 함께하실 겁니다. 걱정 마요."

좁고 어지러운 헬기 안에서 우인은 초록색 양탄자처럼 싱싱한 쎄렝게티 평원을 굽어보았다. 가도 가도 끝없을 것 같은 들판에 드문드문한 황톳길이 동맥혈처럼 그어져 있었다. 정신을 잃어가는 우인의 눈앞에 그 핏줄들이 점점 굵어져 넘실거리기 시작했다.

그 핏줄기를 가르고 그 속에서 몇사람이 뚜벅뚜벅 앞으로 걸어나왔다. "당신이 준 것, 필요없어, 어서 가져가……" 검은 안경테의 남자가 앞에서 이렇게 소리쳤다. 그가 손에 든 메스로 자기 가슴 한복판을 쭈욱, 그어내리자 검붉은 피가 분수처럼 솟아올랐다. 분출하는 핏물이 점점 녹색평원을 뒤덮었다. 우인은 곧 눈을 감아버렸다. 비린 피냄새가 밀려왔다.

우인이 깨어났을 때는 희미한 소독약 냄새가 풍겨오는 하얀 병실이었다.

악몽은 다시 나타나지 않았다. 차츰 열도 내렸다. 어차피 무덤까지 가져가야 할 자신의 어두운 원죄들. 그 자체가 악몽이라는 걸 우인은 알고 있었다. 덜지 못하고 지고 살아야 할 짐이라면, 이럴 바엔 아예 떳떳하게 신의 종으로 살아야겠다는 생각이 누워 있던 어느 순간 떠올랐다. 괜히 이런 시련을 주신 게 아니었구나 싶었다.

눈에 익은 교우들과 선교사들, 한국인 목사의 얼굴들이 차츰 보이기 시작했고 그 많은 얼굴들 속에서 문득 다른 얼굴 하나가 떠올랐다. 지구 반대편에서 죽다 살아났는데, 그 많은 사람들 중에 왜 하필 그 여자가 보고 싶은지 우인 스스로도 의아했다.

그 여자는 지금 뭘 하고 있을까.

휠체어를 타고 인천공항에 내리자마자, 우인은 또 전화를 걸어보았다. 같은 휴대폰 번호로 걸었건만 그 몇주 사이 번호가 바뀌었다며 귀가 어두운 노인네가 신경질을 부렸다. 바뀐 번호를 알려달라고 통신사에 사정해봤지만 본인이 번호전환 써비스를 거절했기에 그럴 수 없다고 했다.

더이상 말라리아가 아니라는 혈액검사 결과를 확인한 바로 그날, 우인은 그녀의 회사에 직접 찾아가기로 마음먹었다. 자신을 그렇게까지 피할 이유가 있는지 듣고 싶었다. 전처럼 화가 나거나 그러진 않았다. 오히려 덤덤했다.

그는 사무실 앞에서 오지은씨를 찾는다고 했지만 안내하는 직원은 잠시 후 그런 사람이 없다고 대꾸했다. 황당해하는 우인 앞에, 슬그머니 남자 직원 한명이 다가오더니, 오지은씨 찾으신다고요? 하며 말을 붙였다.

지은씨 아버님께서 이번에 직장암 수술 새로 받으셨다고 들었어요. 네, 이번 수술도 잘됐다고는 하던데요. 퇴원해서 자연요법으로 치료받는다고…… 양평인가? 그쪽에서 요양할 거라고 하던데. 집전화도 안되던가요? 대치동 집을 팔고 갔나, 저도 자세히는 잘 몰라요. 뭐, 지은씨가 총대 멘 거죠. 다른 직원들은 다 처자식 있으니. 지은씨, 보기보다 의리 같은 게 있어요. 안 나가고 버텨도 되는데. 참 먹고사는 게 뭔지.

우인은 생각했다.

도대체, 어디로 가면 그녀를 볼 수 있을까.

지은은 초조했다.

주식으로 치면 하한가를 열두 번쯤 치고 바닥까지 내려온 느낌이었다. 몸이 좋지 않아 그냥 감기려니 했는데 그 증상이 희한했다. 화장실을 갈 때마다 아랫도리가 뻐근하고 따끔따끔했다.

처음 가보는 것도 아닌데 한낮에 산부인과 문을 열고 들어가자니 기분이 묘했다. 그런데 복덕방 아저씨 같은 나이 지긋한 의사는 그냥 자궁염이라고 간단히 말해주었다. 급성방광염으로 발전될 조짐도 있으니 항생제 먹고 쉬면 된단다. 그게 끝이었다.

한창 연애질하던 시절에도 멀쩡했는데 남자 만나지 않은 지 일년도 넘은 지금 왜 아랫도리에 탈이 났는지 지은은 헛웃음이 나왔다. 인생이란 마치, 술취한 낯선 남자와도 같은 것이다. 언제 갑자기 자신의 멱살을 잡을지 모르는 것. 그런 봉변을 대체 어떻게 막을 수 있나.

지금이 바닥이라면 이제 올라갈 일만 남았다. 물론 찔금찔금 감질나게 올라갈 것이다. 막장, 그래 지금이 막장이야, 그렇게 마음먹으니 차라리 마음이 편했다. 주식을 보면 모든 걸 알 수 있다.

자궁은 아름다운 꽃이다

퇴원을 하면 공기 좋은 곳에서 느긋하게 쉬어야 한다는 데 부부의 생각이 오랜만에 일치했다. 결국 지은의 이모가 살고 있는 양평 쪽을 알아본 끝에, 전망좋고 강줄기 바로 앞에 자리한 집 한 채를 전세로 얻었다. 사는 곳이 삶의 모습을 바꾼다는 걸 실감할 수 있었다. 서울의 답답한 콘크리트 아파트와 병원을 어떻게 참았나 할 정도였다.

암환자가 갑자기 확 좋아질 순 없었다. 그것은 욕심이 아니라 기적이다. 아무 일 없이 오년만 잘 버티면 완치라고 사람들은 말했다. 아빠의 얼굴에는 벌써부터 화색이 돌기 시작했다. 아프기 전처럼, 인상파와 초현실주의와 모더니즘에 대해 지은을 붙잡고 얘기하기 시작했다. 병원으로 통원치료 받는 걸 나들이처럼 여기며 그 껄끄러운 현미밥도 잘 소화하고 운동도 부지런히 했다. 지은은 대치동에서 양평까지 반찬이며 약이며 책이며 자질구레한 가재도구들을 수시로 실어날랐다. 경동시장으로 교보문고로 왔다갔다 정신이 없었다.

"내가 안 잘렸으면 누가 이걸 다해? 하나 있는 딸자식을 너무 부려먹는 거 아뉴? 내가 무슨 이삿짐센터야?"

지은이 툴툴거렸지만 아빠는 예전처럼 짜증내지도 않고 큭큭거리며 웃었다. 항암치료로 머리숱이 다 빠진 아빠는 아이처럼 노란 비니를 쓰고 있었다. 마치 잘 익은 군밤 같았다.

"그런데…… 그때 그 사람은 뭐 하냐?"

지은은 알고도 시치미를 떼었다.

"누구?"

"책 갖다준 총각, 요새 뭐 하냐?"

"몰라요. 내가 그걸 어떻게 알아?"

"근데 왜 아비한테 성을 내나?"

"아, 몰라 몰라."

지은은 회사를 나온 직후 가장 먼저 휴대폰 번호를 바꿔버렸다. 뭘 그렇게까지 하느냐고 다들 말렸지만 그렇게라도 해야 성이 풀릴 것 같았다. 동정은 질색이다. 이 바닥이 얼마나 좁은데. 어쩐 일이냐며 전화하는 꼴들이라니. 속으로는, 그렇게 잘난 척하더니 너도 별수없구나, 하면서 말로만 위하는 척, 정말 사절이다. K는 이런 얘길 전해주었다. 너 지금 과민해서 그래. 너 그렇게 인심잃은 적 없어. 다들 제소해보라고 하더라. 이런 건 여자들끼리 도와야지. 그리고 그 정도도 안하고 사회생활 접을 거야?

지은은 얼마 전에도 우인에게 한번 전화를 해보았다. 자신의 번호가 바뀌었으니 그쪽에서 하고 싶어도 방법이 없을 것이다.

이번에는 신호가 갔다. 그런데 아주 젊은 여자의 목소리가 들려왔다. "저 사장님은……"까지 듣고 지은은 전화를 끊어버렸다.

여자 목소리만 안 들렸어도 바꿔달라 했을 텐데, 내가 왜 이럴까, 안되는 인연인가 보다 싶어 이불을 뒤집어쓰고 누워버렸다.

사실 이 꼴로 누굴 만날 기분은 들지 않았다. 그냥 그의 얼굴을 한번 봤으면 하는 생각이 자꾸 들었을 뿐이다. 얼굴만 봐도 힘이 나는 사람이라니. 내가 이런 소녀 같은 생각을 다하다니, 하며 지은은 휴대폰 배터리를 빼놓았다. 사람들과 되도록 떨어져 있는 이 상태도 그렇게 나쁘진 않았다.

지은은 이날도 산부인과에 갔다 돌아왔다. 그리고 구두를 벗으며 현관 옆 거실 구석에 놓인 그림을 흘긋 쳐다보았다.

검은 붓꽃.

아빠는 퇴원하면서 서울 집에 이걸 그냥 놓고 가버렸다. 아빠가 엄마 몰래 숨겨놓은 그림들이 너무 많아 양평 집까지 다 가져갈 수가 없었다. 그 그림들 때문에 엄마 아빠는 황혼이혼 직전까지 갈 뻔했다.

그런데 언제부터인지 지은의 눈에 그 그림이 자꾸 눈에 들어오기 시작했다.

엄마 아빠도 없는 빈집이 쓸쓸해서인지 아니면 지은의 마음이 유독 허해서인지, 그것도 아니면 그냥 자주 봐서인지, 하여튼 조금은 쓸 만해 보였다. 나도 옛날엔 저 정도는 그렸는데 다시 한번 해볼까? 이런 생각도 들고 혼자 빵쪼가릴 씹으며 심심하면 가끔 말도 걸었다. 참 어쩌다 너도 이런 신세가 됐니? 아빠가 그렇게 좋아했는데.

지금도 아 그림 좋다, 이건 아니지만 이걸 그린 그 여류화가는 뭔가 인생을 아는 사람 같다는 생각이 들었다. 심연까지 닿아본 사람만이 공감할 수 있는 그 막막함, 그걸 겪지 않았으면 저런 카리스마가 나올 수 없었겠지.

산부인과에서 처방해준 약을 한움큼 털어넣으면서 문득 그 그림을 쳐다보는데 왜 이 그림이 보들보들한 느낌이 아니라 항상 꺼끌꺼끌한 느낌이었는지, 지은은 그 순간 깨달았다. 검은 색상과 대비, 두 개로 갈라진 그로테스크한 꽃잎, 가운데 오묘하게 갈라진 빈틈. 이 모양들은 조금 전 병원의 초음파 모니터에서 본 것과 흡사했다. 즉 여자의 살아 있는 자궁이었다.

이걸 왜 몰랐을까, 아는 만큼 보이는 걸까, 하며 지은은 약봉지를 손에 그대로 든 채 그림 앞으로 바싹 다가가 자세히 살펴보았다. 혹시 이것도 나처럼 상태가 좋지 않은 건가. 좋은 그림은 보면 볼수록 다르게 보인다는 말을 다시 생각했다. 꿈틀거리는 듯한 그림을 보며 그럼, 자궁이 얼마나 중요한데, 하고 지은은 자신도 모르게 중얼거렸다.

그림이 줄 수 있는 위안이란 게 새삼스러워, 마치 동료애를 느낀 듯한 묘한 기분에 지은은 계속 우두커니 앉아 바라보았다.

모네 展(2007. 6~2007. 9)

딸자식이 집에서 놀고 있어도 지은의 부모는 크게 신경쓰지 않는 듯했다.

딱 한번, 아빠가 밥상 앞에서 이런 말은 한 적이 있다.

"원래 앙리 마띠스가 말이야. 그래, 화가 마띠스…… 법대생이었거든. 그런데 어느날 갑자기 맹장이 터져서 병원에 입원을 했더래. 그게 스무살인가? 뭐 그럴 거야. 그런데 병원이 너무 지겨워서 죽겠는 거야. 내가 그 심정을 알지. 그래서 그냥 끼적끼적 아무데나 그림을 그리기 시작했대. 그런데…… 해보니 이게 정말 재미있는 거야. 자기한테 그런 재능이 있는 줄은 꿈에도 몰랐거든. 그래서 결국 오늘날의 화가 마띠스가 탄생한 거다, 그런 얘기지. 자, 얘기 끝, 이제 밥 먹자."

엄마는 어느날 통장 하나를 지은에게 쓱 내밀었다. 옛다, 네거다, 하면서.

"이게 뭐유?"

"네가 옛날에 사라고 했던 거, 꽤 올랐더라. 빼든 말든 너 알아서 해."

"무슨 소리야? 내가 뭘 도대체 언제?"

전말은 이러했다. 지은이 처음 취직했을 때 엄마의 친구들이 대박날 주식 좀 알려달라고 한참 지은을 못살게 군 적이 있었다. 그때 지은이 몇종목을 추천했고 지금은 그게 뭐였는지 잘 기억도 나지 않았다. 엄마는 지은이 생활비로 내놓은 돈 일부로 코스닥 IT 종목 하나를 차곡차곡 사모았다고 했다. 그걸 고른 이유는 당시 가장 쌌기 때문이란다. 그게 처음보다 시세가 네다섯 배가 된 것이다.

"뭘 하든 돈 필요할 거 아냐? 뭐 안 쓰겠다면 말고……"

지은은 엄마를 꼭 안아주는 걸로 보답했다. 다 큰 애가 징그럽다고 엄마는 뿌리쳤지만.

오래간만에 시립미술관에 오니 지은은 기분이 묘했다.

일단 평일인데도 사람이 많아 옛 정취가 고스란히 느껴지지가 않았다. 한국에서 모네가 이렇게 인기인 줄은 몰랐다.

사실 K가 공짜표를 주지 않았다면 올 생각이 없었다. K는 표를 전해주며 어떤 소문도 은밀히 전해주었다. 지은은 소문일 뿐이겠지,라고 일축하긴 했지만 마음이 편치 않았다.

여기, 피카소의 「청색시대」 앞에서 처음 만난 남자가 있었다. 지금은 그가 사고인지 병인지로 식물인간이 되었다고도 하고 정신병원에 있다고도 한다. 겨우 일년 반 전, 여기 서서 자신에게 피카소의 미술세계를 자신만만하게 말했던 그, 이진호는, 그리고 자신은 이런 미래를 과연 상상이나 했을까. 우리는 도대체 인생 앞에서 얼마나 겸손해야 하는 걸까.

지은은 이층의 「물 위의 풍경 ─ 수련」 쎅션을 지나 천천히 옆으로 이동해갔다. 모네의 가족들 초상화가 있는 방이다. 삼층에 있는 하이라이트 「지베르니의 정원」 쪽으로 사람들이 우르르 몰려가고 난 뒤라 한가하기까지 했다. 거기선 프랑스에서 찍어온 슬라이드도 감상할 수 있다고 사람들이 조근조근 말하는 소리가 들렸다.

모네는 자식들도 많네, 하며 조용한 방 한가운데에서 그림을 감상하고 있던 지은은 인기척을 느꼈다. 뒤에서 낯익은 음성이 들려왔다.

"그림 좋죠?"

"네."

"모네는 말년에 백내장을 앓았대요. 그래서 이런 뿌연 색감이 나온 거죠."

"그렇군요."

지은은 서서히 몸을 돌렸다. 키큰 남자 한명이 비스듬히 서서 그녀를 바라보고 있었다. 표정만 봐선 속을 알 수가 없다.

"오랜만이에요."

"제가 여기 있는 걸 어떻게 아셨어요?"

"뭐 간단해요. 전의 병원에서 간호사들하고 원무과 직원들 며칠씩 따라다니면서 물어보고요, 대치동 집으로 수십번 걸었다가 다시 아버님 휴대폰으로 몇번 걸고, 오늘은 친구분께 걸어서 사정사정해서 알아냈죠. 아, 중간에 어머님하고도 한번 통화했네요."

"저, 그동안 일이 많았어요."

"저도 그래요."

"회사에서 잘렸어요."

"전 아프리카 갔다가 못 올 뻔했어요."

"저 많이 아팠어요, 병원 다니고."

"전 말라리아 걸려서 죽을 뻔했어요."

"전화했는데 안 받으시던데요."

"회사 갔더니 안 계시던데요."

"………"

"………"

지은은 결국 웃음을 터뜨리고 말았다. 말라리아? 그게 뭐예요? 요즘도 그런 게 있어요? …… 참, 세상을 이렇게 몰라요, 근데 나 살아 돌아왔는데 안 반가워요?

우인은 그새 이 자그마한 여자의 인상이 변해서 약간 충격을 받았다. 철없는 소녀 같던 치기가 싹 사라져 있었다. 얼굴 근육 사이사이에는 언뜻 시름들이 엿보였다. 그새 뭘 얼마나 부대꼈기에. 안쓰러운 심정이 들었다. 사실 우인은 이제껏 한번도, 인생을 부정할 만큼 대단한 사랑은 기대하지 않고 살아왔다. 다만 운이 좋다면 덜 외로운 연애는 가능할지 모른다고 생각했다. 조금 더 운이 좋다면 이 여자를 다시 볼 수 있을 거라 생각했다. 그래서 여기, 이렇게 온 것이다. 이제는 놓치고 싶지 않았다.

지은이 바짝 다가와 그를 향해 고개를 치켜들었다. 다행히 요정 같은 당돌함은 그대로였다.

"전요, 종교 안 믿어요, 아시죠? 그리고 장기기증 같은 건 절대 못해요."

"괜찮아요."

"그리고…… 저 다시 공부할지 몰라요. 그림이 막 말을 걸더라고요. 마띠스도 스무살 때 그림을 시작했대요."

"지은씬 스무살 아니잖아요. 친구분 말씀으론 넉 달 뒤면 서른이라는데……"

"하여간…… 저, 뭘 할지 몰라요."

"기다리죠."

"………"

"혹시 목사가 되고 싶은 남자랑 연애할 맘 있어요?"

"뭐 상관없어요."

"………"

"………"

"근데 왜 아버님은 같이 안 오셨어요? 모네 좋아하신다면서?"

"말도 마세요, 좀 있다 비행기표 끊어서 진짜 모네의 정원에 가볼 거래요. 캠코더 싸들고."

"그래요? 잘됐네. 저도 같이 가면 되겠네요."

"흥, 누가 같이 가재요."

어색하지만 괜찮다. 너무 들뜨지 말자. 지금 바닥을 치고 겨우 올라가고 있을 뿐이다.

지은이 그렇게 심호흡을 한번 하고 마음을 다잡고 있을 때, 우인이 등을 툭 쳤다. 왜 이렇게 말랐어요, 가슴아프게. 좀 먹고 삽시다, 저기 가서 커피나 한잔하죠, 하고 그는 성큼성큼 앞장서 미술관 내 커피숍을 향해 갔다.

지은은 너무 커 구부정한 그의 등을 쳐다보며 뒤를 따라갔다. 마르기는 자기가 더 말랐으면서…… 갈비뼈가 튀어나올 것 같은데…… 그가 회복하자마자 자신을 찾아왔다는 건, 듣지 않아도 알 수 있었다. 지은은 약간 목이 메어왔지만 아무렇지도 않은 듯 더 빳빳이 고개를 치켜들었다.

고풍스런 미술관의 창문들, 위아래로 길쭉한 아르데꼬풍의 창문에서 유난히 강한 오렌지빛 햇볕이 내리쬐고 있었다. 지은은 그 빛을 혼자 온몸으로 받는 듯한 기분을 느끼며 천천히 걸었다. 이 미술관에 드나든 지 벌써 수십번이지만 이런 느낌을 받아본 적은 아직 없었다. 그저 많은 그림이 빽빽이 걸려 있고 시간에 쫓겨 종종거리며 돌아다녔던 넓고 휑한 공간, 그 이상도 이하도 아니었던 이 미술관이 마치 어릴 때 살았던 동네처럼 익숙하게, 또 아늑하게 느껴지고 있었다. 저 커피숍에서도 지은은 얼마나 많은 친구들과 또 남자들과 커피를 마시고 인생을 논했나. 그들 중 지금 자신에게 남아 있는 사람들은 과연 몇명이나 될까.

미리 창가 자리에 서 있던 우인이 기다란 팔을 들어 보였다. 주위에 앉은 다른 사람들이 유난히 난쟁이처럼 작아 보인다. 그를 천천히 알아갈 기회가 다시 생겨서 다행이라고, 나는 아직 운이 좋은 편이라는 걸 되뇌면서, 여기까지다, 더 재지 말자, 현실에 충실하자, 생각하며 지은은 그에게로 다가갔다. 이곳의 햇빛이 이렇게 좋은 줄 왜 몰랐을까, 다시금 감사히 생각하면서.

미술관 폐관 시간이 다가오고 있지만 어떤 사람들은 상관하지 않았다.

경비원이 문 닫을 시간이라고 큰 소리로 알리고 다녔지만 서로의 눈을 바라보느라 듣지 못하는 사람들도 있었다.

전시회는 아직도 끝나지 않았다.

21세기형 교환구조에 관한 문화생태학적 보고서
연애(/결혼) 전략과 실전사례 분석

소영현

1. 타인을 위한, 타인에 의한 결핍

김윤영 소설에서 내러티브의 발생과 종결의 긴 스펙트럼을 운용하는 중요한 힘이 있다면, 그것은 타인의 시선이다. '그린 핑거'라는 찬사에도 자신의 정원에서 결코 채워지지 않는 결핍을 발견하는 「그린 핑거」의 그녀 '써니(순희)'나, 가짜 임신과 출산을 통해서나 채워질 수 있는 치유 불가능한 결함을 발견하는 「전망 좋은 집」의 그녀 '혜령'이 보여주듯, 그 치명적 결함은 본래 그녀들의 것이 아니다. 때로는 선천성 장애로 인한 심리적 결함이 있고 때로는 아이와 가정을 잃고 거짓 일상을 살고 있더라도, 그녀들의 자각에 의해 감지되는 치명적 결함은 타인의 시선이 만들고 키운 것이자 그녀들을 삼켜버린 어떤 것이라고 해야 한다.

모성과 연애(/결혼)에 대한 새로운 접근법을 담고 있는 김윤영의 소설세계는 숨겨지고 지워져 왜곡된 작은 이야기의 발견과 함께 문학 범주를 재규정하게 했던 여성문학이 결과적으로 내밀한 사생활의 공간으로 한정될 수밖에 없었던 불가피함에 대한 차가운 인식을 담고 있다. 공적/사적 영역이라는 분리법의 강고한 환원논리에 빠져들지 않는 '다른' 길의 발견에 곤란해졌던 것은 비단 문학만이 아니며 여성문학만의 일은 더더욱 아니다. 하지만 김윤영 소설은 '타자'의 발견이 타자'들'의 발견이나 '개별주체들'의 변전으로 나아가는 것보다 중요한 이유가 타자를 배제하는 환경 자체에 대한 시선 변경이며 쉽사리 변하지 않는 현실논리와 함께 살아가야 하는 타자의 처절한 생존술임을 말하고자 한다.

김윤영 소설이 여성문학 이후의 지도를 그릴 수 있게 한다면, 작가의 소설세계가 내밀한 사생활의 공간에 갇히기를 거부하는 인물들의 입체적 동선 속에 마련되기 때문일 것이다. 김윤영의 인물들은 90년대 여성문학의 유의미한 결과물 가운데 가장 먼저 이 문제의 진화(進化)에 대한 고민을 보여준다. 김윤영의 그녀들은 감정이라는 이름의 내밀한 사적 세계에 스스로를 가두는 대신, 타인의 시선을 내면화하면서 불가능하거나 실패로 끝나고 말지도 모를 여성의 사회화와 감정의 객관화를 시도한다. 소설에서 '그녀들'의 '감정'은 끊임없이 객관화되어 조율되고 재규정된다. 그녀들의 깜찍하고 용의주도한 선택과 실천의 끝이 어디인가에 대한 평가를 잠시 미뤄둔다면, 김윤영의 소설세계는 여성문학 이후의 여성문학이 선택할 수 있는 흥미로운 여러 갈래의 길 가운데 하나를 제시하고 있다고 해야 한다.

직사광선 아래 노출된 내밀함의 불투명한 진로를 더듬고, 타인의 시선이 만들어낸 길을 따라 '보이는' 자아만으로 자신을 구성하는/하고자 하는 그녀들을 통과하면서, 김윤영 소설은 역설적으로 타자의 시선 자체를 문제삼는다. 개개인의 욕망의 향배를 넘어 사회적으로 구조화되고 있는 자본주의적 욕망의 교환구조를 투시하면서, 그렇게 여성문학 이후 여성문학의 진로에 대한 고민을 경쾌한 이야기 속에 담아내고 있는 것이다.

2. 마법의 시간 뒤에 남은 것, 연애의 경제학

연애에 관해 먼저 말하자면, 김윤영의 인물들은 결코 연애를 하지 않는다. 사실관계를 따져보더라도, 대개 그들은 사적이고 내밀한 감정을 나누지 않으며 오히려 합리적인 소비를 위한 사전조사 혹은 철저한 계산에 의한 경제활동을 하고자 한다. 아무도 사랑을 믿지 않으며 누구도 동화 같은 행복을 꿈꾸지 않는다. 그럼에도 분명 김윤영 소설은 연애에 관한, 연애를 위한 실전사례 분석이자 문화생태학적 보고서이다.

한편에는 사랑이라는 마법의 시간이 지난 뒤의 일상에 대한 이야기가 있으며(「그린 핑거」「전망 좋은 집」), 다른 한편에는 마법의 시간을 믿지 않으며 결혼을 계약으로 여기는 남녀의 엇갈린 만남에 관한 이야기가 있다(「블루오션 연애학」「너무 고결한 당신」「Heartbreaking Love」「초콜릿」「모네의 정원으로」). 계층별, 지역별, 교육수준과 직업적 차이를 통해 소설의 주요인물들은 결혼이라는 제도와 낭만적 사랑의 의미와 효력을 둘러싼 다양한 접근법과 선택지를 보여주면서 긴밀하거나 느슨한 형태로 서로 의존해야 하는 퍼즐처럼 맞물린 채 우리의 일상을 입체적으로 재구축한다.

남편은 자기 일에 만족해했고 나도 한가롭게 홈스테이를 하며 사는 이 생활에 만족한다. 우린 둘다 건강하고 우리 부부에겐 정말 아무 문제가 없다. 심지어 삼십 평생 불만이던 내 얼굴에조차 요새는 별 불만을 못 느끼며 살고 있다.(「그린 핑거」 9쪽)

"난 정말 못 견디겠어. 네 얼굴은 멀쩡해. 비뚤어진 건 얼굴이 아니고 네 마음이야. 난 점점 네가 무서워. 처음 만났을 땐 이렇지 않았어. 이런 성격일 줄은 정말 상상도 못했어."(「그린 핑거」 31쪽)

여느 연애가 파경을 맞이하듯이, 「그린 핑거」의 '써니' 부부의 만족스러운 삶이 뿌리째 흔들리게 되기까지는 그리 많은 시간이 걸리지 않았다. 물론 선천적 기형 때문에 남편이 아이를 꺼린다는 사실을 '써니'가 알아챈 후 그들 사이에 생겨난 뭔지 모를 껄끄러움이 변화의 계기가 되었던 것도 사실이다. 그러나 보다 근본에서, 결정적인 '뭔가'가 부족한 관계가 되어버린 것은 서로에게 수줍어하며 마냥 즐거웠고 서로의 어떤 결함도 극복할 수 있었던 순간들, 그 허약한 마법의 시간이 그들에게서 떠나버렸기 때문이다. 자신이 가진 것을 누군가와 나누지 않으면 부끄러울 뿐 아니라 심지어 고통스럽기까지 한, 그저 베풀 줄밖에 모르는 이상주의자 청년이 순식간에 상식적으로 이해되지 않는 이상성격자이자 강박증환자로 받아들여지는 것도 정말 행복했던 "보석 같은 순간"이 "식어버린 국냄비"처럼(「너무 고결한 당신」 28쪽) 변해 버린 탓이다.

그런 순간과 변화에 대한 차가운 인식은 김윤영 소설에서 낭만적이고 열정적인 연애에 대한 거부의 제스처로 드러난다. 바로 여기서 김윤영의 '내게 아주 특별한 연인' 연작이 시작한다는 점이 흥미로운 이유가 그래서이다. 낭만적 연애를 거부하는 자리, 어떤 갈등도 무화시킬 수 있는 마법의 시간에 대한 희망을 버리는 자리, 이곳에서 김윤영의 인물들은 연애 아닌 연애를 시작하며 연애에 대한 과감한 개념전환을 요청한다. 인정하기 싫지만 누구나 알고 있는 사실들, 더이상 연애와 결혼은 언어로 포착되지 않는 감정의 내밀한 교감과 그 결과물이 아니라 소비전략이자 교환구조이며 시장감각과 균형감각에 입각해서 신중에 신중을 기해야 할 경제활동에 가깝다는 사실을, 작가 김윤영은 낭만적 연애에 대한 거부의 제스처를 통해 분명하게 선언하고 있다.

이러한 관점의 변경은 소설에서 연애의 핵심을 경제활동의 기본원리, 최소 비용으로 최대 이익을 얻는 효율적인 소비과정으로 압축시킨다. 치열한 생존경쟁과 함께하는 자본주의의 논리는 연애 아니 일상 전체를 집어삼키고, 인간의 냄새와 색깔을 지운 채 연애와 결혼을 자본주의적 교환논리의 구조적 핵으로 바꿔버린다. 서로를 상품으로 여기며 윤리적인 가치조차 상품가치로 대치시키는 이러한 21세기형 인간 이해 방식은 이제 결혼정보회사나 '마담뚜'에게만 유용한 특별한 것이 아니다.

"펀드매니저 A의 동료와 데이트하면서 누군가의 선배와 양다

리를 걸쳤고, 광고회사 AE인 B의 애인을 뺏어 작은 분란을 일으
킨 뒤 결국은 온라인콘텐츠개발자인 C의 동업자와 식"을 치르는
(「블루오션 연애학」 79~80쪽) 일이 배울 만큼 배운 여자들이 벌이는
개싸움으로 냉소되기도 하지만, 연애가 시작되기 위한 매력이 온
몸에 두르고 있는 명품에서 뿜어져나오고, 서로에 대한 호감이
수치로 산출되는 경제력에서 생겨난다고 할 때, 이들의 연애경제
학은 문화의 외피를 한 짝짓기학이거나 동물화하는 포스트모던
의 인류생태학임에 분명하다. 요컨대 작가 김윤영은 초세계적으
로 글로벌화하는 현대사회의 연애경제학을 통해 우리에게 포스
트모던한 호모이코노미쿠스가 된다는 것의 의미를 뼈아프게 각
인시킨다.

3. 그녀들이 부정한 것, 그녀들을 구성한 것

여성문학 이후의 진로를 담당한다고 할 수 있는 김윤영의 인
물들이 무엇보다 분명하게 거부하는 것은, 타인의 시선이라는 이
름의 젠더-차별적인 여성관이다. 구체적으로 그것은 특정한 여
자들에 대한 거부이자 그녀들을 향한 특정한 시선에 대한 저항이
다. 김윤영의 그녀들은 종종 '질질 짜며 상황을 땜빵하는 여자'와
'아무에게나 덜컥 반해버리는 여자'에 대한 거부감을 드러내고
'남자동료들보다 유능하면서도, 생활에 대한 계획성과 장래 예
측 능력이 아주 희박한 존재'로 평가절하되는 여성상에 강한 저
항감을 표시한다.

그런데 이상하다. 그렇게 영리한 그녀들이, 좀더 나은 선택을 위해 요모조모 따져보고 몇번씩 대차대조표를 그려보는 그녀들이 그만큼의 성과를 얻는 듯 보이지는 않는다. 그녀들이 낭만적 연애 따위에는 결코 현혹되지 않겠다거나 스스로를 이기적인 여자로 규정할 때, 주관적인 판단에 근거한 '행복'을 꿈꾸지 않으며 그래서 실패하지도 않는다고 단언할 때, 그들의 다짐이 선언적 구호이자 자기주문처럼 들리는 것은 그래서인 듯하다. 여자라는 단점과 그 특권까지 반납하고 앞만 보고 달리면서 남자보다 더 남자 같아져도 유지하기 힘든 것이 어렵게 쌓은 그녀들의 사회적 지위임을, 어쩌면 그 과정은 일과 성공을 제외한 모든 것을 완전히 포기해야 하는 시간일지도 모른다는 사실을, 여성이 사회적 존재로 산다는 것의 지난함을 그녀들은 잘 알고 있으며, 그렇기에 그녀들은 더욱 분명하게 젠더-차별적인 여성관에 저항하고자 하는 것이다.

여자는 어쩌면 사회적 동물이 될 수 없을지도 모른다. 이삼십대까진 어찌어찌 버텨내도 결국은 한국사회에서 도태될 수밖에 없다. 그래서 나는 자문하고 근심하곤 한다. 과연 여자로 살아가는 데 가장 필요한 건 뭘까. 남는 건 결혼밖에 없을까? 이런 사회학적 질문에 철학적 답변을 요구하는 건 난쎈스다. 내 답변은 예스다. 한국경제가 일인당 GDP 삼만 달러 수준으로 올라가거나 여성의 지위가 세계 70위권에서 10위권으로 점프를 하거나 여성근로자의 비정규직 비율 팔십 퍼센트가 정규직 팔십 퍼센트로 바뀌는 날이 온다면 내 대답은 좀 달라질지

도 모른다. 더 구체적인 근거를 원한다면 얼마든지 보여줄 수 있다.(「블루오션 연애학」 94~95쪽)

앞으로 십오년 뒤, 능력있는 남편과 귀여운 아이들을 둔 커리어우먼으로 틈틈이 골프 따위를 즐기는 삶을 살지 아니면 비렁뱅이 남편이나 시댁식구를 쥐새끼처럼 거느린 채 노래방 도우미나 하며 살게 될지, 알 수 없다.(「블루오션 연애학」 95쪽)

그런 그녀들이, 여성이 사회적 존재가 될 가능성은 요원하며 어쩌면 불가능할지도 모른다고 비관할 때, 조금이라도 교환가치가 있을 때 하자없는 경제활동을 하고 여유로운 삶을 보장받는 것이 그녀들이 할 수 있는 최선의 선택임을 승인할 때, 심지어 임신을 포기하기 위해 남편이 아니라 스스로를 납득시킬 논리를 만들어야 할 때(「Heartbreaking Love」), 김윤영 소설의 다른 한편에 놓여 있는 평범한 다수의 이삼십대 여성들 경우는 더 말할 것도 없어진다.

더구나 그런 그녀들이 내밀한 사적 영역을 포기하고 얻은 대가가 결국 20세기초에 만들어진 스위트홈 이데올로기, 남편과 아내 그리고 아이로 구성된 가족에 대한 낭만적 환상으로 귀결한다는 점은 다소 허무하고 씁쓸하기까지 하다. 대개 좋은 대학을 나온 것도 좋은 직장에 다니는 것도 아니며 뛰어난 외모를 가진 것은 더더욱 아닌, 무엇보다 사랑이나 일 그 무엇에도 목숨을 걸고 싶지 않은 평범한 다수의 여성들에게는 아내와 어머니의 자리를 떠맡으며 이름과 얼굴을 잃고 사는 예측 가능한 삶 외의 다른 가능성이 거의 존재할 수 없기 때문이다.

비극적 악순환이라고도 명명할 수 있을 터, 아이러니하게도 타인의 시선을 거부하고 여성에 대한 사회적 시선에 저항하고자 한 그녀들은 스스로를 판매대에 놓인 상품으로 탈바꿈시키면서 자신들이 그만큼의 강도로 타인의 시선에 붙들려 있음을 보여준다. 그녀들이 그토록 부정하고자 했던 사회적 시선이 오히려 그녀들을 채우는 전부가 되어버린 것이다. 영리하고 발칙한 그녀들이 세웠던 화려한 전략이 그만큼 큰 효과를 발휘하지 못한 것은 반동적 힘이 초래한 역설적 자아상실이라는 이와같은 서글픈 결과와 무관하지 않다.

4. 투명하거나 불투명한, 기만적인 파편들 혹은 자아

인과의 선후를 따지자면, 그리하여 김윤영의 여성들은 타인이 허용하는 영역만을 자아의 전부로 내세우게 된다. 현대사회에서의 생존에 적합하게 진화한 그녀들이 타인을 향한 귀로 만들어진 존재일 수밖에 없는 것은 이런 이유에서이다. 마르크스의 경제학적 통찰을 굳이 언급하지 않더라도, 화폐는 등가의 원리를 마련해줄 뿐 자체의 가치를 가지지 않는다. 따라서 그녀들의 연애와 결혼을 둘러싼 경제활동의 모든 의미와 가치는 그녀들을 둘러싼 사회 혹은 타인들의 시선, 젠더-차별화된 사회적 요구에 의해 결정될 수밖에 없다.

세상의 수많은 여성들, 그 가운데서도 특히 한국여성의 경우라면, "떨어져 있는 한국의 부모와 런던의 한국친구들, 그 커뮤니티의 눈과 말"(「Heartbreaking Love」 155쪽)에서 벗어날 수 없으며, 서울대를 나온 재원이거나 외국인의 인종차별을 견디면서 수십 개의 스케줄을 소화하는 '난 년들'의 경우도 다르지 않다. 김윤영의 여성들은 연애와 결혼, 임신과 육아를 둘러싼 여성의 일거수 일투족이 어떤 사회적 시선에서도 결코 자유로울 수 없음을 잘 알고 있다. 더구나 모든 것이 화폐 단위로 환산되면 타인의 시선은 단순한 시선이 아니라 유일하고도 결정적인 판단과 평가의 기준이 되어버린다.

물론 이것이 다는 아니다. 김윤영의 소설세계에서 보자면, 「그가 사랑한 나이아가라」나 「세라」(『타잔』) 등에서 만날 수 있었던 절박한 생존형 악녀들이 이 소설집에서 자본주의적 환경에 보다 편안하게 적응한 모습으로 좀더 발랄해지고 경쾌해졌다. 그녀들은 타인의 시선을 그러모아 보호색을 마련하고 있으며, 이런 시도는 일정한 성과를 보여주기도 한다. 김윤영의 여성인물들이 타인의 시선으로만 이루어져 있음에도, 그들이 반드시 수동적이라거나 그들의 자아가 텅 비어 있음을 의미하지 않는 이유는 그래서이다. 전망 좋은 남향에 로얄층이고 바로 앞에 학교와 백화점, 극장, 지하철역까지 없는 게 없으며, 한강까지 보이는 완벽한 집에서 살 수 없다고 해도, "그래도 상관없"으며, "난 아기 엄마니까. 못할 게 없"(「전망 좋은 집」 76쪽)다고 선언할 때, 김윤영의 그녀들은 그저 들여다볼 필요도 없을 정도로 투명한 존재이거나, 우리 사회의 젠더-차별적 시선을 되비치는 존재만은 결코 아니라는 말이다.

때문에 그녀들의 자아의 투명성에 대해서는 좀더 세심하게 들여다볼 필요가 있다. 얼핏 보기와 달리, 흥미롭게도 김윤영 소설은 투명해 보이는 자아, 그들을 규정짓는 타인의 시선이 사회적 편견 전체를 대변하지 않으며 사회적 시선이 고정된 '보편의 것'도 아님을 말한다. 무엇보다 그들의 자아 자체가 특수한 상황과 조건 그리고 개별적인 시공간 속에서 유의미해지고 있음을 분명하게 보여준다. 라깡 식으로 말하자면, 그녀들의 정체성이 그녀들의 바깥에 있음을 보여준다고 할 수 있다.

그렇다고 증가되는 정보들이 인물들의 캐릭터에 보다 뚜렷한 경계를 마련해주는 것은 아니다. 다섯 편의 '연인' 연작을 통해 하나의 이야기에 등장했던 인물들이 자체로 온전한 자아로 고정되지 않으며, 다른 이야기에 등장하면서 보다 복합적이고 풍부한 캐릭터를 마련해간다. 하나의 이야기에 다른 이야기가 덧붙여지면서 김윤영의 인물들은 오히려 내면이 없으며 단일하거나 통합적인 상으로 이해될 수 없는 포스트모던한 자아상에 보다 근접해져가는 것이다. 그러니까 서로 얽힌 다섯 커플의 연애 실전사례 분석은, 기만적인 파편들을 통해 구성되는 자아가 투명한 것도, 타인의 시선으로 이루어진 것만도, 그렇다고 고정된 것도 아님을 분명하게 알려준다.

그리하여 김윤영 소설은 타인의 시선을 통해 가속화하는 소비와 문화의 결합구조를 보여주고, 그것들이 결국 우리의 현실에서 배재된 것들, 불연속적인 지점들을 통해 다른 의미를 마련하고 있음을 말해준다. 김윤영 소설에서 결국 연애와 결혼은 당사자인 남녀를 보다 큰 상징적 조직 내의 행위자로 만들면서 집안과 친족을 넘어서 사회 전체의 교환구조를 보여줄 수 있는 거멀못이 된다. 나아가 김윤영 소설은 철저한 경제인을 요구하는 이 사회에서 인간으로서의 신뢰가 형성되기란 얼마나 지난한가를, 그런 신뢰를 나누기에 이 사회가 얼마나 척박한가를 보여주는 방식으로 현대사회의 인간존재론을 말한다. 인간에 대한 보다 폭넓은 이해의 영역으로 나아가는 것이다.

5. 내일의 장세 전망

과도한 근심에서 덧붙이자면, 발견된 타자'들'에 대한 성급한 인류애는 계층에 의해서든 젠더에 의해서든 타자적 존재가 살아내야 할 현실의 강고함을 망각하거나 봉인할 수 있다. 언제나 그렇듯 재난의 피해자는 보다 낮은 곳에, 가장 바깥에 있다. 모든 것이 경제적 가치로 환산되는 지옥불에 떨어져 희망없이 악몽 같은 일상을 살고 있지만, 우리 모두가 알고 있듯이 떨어져내린 바닥에도 상하가 있고 끝나지 않는 악몽에도 편차가 있다. 타인의 가치로만 자신의 내면을 채워야 했던 김윤영의 그녀들, 그 비극적 아이러니가 정확하게 말해주는바, 우리는 지금 그렇게라도 하지 않으면 살아남지 못할 백색 지옥을 살고 있는 것이다.

그럼에도 김윤영의 소설세계가 여전히 희망적이고 낙관적 내일의 장세를 전망해줄 수 있다면, 대개 실패로 끝난 그녀들의 시도, 사회적 존재로서 여성의 자리 찾기가 분명 90년대 여성문학이 발견한 사적 내밀함의 영역에서 벗어난 곳에 위치해 있으며,

이를 통해 90년대 여성문학을 추동했던 에너지가 숨죽은 땅 아래서 지금 현재 또다른 신개지(新開地)를 발견하고 있음을 확인할 수 있기 때문이다.

우리 모두는 현재 경제적 동물이 되어 바닥으로 바닥으로 한없이 떨어지고 있음에 분명하다. 상품으로서의 가치가 아니고서는 문학의 존재의미를 운위하기 더욱 어려워진 때이며, 무엇에 관한 것이든 문학의 저항을 거론하는 것이 허장성세처럼 여겨지는 시절이기는 하다. 그럼에도 그 추락의 미묘한 질감까지 잡아챌 수 있는 날카롭고 예민한 감각, 소설의 생존을 위해 보다 절실하게 요청되는 능력이 있다면 바로 이런 것들이 아닐까.

蘇榮炫 | 문학평론가

| 작가의 말 |

애초엔 네 가지 버전으로 「작가의 말」을 야심차게 구상했다. 이미 머릿속에 그 풀 버전들이 완성되어 있어서 고르기만 하면 됐다. 그러나 각각 세 면에 달하며 요란뻑적지근했던 지난 책들의 전례를 보고 나니 마음이 변했다. 나는 반성할 줄 아는 작가란 말을 듣고 싶다.

이번 책은 연애소설입니까?라고 묻는다면 나는 그저 애매하게 웃어넘겨야 할지 모른다. 전체적으로 보면 사랑이야기는 맞는데…… 좀 다르죠, 여성의 자의식에 관한 소설이라고 해야 하나…… 그게 뭐 중요한가요, 그냥 낄낄거리면서 읽으면 되죠,라고 해야 하나.
여기서 하나 밝힌다면, 나도 내 소설의 주인공들이 좀 안됐다는 생각을 가끔 한다.

아도르노는 이런 말을 했다. "미적으로 실패한 것은 정치적으로도 실패한 것"이라고.

내 심장을 후벼파는 문구다.

하지만 이런 중국 속담도 있다. "벼룩은 도자기도 뚫는다."

사력을 다했다곤 말할 수 없지만 난 전력을 다해 글을 쓴다고, 아무도 듣지 않는 곳에서 정신이 좀 해맑은 여자처럼 중얼거려본 적이 있다. 나는 어쩜 벼룩 같은 작가일지도 모르겠다. 이런 사실을 이미 알고 있는지도 모르는 여러분들께 감사드린다. 감사라기보단 빚을 졌다. 머리는 좋지 않아도 이건 잊지 않을 것이다. 창비 식구들 이하 정말 여러 방면의 많은 분들.

아마 내 다음 책은 더 재미있어질 것이다.

도자기는 못 뚫어도 그건 가능하겠지…… 라고 세뇌하고 있다. 시간은 내 편이다.

2008년 늦여름
김윤영

| 수록작품 발표지면 |

그린 핑거 …『창작과비평』2006년 여름호

전망 좋은 집 …『문학사상』2008년 4월호

블루오션 연애학 ─ 내게 아주 특별한 연인 1 …『문학수첩』2006년 가을호

너무 고결한 당신 ─ 내게 아주 특별한 연인 2 …『문학판』2006년 겨울호

Heartbreaking Love ─ 내게 아주 특별한 연인 3 …『문학들』2007년 여름호

초콜릿 ─ 내게 아주 특별한 연인 4 …『실천문학』2007년 가을호

모네의 정원으로 ─ 내게 아주 특별한 연인 5 …『세계의 문학』2007년 겨울호